丫鬟我最大 4

凌嘉 著

風文創 142

目錄

第八十九章 搶奪物證

壽春城很大，江南氣候濕潤，即使入秋，也不覺得蕭瑟，處處綠意。

壽春城的官驛建在壽春最熱鬧的大街上，如今街上擺了集市，官驛就被淹沒在眾店面和小攤之間。若不是官驛門口還站著兩名守衛，雲舒一定找不到這地方。

集市的熱鬧感染了官驛門口的守衛，他們並沒有站在應該守衛的位置上，而是就近看小攤上在賣什麼。

雲舒向守衛走過去。「官大哥，我們是桑侍中的屬下，煩勞通傳一聲。」

守衛掃了雲舒眾人一眼，並沒怎麼盤問，揮揮手道：「進去左轉，妳再問問裡面的人，就能找到了。」

雲舒道謝後，幾人魚貫而入。

官驛的房間和院落很多，雲舒進去左轉後，就不知該往哪兒走了。正巧看到一位儒雅的男子走過來，便問道：「請問您知道桑大人住在哪兒嗎？」

衛長君正打算去街上逛逛，碰到雲舒等人尋找桑弘羊，十分好奇地在雲舒和雲默身上看了幾眼，不知他們跟桑弘羊是什麼關係。

「他住在後面的園子裡，我帶你們去吧。」衛長君說道。

雲舒見衛長君這麼客氣，感謝道：「有勞。」

衛長君微笑地說：「舉手之勞而已，不過，你們是桑侍中的什麼人？找他做什麼？」

雲舒正要回答，卻聽熟悉的聲音在不遠處喊道：「雲舒、旺叔，你們怎麼一起來了？」

雲舒循聲望去，桑弘羊正從一個院落裡大步走出。她迎上去說：「我在集市裡碰到旺叔，他急著找你，就帶他來了。」

大公子點了點頭，向眾人介紹衛長君。「這位是跟我一起共事的衛侍中。」

雲舒等人聞言，便向衛長君行禮，雲舒淺笑道：「見過衛大人，多謝大人帶我們過來。」

衛長君頷首說：「不必謝我了，你們慢慢聊，我出去轉轉。」

待衛長君轉身，大公子就殷切地看向旺叔。

旺叔抱拳說：「不負公子所託，我把東西帶來了。」

大公子高興地點頭。「很好，我們進屋裡說。」

衛長君在不遠處聽到這句話，腳步一頓，心中狐疑道：難道是帳冊送來了？

正當他猶豫是否要轉身查看究竟時，忽聽一人大喊道：「誰？」

雲舒也被這一聲大吼嚇到了，她還來不及反應，就見墨勤把雲默送到她懷裡，下一刻，就提劍跳上了屋頂。

轉瞬間，一個人影被墨勤從屋頂上扔了下來，院子裡的眾人嚇得紛紛往旁邊閃開。大公子第一時間把雲舒拉到自己身邊，釐清到底發生了什麼事。

只見院子裡那個人從地上爬起來，一手扶腰，一手提刀，對上面喊道：「兄弟們，還等什麼？上！」

話音剛落，只見幾個黑色身影從上面跳了下來，向旺叔、雲舒、大公子等人撲來。

墨勤在屋頂上被四個人纏住，看到雲舒眾人有危險，匆匆掙脫包圍，跳到雲舒身前，抬劍幫她擋了一刀。

大公子掃視著突然闖入的幾個黑衣人，突然朝向虛空大聲喝道：「還不出來！」

一聲令下，三名暗羽不知從哪裡躍了出來，開始與這些刺客拚殺。

墨勤一心保護雲舒，暗羽則保護大公子，跟在大公子一旁的旺叔一時不慎被刺客捉住衣襟，捲進了戰局。

雲舒看得心驚，忙喊道：「墨大哥，救旺叔！」

墨勤見他們這邊有三名暗羽守護，安全不成問題，趕緊縱身過去解救旺叔。

雲舒一隻手被大公子捉著，單臂抱不動雲默，而雲默自己也一直往下掙脫，雲舒只好把他放到地上，牽著他的手。

大公子見那些刺客集中圍攻旺叔，暗道不好，忙對暗羽說：「你們去兩個人救旺叔！」

墨勤一個人又要保護旺叔，又要對抗眾人的圍攻，分身乏術。好在暗羽及時加入，讓戰鬥結束得比較快。

看著刺客一個個被人打倒，大公子喝道：「留一個活口！」

因為這句話，墨勤劍鋒一轉，刺進最後一個刺客肩胛中，險險留了個活口。

看到敵人都倒在地上，雲舒長吁了一口氣，匆匆向旺叔跑去。

旺叔半跪在地上，胳膊上被砍了一刀，胸襟前的衣服也被刀鋒劃爛了。

「旺叔，您要不要緊？」一面問著，雲舒一面撕下衣服上的布條，繫在旺叔傷口上方，以免失血過多。

旺叔顧不著自己的傷勢，抬手摸向自己的懷裡，大呼一聲。「不好，東西不見了！」

大公子臉色頓時劇變，對暗羽下令道：「搜這些屍體，一個個搜，東西一定還在這裡！」

雲舒不知道他們在找什麼東西，幫不上忙。

就在眾人忙著找東西時，雲舒突然聽到雲默一聲尖細的叫聲，喊道：「不給，我找到的！」

眾人循聲望去，只見雲默和衛長君兩人，一個小手，一個大手爭奪著一卷書簡。

在大家的目光注視下，衛長君尷尬地鬆開手，對桑弘羊說：「你看看要找的是不是這個東西……」

旺叔搶先一步撲過去，看到雲默手中的東西後，長吁一口氣道：「就是這個，若丟了，我真是萬死不辭。」

見旺叔想拿，雲默把東西往懷裡一抱，怎麼樣也不給。

雲舒知道，這個時候，只有自己才能讓雲默把東西交出來。「撿到的東西不是你的，快還給旺叔。」

雲默抬頭甜甜一笑說：「東西交給娘，娘不要給那個壞人。」說著，他的小手指向衛長君……

雲舒尷尬地賠禮道：「衛大人別見怪，小孩子不懂事。」

衛長君同樣尷尬地笑了笑。「沒事，沒事。」

雲舒把竹簡轉交給大公子。「大公子，看看是不是這個東西？」

桑弘羊接過書簡，確認後放入自己懷中，轉而對墨勤劍下那個匪徒喝問道：「說，誰派你來的？」

那人抬頭環視眾人後，慘笑道：「說了也是死，不說也是死，哼，你們不會得逞的！」說完，他臉上一陣扭曲，口吐黑血，就這麼死了！

墨勤上前探了一下他的鼻息。「死了。」而後扳開他的嘴，檢查了一番後說：「劇毒，一息散。」

雲舒和大公子異口同聲問道：「一息散？」

幾人對視一眼，都想到雲舒從婁煩剛回長安時，遇到的那次暗殺。當時的死士，也是吞服一息散當場暴斃的。

「大公子？這卷書簡是什麼東西？他們為什麼要搶奪？」這詭異的巧合，讓雲舒很想知道敵人是誰，以及他們的目的是什麼。

桑弘羊用深邃的眼神看了看雲舒說：「你們先進屋，我稍後跟妳說。」

雲舒帶著雲默走進桑弘羊的住處，而大公子則在外面吩咐暗羽和趕來的官吏處理院子裡的屍體。

隔壁院子裡聽到動靜的陸笠也趕了過來，跟墨勤一起幫旺叔處理傷口，雲舒則摟著雲默坐在一旁，餘悸猶存。

一下子死了好幾個人，雖然是刺客，但是那血腥的場景又喚醒了雲舒內心的暗影。她摸著雲默的頭，口中輕聲唸著：「不怕、不怕……」

然而，雲默一點害怕的表現都沒有。

墨勤突然斜看了雲默一眼，覺得這個孩子太邪門，不怕死人也就算了，他還敢跑進死人堆裡找東西，跟成年人爭搶，絕非一般孩子啊！

大公子收拾完外面的東西，洗淨雙手後，進屋跟眾人坐在一起。

他將懷裡那卷書簡放到案桌上，望著雲舒說：「這是記錄淮南王用糧食換購鐵礦，打造兵器的證據。」

雲舒心中一驚，按照真實歷史，劉徹斷然不會這麼早就查辦淮南王，這是怎麼回事？她低聲問道：「皇上在查淮南王謀反之事？」

大公子搖頭說：「不，只是查明他為何不願交出糧食，若他肯交出糧食支援朝廷，就不會有事。」

雲舒了然地點了點頭，原來是要拿捏住淮南王府的把柄，作為威脅！

淮南王府中，氣氛緊張，淮南王背著手站在中央，劉陵直立著身子跪坐在一旁，而晉昌則跪在下面，額頭貼地，一個勁兒地冒冷汗。

劉陵沒有淮南王那麼沈得住氣，她伸手把案桌上的青銅樽扔向晉昌，吼道：「你不是說一定不會失手嗎？現在全軍覆沒，還被御史拿捏住了把柄，你說怎麼辦？」

晉昌知道劉陵不喜歡他，便向淮南王求饒道：「王爺，這批死士一個活口都沒留，他們手上一定不會有其他把柄。請王爺再給我一次機會，我一定取回帳簿，不會讓您失望的！」

淮南王緩緩轉過身，望著晉昌說：「把柄？把柄重要嗎？一點都不重要……除了我，還有誰想奪回帳冊？難道因為沒有把柄，他們就想不到是我們派人做的嗎？」

「可是……沒有證據，皇上不會相信的。」晉昌仍不死心地辯解。

晉昌這句愚蠢的話惹得淮南王大笑道：「皇上？只要他願意相信，就算是子虛烏有的事，他也會相信，更何況是這樣的事情……晉昌，你太讓我失望了！」

劉陵在一旁氣憤地說：「父王，女兒之前就說強行奪取不可行，你偏要聽信晉昌。若他真的能預測未知，怎麼沒料到這次行動會失敗？」

淮南王看了劉陵一眼，微微閉眼說：「事已至此，陵兒不用多說了，想辦法解決此事才是正途，不然私造兵器、刺殺御史兩項大罪，縱使是父王我，也扛不起啊……」

劉陵不怕想不出辦法，只怕淮南王不聽她的，如今淮南王向她問計，她眉眼一轉，心中立即生了一計。

劉陵微微抬頭，看了跪在旁邊的晉昌一眼，厲聲道：「晉昌，在此事平息之前，你不可出府，好好反省去吧！」

晉昌抬起頭，看向淮南王，見他悶不吭聲，只好照劉陵的話退下去閉門反省。

晉昌心中忐忑，此事辦砸，他在淮南王府中的地位，只怕要一落千丈了。淮南王手下有八大賢士，論才學，他遠不及其他幾個人，這幾年來，他只是憑藉著對整體局勢的判斷，幫淮南王作一些決策，博取淮南王的歡心和信任。

然而從劉陵和田蚡私情曝光以及刺殺御史奪取帳簿失敗，他再蠢也知道，他在淮南王府的氣數將盡……

晉昌想起最近種種事情，恨得咬牙。

「都是雲舒，全都是她的錯！」

劉陵留在淮南王跟前，獻計道：「父王，事已至此，我們少不得要退幾步，才能保全王府上下百條性命啊！」

淮南王神情頗為悲戚地說：「退？妳爺爺和我兩輩人，一直在退，退到如今，不過是苟延殘喘罷了。」

劉陵勸慰道：「父王何必如此想？您是堂堂皇子王孫，是我淮南國一國之王，除了個別事情要仰皇上的鼻息，大多數時候，還不是您說了算？怎可為一口氣，而賠進性命、廢了百年基業？」

劉安自然知道輕重，各種道理不用劉陵說他也懂，只是遇上這樣的事，心中頗覺得不快。

「陵兒說得有道理，父王明白。只是此事，只怕不是我們願意退，就能平息的。御史手中拿著本王的罪證，定會告到皇上那裡去，到時候，只怕會掀起一陣血雨腥風，我們怎能坐以待斃？」

劉陵搖頭說：「父王錯了。御史此次前來淮南國，是為了糧食，而不是皇上容不下我們，想對我們下手。只要我們主動拿出糧草，將部分兵器上繳，做足了姿態，哪怕皇上看到罪證，也會把此事壓下。」

聽了這些話，劉安冷笑一聲說：「皇上會如此大度？有了查辦我的機會，恐怕他高興還來不及。」

劉陵不懈地勸道：「這跟大不大度無關，不管皇上想不想查辦我們，在要對匈奴出兵的時候，怎能引起內亂？若父王表示全力支持他平定匈奴的騷擾，他絕不會急於查辦我們。但是父王如起兵反了，則是逼他對付我們啊！」

劉安這次沒有急著反駁劉陵說的話，而是認真思考起來。

劉徹是在大漢朝經歷文景之治之後登基為帝的，雄厚的國力基礎，使原本就自信的他不懼怕外族騷擾。

而七國之亂後，各諸侯國的勢力也被瓦解了，任何一個小國都不足以撼動朝廷基礎，除非……除非眾人同心協力，尚能掀起一些風雲變幻。

想到這裡，劉安越發覺得自己現在只能忍，若執意與朝廷作對，無異於以卵擊石。他還需要更多時間準備……

「陵兒，依妳之見，如何『退』才能最大程度保全咱們淮南國？」劉安問道。

劉陵心中一喜，她勸解成功了！「父王，此事很容易，只看您捨不捨得放棄一個人。」

淮南王劉安緊皺眉頭問道：「妳該不會是要送妳弟弟去長安當質子吧？他可是妳的胞弟啊！」

劉陵無奈地嘆了一聲。「父王，我那麼疼遷兒，怎麼會出那樣的餿主意？要捨棄的人，是晉昌。」

「他？捨他一人可保我們全家？」劉安不是很想相信。

劉陵確定地點頭說：「父王您想想，只要把過失都推卸到晉昌身上，一口咬定這是他背著您做的，您在這次御史查辦的時候才知道，這樣的話，您最多擔一個馭下不嚴的罪名，把晉昌這個替死鬼扔出去就好了。」

劉安躊躇地說：「朝廷不會信吧……」

劉陵輕笑道：「您從未跟鐵礦商直接接觸過，即使御史搜到了您的印信，也可以說是文士盜用。再說，只要父王把大量糧草送給朝廷，皇上斷不會急著查辦我們。跟匈奴一開戰，誰知要戰到何年何月？到那時，又是另一番局勢了。」

劉安聽得頻頻點頭，彷彿一下子豁然開朗。「嗯，此事的確可行，只是細節，為父需要再琢磨一番，就怕把晉昌交給御史之後，他會亂說話。」

劉陵掩嘴一笑說：「父王心慈仁厚，這麼簡單的事情，何須您操心，讓一個人說不了話，再簡單不過了。」

劉陵說完，起身來到文士集中居住的院落，要門口的侍衛去把晉昌帶出來。

侍衛進去查找一番，慌忙出來說：「翁主，晉昌不見了！」

劉陵氣得甩手道：「不是要你們看好他，讓他禁足反省的嗎？快去找，他還能飛出壽春城不成？」

第九十章　代罪羔羊

卓成揹著小包袱，從淮南王府的狗洞鑽出，混入熙攘的大街上。他一路跑到官驛門口，原本想混進去，但官驛在刺殺事件過後，守衛變得很森嚴，他等了許久，都沒等到機會。

街上有一群小孩子從他面前跑過，卓成抓住一人，拿出一些錢幣對孩子說：「你幫我一個忙，我就把這些錢給你，好不好？」

那個小孩子眼巴巴地伸手去抓錢，問道：「要我幹什麼？」

「去對面官驛，幫我找一個叫衛長君的人，把他帶出來見我。」

卓成先給了那小孩一半錢幣，小孩就蹦蹦跳跳地跑了過去，仰著頭跟那個守衛說了一下。

守衛覺得事情很蹊蹺，一個小孩子，怎麼會知道長安來的官員姓名？狐疑之下，他便帶著小孩一起進去找人。

衛長君正在跟桑弘羊、雲舒等人一起分析帳簿，估算淮南王究竟買了多少鐵礦，卻聽說有小孩子找衛大人。

衛長君臉色微變，看看門口的小孩子，他並不認得，正要出去詢問，卻聽那小孩子直接衝著屋子裡說：「外面有個男人找你。」

衛長君趕緊起身，對桑弘羊等人說：「我出去看看……」

雲舒見他腳步匆忙，一副受了驚嚇的樣子，便對墨勤微微示意。

墨勤了然，悄悄跟了出去。

卓成在街上焦急地等待，見衛長君出現在官驛門口，急忙揮手把他喊過來。

衛長君平常總是儒雅平和，見了卓成，卻是焦急憤怒地低吼道：「你怎麼能找到這裡來？要是被人發現了，我可怎麼辦？」

卓成一副不耐煩的樣子。「我顧不了這麼多了，這次事情辦砸，王府已經容不下我了，我得趕緊逃，你想辦法把我弄出城去。」

衛長君繃緊了臉說：「這裡是你的地盤，我有什麼法子幫你？」

卓成急得跳腳說：「你是長安來的御史，沒人敢查你的馬車，你帶我出城一點都不困難。」

衛長君搖頭道：「不可能，我的一舉一動，秦大人和桑大人都知道，我不能惹他們懷疑。你快走，我不能再幫你了。」說完，他就轉身要回官驛。

卓成對衛長君的背影狠狠地說道：「你們衛家的人怎麼如此忘恩負義？別忘了你們今時今日的地位是怎麼得來的！」

「你——」衛長君氣得回頭，顫了半天說不出話來。「罷了，我就豁出性命再幫你一次，你先找地方躲著，一個時辰後到官驛後門等我。」

卓成臉上閃過一絲喜色。「算你還有點良心，哼！」

衛長君氣憤地回到官驛，開始準備起馬車和各種說詞。

墨勤探聽清楚剛剛外面發生的一切，回來原原本本說給桑弘羊和雲舒聽。

雲舒面帶喜色問道：「淮南王府容不下卓成了？看來劉陵成功了……」她轉而對大公子說：「大公子，您看要不要派人去跟劉陵說一聲，要她帶人把卓成捉回去？」

大公子思量起來。這次刺殺事件，估計跟卓成脫不了干係，即使他這裡抓了人，也要交給淮南王處置，不如讓他們自己動手，還可以測測他們對朝廷的態度。

「嗯，我這就派人去送信，看他們自己怎麼解決。」大公子點頭道。

雲舒看在跟劉陵的情分上，希望他們能把握好這次機會，若跟朝廷硬碰硬，歷史上的悲劇只怕要提前好幾年發生。她實在不希望看到對她一直不錯的劉陵落到家破人亡的地步啊！

懷揣著各種猜測和心思，雲舒在官驛裡靜待後門那邊的動靜。一個時辰剛到，就傳來聲響，是劉陵親自帶人捉了卓成。

「淮南翁主到！」

通報聲和後門那邊的消息一前一後傳了進來，劉陵行色匆匆地走進來，見到雲舒在這裡，臉上露出喜色。

「桑大人！」劉陵走進來，在桑弘羊面前說道：「多謝桑大人通風報信，不然讓那個逆賊逃跑了，我們王府的冤屈可就說不清楚了啊！」

桑弘羊裝糊塗，著急而疑惑地問道：「翁主何出此言？有什麼冤屈？」

劉陵痛心疾首地說：「父王中午聽說了諸位大人上午被刺殺的消息，追查之下，發現此事跟王府一名文士有關，我們正要查辦他，誰知他就逃跑了，剛剛才在後面街上捉到。您有所不知，這個逆賊膽大包天，竟然敢以我父王的名義，私自販賣糧草，事情敗露之際，竟然還買凶行刺，實在罪大惡極！」

桑弘羊一臉「驚訝」地說：「竟是這樣！我這裡也聽到一些風吹草動，正想問一問淮南王是怎麼回事呢。」

劉陵笑著說：「那正好，父王在王府裡備了宴席宴請各位大人，給大人們賠禮道歉壓壓驚，還請賞臉。」

「自然自然。」桑弘羊爽快地答應了。

劉陵看向站在桑弘羊身旁的雲舒，上前拉住雲舒的手說：「沒想到妳也在這裡，正好，妳也去王府參加晚宴吧。」

雲舒忙擺手說：「不合適，我去幹麼呢，不去啦。」

劉陵知道通風報信之事，肯定是雲舒幫了忙，一心想謝她，誰知勸了半天，她卻執意不肯赴宴。

「翁主，我後天就要離開壽春了，偏偏衡山太子殿下要跟我一起去會稽郡，所以還有不少事情要準備。」

桑弘羊和劉陵都吃了一驚，劉陵問道：「他也要去會稽郡？」

雲舒對著他們兩人點頭說：「我勸了很久都沒用，他執意不肯回家。」

劉陵對劉爽的決定表示理解，但大公子臉上卻是烏雲密布。

快到晚宴時，桑弘羊請了秦大人一同前往王府赴宴，衛長君則突然說自己身體微恙，留在官驛，而雲舒則返回豐秀客棧。

晚宴始於華燈初上之時，淮南王坐在主席上，秦御史和桑弘羊依次坐於左席，劉陵、劉遷兩人列於右席。

雖然御史一行人中以秦大人為首，然而鐵礦帳冊之事由桑弘羊全權查辦，所以淮南王劉安一直把眼神鎖定在桑弘羊身上。

宴席上絲竹聲起，舞女魚貫入內，輕舞助興。朝廷和淮南王雙方人馬誰也沒有提起今日之事，都等著對方先開口。

過了一陣子，淮南王終究沒能忍住，向秦大人舉杯敬酒說道：「秦大人此次一行，將皇上的聖恩帶到我淮南國。今日欣聞各地秋田大豐收，不僅解了去年災害的困境，還有餘力可以支援皇上的大計，實乃皇恩浩蕩，天佑淮南啊！」

秦大人一笑，心知淮南王有把柄落入他們手中，才改了口風願意出糧草。他轉頭看向桑弘羊，兩人微笑地點了點頭，一起向淮南王舉杯。秦大人說：「此乃皇上和淮南王的大喜事，也是淮南百姓的福澤，風調雨順實在可喜可賀啊！」

三人打著官腔說了一些場面話，秦大人則跟淮南王商議起要捐多少米糧。淮南王這次完全處於被動狀態，秦大人說要多少石糧食，他便承諾給多少石，慷慨得讓桑弘羊也有些驚訝。

待把秦大人哄高興了，淮南王這才開口說：「今日聽聞官驛裡出了刺殺御史之事，本王當即喝令嚴查，一查下來，卻發現一件令本王痛心疾首的事情。」

淮南王哀嘆的語氣和悲傷失望的表情，讓在場之人皆露出「關切」的表情。

桑弘羊上身微微前傾，十分關心地問道：「何事令王上如此傷心？」

淮南王抬眼看了桑弘羊一眼，又低下頭嘆氣，抓起手上的酒樽灌了一口酒，這才對殿外的侍衛喊道：「來人，將罪人晉昌拖上來！」

眾人都向門口看去，只見兩名侍衛架著一個頭髮雜亂、氣息奄奄的人快步走進來，而後將人往地板上一丟，對著淮南王抱拳後退下。

桑弘羊看著地板上的晉昌，險些認不出來了。

他的頭髮又濕又亂，散在臉上，看不清他的面容，但是透過間隙，可以看到他蒼白的臉上，有些黑而黏稠的東西，十分噁心。

他無力地趴在地板上，如同一條死狗，無聲無息，一副被人打得去了半條命的模樣。

秦大人看到這一幕，問道：「王上，這人因何故受了重刑？」

淮南王站起來，走下主席位，來到晉昌身邊，用腳將他的頭撥弄了一下。蓋在他臉上的濕頭髮被弄到一邊，露出一張黑而爛的嘴，即使是桑弘羊這般鎮定的人，也被嚇了一跳。

桑弘羊這才分辨出，晉昌臉上那些黑而黏稠的東西，都是從他嘴裡流出來的污血。

淮南王憤恨地說：「此人晉昌，原本是我最信任的文士，豈料他利用我的信任，盜用我的印章，把賑災用的糧食全賣了，從而中飽私囊。此次他見秦大人來督糧，唯恐事情敗露，便用重金收買死士，行刺你們。他做出這般罪大惡極的事情，原本應該立即斬殺，但因為要給皇上和眾位大人一個說法，所以才留他一條狗命。」

秦大人和桑弘羊對視一眼，明白這是淮南王找的代罪羔羊，兩人也就不追問證據什麼的。

淮南王見桑弘羊一直盯著晉昌污爛的嘴看，便說：「此等罪人，在受本王問訊時，竟然敢出口辱罵皇上，是以本王命人割了他的舌頭，並讓他吞下炭塊，不讓他再胡言亂語。」

割了舌頭不算，還燙毀了他的聲帶，真狠！桑弘羊眼皮抖了幾下，終究是平靜地看向淮南王，說道：「他的手……」

晉昌的雙手如同去了骨頭只剩皮肉，軟軟地互相疊在一起。

淮南王又說：「他亂寫文書，擅用我的印章，所以碾碎了他所有指關節，好讓他銘記自己的罪行。」

秦大人聽了，在一旁微微吸了口冷氣。

桑弘羊看向卓成，雖然心驚淮南王不讓他說話、寫字的毒辣手段，但想到卓成迫害雲舒的種種惡行，心中漸漸釋然。他一直想除掉卓成，但雲舒卻因各種原因不願殺他，只說要監禁他，這次正是好機會。

看卓成被淮南王折磨得生不如死的模樣，桑弘羊甚是愉悅，雖然淮南王是誤打誤撞幫雲舒報了仇，但他依然很高興。

他抬頭對淮南王笑道：「王上一心為公，不包庇手下，相信將此事告知皇上，皇上一定會讚賞王上的公允和魄力。」

淮南王帶著欣喜的目光看向桑弘羊，對於他如此迅速又如此容易地接受代罪羔羊之事，顯得有些喜出望外。

另一旁，秦大人的面色微微有些不豫，咳了一聲後，什麼也沒說。

淮南王見御史沒有追問細節，知道雙方已達成默契。正如劉陵之前所說，他主動交出糧食，御史就不會緊捏著把柄不放。

事已成，淮南王鬆了一口氣，漸漸生出興致，命侍衛把晉昌拖下去，又叫來舞姬和美酒，歡飲起來。

宴畢，秦大人和桑弘羊坐在回程的馬車上，秦大人頗為不悅地說：「桑侍中，淮南王將罪責都推到文士身上，並讓他口不能說、手不能寫，顯然是想隱瞞事情，你怎不容本官追問兩句，就急忙應承了下來？」

桑弘羊俯首微表歉意的說：「是微臣失了分寸，望大人見諒。微臣只是考慮到，淮南王並不是我們能審問的，縱使追問，他肯定也已想好了藉口。」

秦大人頗為遺憾地說：「你已拿到了淮南王購鐵礦、造兵器的證據，就此放過，豈不可惜？」

桑弘羊微笑道：「皇上此次派我們來督糧，我找淮南王的把柄，也不過是為了逼他交出糧食。糧食既已到手，咱們就可回宮交差。到時候把此事說給皇上聽，是要嚴查還是就此揭過，皇上自有決定。」

秦大人這才醒悟，皇親國戚那些事，並不是有證據就能查辦的，要不要查處，得看皇上的決定和朝中局勢。若他們拿著證據亂查，逼得淮南王反了，反倒壞了大事。

秦大人如此想著，看桑弘羊的眼神就多了些研究。

他起初對這位年紀尚輕的侍中很不當一回事，看他面容俊秀，以為是皇上的弄臣，不過是跟他出來混點資歷，好在朝中站穩腳。

可是桑弘羊出長安之後，毫不停歇，先是易容潛伏進壽春城打探情況，又找到淮南王的罪證，最後順利逼淮南王交出糧食，這接二連三的動作，目的明確、動作迅速，不拖泥帶水，讓秦大人刮目相看。

現在秦大人又察覺到桑弘羊對皇上的心思不是一般的了解，更覺得這個少年不是池中物，少不得要對他客氣一些，不能再拿長者的姿態拿捏他了。

秦大人正在深思時，桑弘羊詢問道：「大人，您看衛侍中的事，怎麼辦才好？」

衛長君明擺著跟晉昌勾結，然而勾結到什麼程度、做了哪些事、有什麼危害，他們並沒有查。

一是因為時間緊急，還未來得及處理，更重要的是因為衛長君的身分讓人不好出手。他是衛子夫和衛青的哥哥，依照衛家在朝中崛起的速度，秦大人不敢隨便動他。

見是塊燙手山芋，秦大人就說：「你跟他同在皇上跟前做侍中，他的情況你更了解，此事就交給你辦吧。」

桑弘羊在心裡冷笑，就知道這種得罪人的事，他不會輕易接手。

不過也好，桑弘羊一直沒辦法對衛氏一族下手，衛青對他也只有同僚情誼，為了此事貿然跟他槓上，沒有好處。

這次，不如就讓衛家欠他一個大人情吧！

第九十一章　夜半急訊

在雲舒準備離開壽春的前一晚，眾人早早睡下了，準備第二日早起趕路。半夜，豐秀客棧傳來一陣有力而急促的敲門聲，即使雲舒已經睡沈了，也迷迷糊糊地驚醒了過來。

雲舒以為有人半夜來投店，可是不一會兒，腳步聲和說話聲就從她隔壁房間傳了過來，她這才起身披衣，簡單收拾了一下，來到門外。

雲舒隔壁是劉爽的房間，此時劉爽正散著頭髮、披著外衣，跟一個舉著油燈的男子低聲說話。

不知是燈光太灰暗還是劉爽的病沒有好完全，雲舒只覺得劉爽有一刻面如死灰。跟劉爽說話的男子警覺地看向雲舒，將說了一半的話憋回嘴裡。

劉爽這才抬起頭看向雲舒，勉強擠出了一個笑容。「把妳吵醒了啊？」

雲舒低應了一聲，問道：「殿下……沒事吧？」

劉爽搖搖頭說：「沒事，家裡人送信來了。」而後，他對身旁的男子說：「屋裡細說吧。」

雲舒和劉爽互相示意了一下，便各自回房去。

雲舒再躺回床上，卻睡不著了，她心中有些不安，覺得劉爽的神情不太對。果然，不過一會兒，就有人敲雲舒的門，她打開門，見到了穿戴整齊的劉爽。

劉爽面帶愧色地說：「家中出了些急事，我必須立即趕回去，不能跟妳一起去會稽郡了，抱歉……」

雲舒對這件事似乎早有心理準備，並未覺得突兀或失望，反而為劉爽家中的事感到焦急。大老遠的深夜送信，又能讓執意不回家的劉爽改變心意連夜啟程返回，必定出了大事。

「自然是正事要緊，殿下快回去看看吧，路上注意安全。」雲舒叮囑道。

劉爽顯然心煩意亂，跟雲舒點了點頭之後，就帶著侍衛出門上馬揚塵而去。

墨勤、大平等人早就醒了，只因劉爽在跟雲舒說話，他們不方便打擾，等他走了，他們才從自己的房間裡出來，用詢問的眼光看向雲舒。

「他家裡有事，趕回去了，我們明天直接走。都安心睡吧，沒我們什麼事。」

劉爽是否跟他們一起去會稽郡，大家還真沒放在心上，只把這件事當作插曲，忘在腦後。

而在官驛之中，桑弘羊房中的燈徹夜不滅，直到劉爽一行人出了壽春城門，他得到了確切的訊息，這才彎起了嘴角。

一旁的陸笠看他一臉疲憊，勸道：「公子早些睡吧。」

「嗯。」桑弘羊懶懶地答了一聲，又抬頭問門口的暗羽：「豐秀客棧裡沒什麼異樣動靜吧？」

暗羽低頭回答說：「衡山太子離開之後，豐秀客棧落鎖熄燈，眾人都睡了。」

桑弘羊點點頭說：「好，你退下吧。」

他吁了一口氣對陸笠說：「此事不可讓雲舒知道，不然她恐怕會認為我不信任她，生了嫌隙就不好了。」

陸笠點頭道：「公子考慮得妥當。其實，即使雲姑娘知道是你把衡山太子弄走，也不會生氣的。不論怎麼說，公子也幫了衡山太子，不然等徐姬被封為王后，他還被蒙在鼓裡，太子之位只怕不保。」

桑弘羊心裡好受了一些，畢竟他太不習慣對雲舒的事情做手腳，難免會覺得愧疚不安。「多謝先生開導，我們都早些歇息吧，明天還要送雲舒一程。」

雲舒沒想到大公子會專程來送她，畢竟之前兩人已經說好了，他忙淮南王的事情，就不抽空再送了。所以當雲舒看到大公子在壽春城的東城門下等她時，內心十分驚喜。

雲舒跳下馬車，小跑步來到大公子面前，歡喜地問道：「不是說好了不送的嗎？」

大公子看著她明媚白淨的臉龐，心中萬分不捨。「事情處理得比預計的快，我今天沒事，自然要來送一程。」

雲舒高興地點頭說：「順利就好。」

大公子看向她身後的馬車，問道：「不是說衡山太子跟妳同行嗎？怎麼不見他人？」

雲舒就將昨晚的事情講了一番，大公子點點頭，叮囑道：「你們單獨上路，要注意安全。若需要幫助，打聽一下桑家的店鋪，然後報上妳的名號，就能得到錢財和人力幫助。」

雲舒聽到這句話，著實很滿足，不僅僅是因為大公子的體貼，更因為大公子將她的名字傳給桑家每個店鋪知道，彷彿在宣佈她女主人的身分。想到這裡，她微微有些臉紅。

看著她酡紅的臉蛋，大公子沒能忍住，抬手捏了一下說：「我再告訴妳一個好消息。」

雲舒不好意思地躲了一下，問道：「什麼好消息？」

「淮南王把卓成交給我帶回長安，他原本犯的是死罪，但妳既然不願意讓他死，我會按照妳的意思，把他關在牢裡一輩子。」

這個結果，雲舒已預料到。淮南王府內有劉陵，外有大公子，卓成又自投羅網，再不搞定他，實在是太不像話。

只是，雲舒沒能親手報仇，微微有些遺憾。

大公子嘆道：「說來，卓成的意志力可謂很強，淮南王割了他的舌頭，用炭塊燙毀了他的喉嚨，又將他的食指關節碾得粉碎，這樣他還咬牙活著。聽送飯的人說，他每吞一口米湯都痛得全身顫抖，但他還是主動喝下去，足以感覺到他想要活下去的意志力。」

雲舒聽得心中駭然，淮南王的手段雖狠，但卓成對自己更狠！

然而想到自己死時那種令人毛骨悚然的感覺，雲舒冷笑了一下。「卓成為了活下去，什麼事都會做。即使變成現在這種地步，大公子依然不可小瞧，若等他逃了，不知又要做出什麼齷齪事來。」

大公子看到雲舒眼中閃過的恨意，鄭重地點了點頭。

雲舒又想到一事，問道：「那位跟卓成勾結的衛侍中，現在怎麼樣？」

「他……」大公子說：「從那天起，他一直抱恙臥床。」

想到以後衛家的勢力，雲舒少不得提醒道：「此次衛侍中雖然被我們捉到了把柄，但他有衛子夫和衛青護著，皇上只怕不會懲處他，大公子要小心別得罪衛家。」

大公子拍拍她的頭說：「嗯，我聽妳的，會小心處理。」

正說著，一輛華麗的馬車被眾人擁著行了過來，停在離雲舒不遠的地方。

雲舒向馬車望去，這種陣仗，在這地方，只可能是劉陵了。

為首的一名婦人向雲舒行禮說：「我們翁主特地來送雲姑娘，一早便去豐秀客棧，誰知姑娘已經走了，還好在這裡趕上姑娘，不然翁主只怕要傷心了。」

劉陵隨後從馬車上走下來，一路喳喳呼呼地向雲舒走來。「妳怎的走這麼早？差點就趕不上了，沒見我一面，妳就想走，真沒把我當姊妹嗎？」

雲舒笑著向劉陵施禮道：「有勞翁主掛念，我不過一介布衣，怎敢勞動翁主送行？」

劉陵眉眼飛揚地說：「憑著我們的關係，自然要送送妳了。」她對身後僕人勾了勾手，僕人上前一步，卸下肩膀上的包袱，捧給雲舒。

劉陵說：「這是給妳路上用的，別跟我客氣，一定要收下啊！」

雲舒對劉陵的任性頗感無奈，只好接過包袱。裡面的東西十分沈，想必裝了很多錢和珍貴的物品。

劉陵抓著雲舒的手說：「有妳在，我遇到事，能有個說心裡話的人，做事也有商有量，多好！偏偏妳要走……」

雲舒笑著勸慰道：「『海內存知己，天涯若比鄰』，翁主不要傷感，來日必有重逢時。」

劉陵睜大了眼睛，默唸了兩遍，而後點頭說：「妳說得不錯，何必傷感，想見妳還不容易嗎？」

雲舒淡淡一笑。

劉陵的眼尾餘光看到桑弘羊一直在雲舒身後不走，也不多嘴。「好了，趕來看妳一眼，我也就放心了，王府裡還有好多事情，我先回去，不遠送了。」

雲舒將劉陵送上馬車，揮了揮手，這才回頭。

大公子在雲舒身後看著她，笑道：「好個『海內存知己，天涯若比鄰』，沒想到妳跟劉陵兩人的情誼這麼好。不行，妳也要送一句話給我。」

雲舒被大公子的舉動逗笑了。「我肚子裡沒幾滴墨水，一時想不出啦！」

大公子低頭，故意沈下臉說：「看著我，妳就想不出話來嗎……」

見他孩子氣的舉動，雲舒一時心軟，想了想之後唸道：「青青子衿，悠悠我心。縱我不往，子寧不嗣音？青青子佩，悠悠我思。縱我不往，子寧不來？挑兮達兮，在城闕兮。一日不見，如三月兮。」

大公子抬起頭，臉上的容光如同明媚的陽光，照得雲舒雙頰通紅。

對雲舒如此直接地表達愛慕和思念，大公子有些受寵若驚，他情不自禁地伸手想去拉雲舒，卻被雲舒紅著臉躲過。

「我走啦，再不走就晚了。」丟下這句話，雲舒就鑽進馬車裡去了。城門的人馬漸漸多了起來，他們不好再久聊下去，大公子依依不捨地目送雲舒離開後，良久不能平靜，止不住地想笑。

待大公子上了回行的馬車，他才漸漸平靜下來，眼神逐漸變得冷冽。喊了陸笠進車與他同坐，大公子說道：「這次回長安，你去看看阿楚吧，你們父女許久沒見了。」

陸笠對大公子的話中深意心知肚明，於是問道：「需要阿楚給皇后娘娘傳遞些什麼消息嗎？」

大公子冷冰冰地說：「有誰能比皇后更期望得到衛家的把柄呢？」

陸笠了然，低頭道：「明白了，一定會把此事辦妥又不留痕跡的。」

大公子對陸笠愈來愈滿意。他不僅醫術高超、會易容，在權謀方面也不遜色，事情交給他，大可放心。

衛長君與淮南王府文士勾結之事，說嚴重了，可以說他與叛黨勾結私造兵器，意圖謀反；若想遮掩過去，也很簡單，只要大公子不吭聲就是了。

有這麼好的武器，大公子自然會好好利用。衛家的人情他要給，皇后的人情，他更要給，只是此事怎麼做得圓滑，就看他的手段了……

第九十二章　太湖周家

雲舒一路東行，秋高氣爽，極少遇到雨水天氣，待她順順利利抵達會稽郡的吳縣城門外時，已是初冬時節。

毛大叔駕著馬車，高興地對車廂內的人說：「姑娘，妳看，前面就是吳縣的城門了。一直聽說吳縣是個繁華之地，能跟姑娘來見識見識，真是我的福氣啊！」

吳縣位於太湖東北岸，自然條件十分優越，土地肥沃、物產豐富，曾是吳國、越國的都邑，戰國四公子之一的春申君也曾受封於此，自秦統一後，吳縣就成了會稽郡治所。

從馬車裡探出頭來，雲舒看到不遠處古老而結實的吳縣城門。終於到了最終目的地，她如釋重負地吁了一口氣。

趕路讓雲舒特別疲憊，馬車的顛簸讓她的身體快達到極限，現在只想找一張舒適平坦的床，好好躺上一天。

「大家路途辛苦，我們進城找地方歇下後，一起好好吃一頓，待休息兩天，再做打算。」雲舒說道。

眾人都高興地應了。

正歡喜的時候，毛大叔突然拉緊了馬車的韁繩，口中大喊著要馬兒停下來。

車廂內的眾人沒注意，一下子滾成一團，直到被車廂門口的墨勤給攔住，才穩了下來。

雲舒壓到了雲默和丹秋，她匆匆起身，見兩人都沒大礙，這才問毛大叔：「發生什麼事了？」

毛大叔也嚇了一跳，他心驚膽顫地停下馬車，只見馬蹄下站著一個小女孩……和一條大狗。

「哎呀，這是誰家的孩子？怎麼沒大人看著？」毛大叔喊道。

「孩子？」雲舒從馬車裡鑽出來，只見一個粉雕玉琢的小女孩，張開雙臂站在路中間，攔住他們的去路，而她的腳下，站著一隻到她腰間的大黃狗。

差點撞到孩子，眾人都嚇得不輕。

小女孩睜大了雙眼，一顆心也是怦通亂跳，但當她看到有女子從馬車上走下來後，立即換上大大的笑臉，撲上去說：「這位姊姊，妳救救元寶吧！」

雲舒剛走下馬車，雙腿就被小女孩抱住，她不知所措地看著她，問道：「妳別急，什麼元寶？妳被人搶錢了嗎？」

她烏黑的大眼睛立刻含滿了淚水，對雲舒說：「不是不是，是元寶，元寶不能走路了，腿還在流血，妳救救牠吧！」

雲舒分辨了半天，終於弄清楚，小女孩口中的「元寶」是她的大黃狗。

看到大黃狗，雲舒愣了一下，牠竟然是十分名貴的沙皮犬，這在西漢多麼少見！

小女孩的沙皮犬亦步亦趨地跟著她，只是兩隻後腳明顯有點跛，雲舒蹲下細看，這才發現這隻狗的後腿在流血，只因沙皮犬厚而重疊的皮將傷口遮在皺褶裡，才一時沒看到。

「哎呀，這是被人打了嗎？」雲舒訝異地問道。

小女孩點頭說：「我要進城，但是那些守衛要抓元寶，元寶咬了他們，他們一群人就拿著棍子攆我們。」

守城侍衛是看到小孩帶著大狗，覺得不安全，所以不讓狗進城吧？而且沙皮犬長相奇特，一般人還真不認識這種狗，守衛們驅趕也算正常。

不過看這小孩子和狗都怪可憐的，雲舒不禁動了惻隱之心。只是……有些事情還是要先問清楚。「妳家人呢？怎麼就妳一個人帶著狗？」

小女孩低下頭，眼珠轉了轉，才說：「我……我跟我娘出城玩，走散了，正要進城回家。」

雲舒看她原本上等的衣服都沾了灰，髻上的絲帶也都散了，的確是一副富家小孩在外流浪的模樣。

摸摸她的頭，雲舒說：「來，上來，姊姊送妳回家。」

雲舒帶著小女孩進了馬車，毛大叔幫忙把沙皮犬弄上馬車，原本就不寬敞的車廂，頓時顯得十分擁擠。

雲默坐在雲舒左手邊，小女孩坐在雲舒右手邊，丹秋和大平坐在對面，墨勤守在門口，沙皮犬就趴在眾人之間的地板上。

「妳叫什麼名字？」雲舒問道。

小女孩甜甜地回答：「姊姊，妳叫我冉冉就行了，我爹娘還有哥哥都這麼叫我。」

「冉冉，妳記得回家的路吧？」雲舒溫柔地說。

冉冉歪著腦袋想了想。「應該記得吧……可是姊姊，妳看元寶還在流血，妳幫我給牠治療吧，求求妳了。」

雲舒耐不住小孩子撒嬌，連連答應。

進城後，毛大叔找人打聽了一下獸醫鋪的方位，先去幫狗處理了傷口，這才去投宿。

冉冉看元寶腿上的血已經止住了，高興地拍手道：「太好了，不流血了，姊姊真是個好人！」

雲默嫌冉冉太吵，望了她一眼，又瞧了瞧車廂裡趴著的狗，低聲說了句：「真醜。」

雲舒一時沒忍住，噗哧笑了出來。

沙皮犬在一般人眼裡的確很醜，又厚又皺的皮堆在臉上和身上，顯出一副憂鬱和蒼老的感覺，但是在喜愛牠的人眼裡，卻是美的。

果然，冉冉氣紅了臉，衝著雲默喊道：「不許你說元寶醜，牠只是受了傷，沒有精神。」

雲默被半擁在雲舒懷裡，他垂了眼瞼，聲音不大不小地說：「牠的傷是一時的，可是醜，是一輩子的……」

冉冉最喜歡她的沙皮犬了，家裡從沒人敢說這隻狗不好看，然而今天碰上雲默，她一向靈巧的嘴，竟不知該怎麼回擊了，當下氣得癟了嘴，紅了眼眶。

雲舒心中大呼不妙，可別把人家孩子弄哭了才好，忙訓雲默：「你怎麼能欺負冉冉呢，她一個人在外，我們要照顧她才對。」

見雲舒是向著她的，冉冉彷彿有了靠山，插著腰站在車廂裡指著雲默說：「小不點，我比你大，你得喊我姊姊，剛才的事我就不跟你計較了。」

雖然不知冉冉到底幾歲，但看起來的確比五歲的雲默要大不少。但雲默顯然一點也不買她的帳，撇過頭去，理都不理她。

冉冉見自己被無視，氣到不行，但是在別人的地盤上，她又不敢囂張，一時不知怎麼辦才好。

車廂裡的大人瞧著兩個孩子打鬧，著實歡笑了一場，一掃旅途的沈悶和無聊。

按照大公子之前叮囑的，雲舒找到了桑家在吳縣開的客棧——鳳來樓，要了四間房住了進去。

待眾人安置好行李，雲舒又叫了許多美味的食物讓大夥兒在大廳吃，慰勞趕路的艱辛。

吃飯間，雲舒對冉冉說：「好好想想妳家在哪兒，一會兒用了膳，我們趕在天黑前送妳回去，妳爹娘現在肯定急著找妳。」

冉冉像是餓了很久，自顧自地扒飯，對雲舒說的話胡亂應了兩聲，也不知聽進去了沒有。

雲舒漸漸起了疑心，若是意外走丟的孩子，肯定急著回家，但瞧冉冉的模樣，一點也不心急，倒像是不想回去的樣子。

該不會是跟家人賭氣偷跑出來的吧？

雲舒想到這裡，不由得多看了冉冉兩眼。不過……想把她送回去也不難，一會兒要大平去縣衙打聽一下哪家丟了孩子，就知道了。

待吃飽了，冉冉就開始含糊地說：「城裡好大呀，我每次出來總是坐馬車，不知道我家怎麼走……」

果然……

雲舒也不逼問，而是說：「看妳跟隻花貓似的，跟丹秋姊姊去房裡洗乾淨。」

雲舒沒趕她走，冉冉很高興，忙跟丹秋進房了。

待丹秋把孩子領走後，雲舒對大平說：「這孩子身分恐怕不一般，這年頭能養沙皮犬當寵物的人不多，你去縣衙打聽一下，看有沒有富貴人家丟了孩子，咱們別惹禍上身才好。」

大平點點頭，一副很感興趣的樣子。「這狗是沙皮犬啊？我還真是頭一回見到這麼醜的狗，咱們雲默說得可真對，牠的醜是一輩子的，哈哈！」

雲舒見大平也在那裡開玩笑，便說：「別讓冉冉聽到了，不然她又要生氣。快去吧，早點找到孩子的父母，我們也好安心。」

大平笑呵呵地走了，雲舒牽著雲默回房，說道：「走，我們也洗洗去，在路上一直不方便，難受壞了吧？」

雲默低著頭，臉紅紅地說：「娘，我會自己洗了……」

雲舒拍著雲默的頭笑笑說：「那我讓夥計幫你準備水，你自己洗，我整理包裹。」

這一路上，雲舒感覺到雲默飛速的變化。她原本還擔心雲默的經歷會為他的成長帶來陰影，卻沒想到他從最初的冷漠自閉，迅速進展到現在的信任，有時甚至很開朗，讓雲舒漸漸放下心中的擔憂。

雲舒以為雲默對她的信任，是因為兩人曾經相依為命過，然而她卻不知，雲默對她的信任和依靠，帶著他鄉遇故人的珍惜和感懷。

大平很快就回來了，只是那陣仗把雲舒嚇了一跳。

幾十匹騎著馬的護衛蜂擁而來，那巨大的馬蹄聲響震耳欲聾，連客棧都在微微顫動。

大平被載在其中一人的馬背上，到了門口，載著大平的黑衣少年跟大平一起跳下馬，疾步走進鳳來樓。

「雲姊姊，冉冉的家人找到了。」

大平一進門就大聲喊道，雲舒從房內趕了出來，看到堆在外面黑壓壓的人群，微微一愣，而後問大平：「可問清楚了？真的是冉冉的家人？」

這麼大一群男人，看起來面色不善啊！不像官，也不像良民，不知是什麼來頭……

不待大平回答，跟大平一起進來的黑衣少年緊逼上前問道：「冉冉呢？把冉冉交出來！」

這口氣、這用詞，讓雲舒很不快。「這位公子，且稍安勿躁，我得弄明白事情的原委，才能把孩子交給你，不然糊裡糊塗地送羊入虎口，又該怎麼辦？」

黑衣少年冷著臉大聲說道：「妳也不打聽打聽我周子輝是什麼人？會稽郡內，誰人不知周子冉是我妹子，還囉嗦什麼，把孩子交出來！」

他說得自己好像很有來頭似的，但雲舒卻憋了口氣在胸口，她好心救了冉冉，怎麼到這少年口中，像是她綁架了孩子似的？真是太蠻橫不講理了！

「周公子是吧？如果真如你所說，冉冉是你妹妹，孩子自然由你帶走，可是請你客氣一點，我一沒做壞事，二不欠你，請你說話放尊重些。」

周子輝因尋找冉冉急得七竅生煙，好不容易得到消息，一心只想趕快看看妹妹，想知道她是否安好，所以面對雲舒的詢問時，非常不耐煩。

被雲舒這樣一吼，周子輝冷靜下來，眼前的女子大概是冉冉的恩人，他自知理虧。可是，他周大少活了近二十年，除了對他家老子，又何曾對其他人低過頭？縱使心中懊悔，臉上也不肯露出分毫示弱。

雲舒感覺到他的著急，念在丟了孩子心急火燎的分上，這才忍了氣。「看在冉冉的分上，不跟你計較了，來跟我看看孩子，確認是不是你妹子。」

周子輝緊步跟著雲舒來到丹秋房門外，雲舒抬手敲門問道：「丹秋，冉冉洗好了嗎？」急匆匆的腳步聲從裡面傳來，丹秋打開門，身上的衣服被水打濕濕了大半，她挽著袖子，急得滿頭大汗。

「雲舒姊姊，冉冉聽到外面的動靜，嚇得直接從澡盆蹦到床底下躲著了，我怎麼拉都拉不出來。」

周子輝性急，推開丹秋走了進去，雲舒急忙跟在他後面，卻見房內彷彿發生水災一般，澡盆倒在一旁，水流得到處都是。

周子輝不顧地上有水，直接趴在地上向床底看去，果然見到冉冉裹著床單躲在裡面。他臉上一喜，軟聲哄道：「冉冉，妳躲在那裡面做什麼？快出來，大哥來接妳了。」

雲舒聽得渾身一抖，這軟綿的語調跟剛剛對她亂吼的聲音，不是同一個人的吧？

冉冉趴在地上，雙手捂著臉，嗚嗚哭了起來。「哥哥，我不要回去，爹娘都是壞人，只會欺負元寶……」

周子輝頓時板著臉說：「爹娘欺負元寶？怎麼會？走，哥哥帶妳回去，我幫妳問他們去，一定不讓冉冉和元寶受委屈！」

「真的？」冉冉轉頭看向周子輝，有些猶豫地說：「可是哥哥你怕爹，爹一吼，你都不敢說話了……」

聽到這話，雲舒在後面偷笑了一下，微微的聲響沒逃過周子輝的耳朵。

周子輝略微尷尬地說：「為了冉冉，哥哥不怕，一定會保護妳的。乖，快出來，下面又濕又涼，別生病了。」

周子冉很喜歡她的哥哥，聽周子輝哄了兩句，就準備出來。可是稍一動，發現自己沒穿衣服，只裹了被單躲在這裡，頓時又縮了回去，小聲說道：「哥哥先出去……」

周子輝粗枝大葉，不知冉冉怎麼了，繼續好言好語地哄她，雲舒在旁邊看得好笑，就說：「周公子，你先出去，待我們幫冉冉穿好衣服，你再帶她走，不然這個樣子，叫她怎麼見人？」

周子輝紅著臉從地上站起，悶哼了一聲，什麼話也沒說，便轉身出房。

丹秋和雲舒把冉冉從床底下撈出來，雲舒點了點冉冉的腦袋，輕聲訓道：「妳這個小調皮，竟然是跟家裡賭氣，自己偷跑出來的？」

周子冉說謊，又丟了醜，低頭羞紅著臉說不出話。

雲舒對丹秋說：「我出去要夥計再送水進來，妳把冉冉帶床上去待著，別著涼了。」

「好。」丹秋點了點頭。

鳳來樓是桑家的產業，早就接到少東家的指示，自雲舒進店後，百般關照，見她要熱水，自然急忙送上。

雲舒瞧了瞧守在鳳來樓門外的幾十名騎馬護衛，心中好奇，不知周家到底是什麼來頭？

就在雲舒胡亂猜想時，周子輝從鳳來樓外面走了進來，塞了一套非常精美的成衣到雲舒手上。「冉冉的衣服肯定都髒得不能穿了，妳拿這衣服給她穿上。」

雲舒摸了摸衣服，心想他出來找人，肯定不會隨身帶小女孩的衣服，難道是剛剛去買的？這麼看來，他對妹妹真是細心又貼心，只是對外人也太凶狠了，憑什麼用命令的語氣跟她說話？

她打量了周子輝兩眼，知道這人的脾氣肯定不是一、兩天養成的，跟他爭論沒意義，便帶衣服進房去了。

周子冉洗乾淨穿好衣服之後，帶著沙皮犬走出來，一路低著頭，全然沒了一開始的氣焰。「哥哥，我不敢回去……如果回去，爹會罰我嗎？」

周子輝見她完好無損，就是元寶傷了後腿，稍微安心了些，摸摸她的頭說：「不怕，有哥哥在，回去跟爹娘好好說，再不濟哥哥也會幫妳，以後別再胡亂往外面跑，聽到了沒有？」

周子冉噘起嘴說：「我就是進城找哥哥的，可是那守城門的不讓我帶元寶進來，要不是雲舒姊姊，我今天只能睡在荒郊野外了。」

周子輝這才承著冉冉的話，要身後的護衛抬了個箱子過來，對雲舒謝道：「姑娘救了我妹妹，這點謝禮聊表心意，天色不早，我先帶冉冉回去了，告辭。」

他絲毫沒有給雲舒反應的時間，扔下箱子，帶著冉冉和元寶，轉瞬間一大隊人馬十分有序地從鳳來樓消失了。

雲舒走到箱子前，挑開蓋子，裡面裝了一大箱金銀……還真是有錢人！

墨勤自周子輝進店後，一直默默在雲舒附近保護她，見人走了，他才走出來，皺眉看著那箱錢，問道：「這些怎麼辦？」

雲舒拿起一錠銀子，笑著說：「出手這麼闊綽，想來他們家也不缺這點錢，要給我們，我們就收著吧。丹秋幫冉冉洗了這麼久的澡，夠辛苦了，我們買骨頭燉湯給丹秋喝。」

墨勤默默收下這箱東西，心中忍不住嘀咕：買骨頭燉湯喝……這箱金銀，要燉多少湯才燉得完？

雲舒轉身去了丹秋的房間，正有夥計在幫忙收拾房內的積水。

想到周子輝之前誇口的話，雲舒就問那夥計：「打聽一件事，剛剛那對周氏兄妹是什麼來頭，你知道嗎？」

鳳來樓的夥計見是少東家特地叮囑要關注的雲舒，自然知無不言。

「周少爺是太湖震澤山莊的少莊主，震澤山莊主要經營綢緞生意，周家家底十分殷實，占了太湖中三座島。不過……聽說他們家底殷實不是做生意做出來的，而是因為早幾代顯達過，還拜將封王，只是後來遭了難，才開始經商，也不知是不是真的。」

雲舒感慨道：「的確不像一般生意人家，周大少帶出來的人馬，可不是一般商人家能擺出的派頭。」

那夥計點頭附和道：「可不是，震澤山莊裡有好幾百名護衛呢，有他們守著山莊，就跟銅牆鐵壁一樣，一般人別想進去。有時候，咱們縣令還得請周家幫忙呢！」

雲舒了解大概情況後，對周子冉這個小姑娘倒有些佩服。她一個人能從偌大的太湖跑出來，步行幾十里到吳縣，一路上沒出事，也算是她的運氣。

周氏是歷史悠久的大族，上自夏商周，有許多周氏王族，近到漢朝，被封異姓王的周氏也有，只是不知震澤山莊這個周家，到底是哪一支。

雲舒雖然有桑家的人脈幫忙，但這兒並不是洛陽和長安，而是會稽，若能在此地結識一個本地豪族，對她立足做生意定然有很大的幫助。

她當初跟桑老爺約定的兩年時間已經過去一季，想要在兩年時間內一躍成為皇商，必須靠特殊途徑，少不了得要充分利用一些資源。

這個周家有護衛、有財富、有官路，顯然是特別好的選擇，不過……雲舒想想便作罷，她跟他們不過是萍水相逢，以後會不會再見面都不一定，而且那個周子輝一看就是不好相處的人，她只是對他們半商半官的姿態十分好奇。

不知怎的，雲舒突然想起以前看書時讀到的一句話：恰恰用心時，恰恰無心用；無心恰恰用，常用恰恰無。

雲舒琢磨了幾下，真是心境不同，理解也不同。她淡淡笑了笑，便把此事拋於腦後，不再多想。

第九十三章　以退為進

吳縣是出了名的富饒風雅之地，只可惜後世為人們稱道的蘇州園林，現在還沒有建造出來。雖是如此，此處靈秀的風景和宜人的氣候，已經讓雲舒覺得十分歡喜了。

休息了整整兩天後，雲舒就讓大家分頭上街，去一些賣茶的店鋪探詢茶園諸事。零零碎碎得到的一些消息，跟雲舒原本設想的差不多，主要的茶園都在太湖洞庭山一帶。

雲舒這次來吳縣，主要是想找名茶碧螺春，此茶發源地便是太湖洞庭山，只是後世的碧螺春直到明清時才出現，也不知現在有沒有出現雛形？

躺在床上想了想，雲舒笑了笑，自語道：「明天去看看不就知道了？」

跟她躺在一起的雲默聽到了，追問道：「娘明天要去哪兒？默兒也要一起。」

太湖離吳縣還有點距離，她打算跟墨勤、大平一起騎馬過去，帶著孩子不方便，雲舒便說：「默默明天跟你秋姨上街玩，娘要去別處辦正事，乖。」

雲默翻過身，將身子半爬在雲舒身上，說道：「不嘛，帶默兒一起去。」

「我們要騎馬趕路，不能帶你。」雲舒鐵了心地說道。

雲默難得撒嬌，可是對雲舒無用，他也就不再多說，躺回自己的枕頭後，心中暗暗決定，他也要學騎馬。

第二日，留了丹秋、毛大叔照顧雲默，雲舒帶著墨勤、大平，以及鳳來樓一個引路的夥計，四人一大清早就騎馬出城去了。

洞庭山在吳縣西南，雲舒要引路的夥計帶他們去洞庭東山，卻讓那年輕人發了難。

「姑娘，我不曾聽說什麼東山、西山，不知您說的究竟是哪裡？」夥計說道。

雲舒暗自思忖，時下還沒有這樣的叫法嗎？於是她問道：「那你可知道縹緲峰？」

雲舒不記得東山的主峰叫什麼名字，但記得縹緲峰是洞庭西山的主峰，可那個引路的夥計聽了這個名字依然搖了搖頭，表示不知道。

大平見他一問三不知，不由得有些不耐煩。「你不是自誇對太湖洞庭山無所不知嗎？怎麼我姊姊問你什麼，你都不知？」

雲舒忙說：「大平，不可無禮，許是叫法不一樣，讓我再想想。」

引路的夥計見雲舒護著他，心中好受很多，便把知道的說法都講了出來。「當地人喊洞庭山為包山、林屋山，姑娘對這兩個名字可有印象？」

雲舒搖了搖頭，問道：「洞庭山東邊還有些什麼地方？」

那夥計想了想，說：「東邊還有幾個島，其中有胥母山……」

「啊，對對，胥母山！」雲舒欣喜地打斷了夥計的話，說：「我要找的就是這個胥母山！」

洞庭東山的別名叫胥母山，相傳春秋伍子胥曾在此迎母，因而得名。

夥計笑道：「姑娘原來是要找胥母山！這胥母山可不是洞庭山，而是東邊的一座小島，如果妳要去，我這就帶妳去。」

「好啊！」雲舒有些迷糊，不知胥母山怎的就不是洞庭山的一部分，但當下先過去瞧瞧才是要緊。

雲舒雖然對茶有所了解，但她卻不知胥母山本就是太湖中的一座小島，直到元、明後，才跟洞庭山相連成半島，變成洞庭東山的一部分。

騎馬來到太湖邊，夥計找了當地船家，寄放馬之後，雇船來到胥母山上。

雲舒見胥母山的山路十分狹窄，便問道：「這山上沒有住莊戶人家嗎？看這山路，似是不常走人的。」

夥計點頭道：「對面就是洞庭山，百姓們多住在洞庭山上，地廣又方便，何必縮在這小島上？」

夥計想了想，又說：「而且，還有一個不成文的規定，百姓們認為太湖中的小道都是震澤山莊的地盤，一般不打這裡的主意，可是震澤山莊只占了中間聚在一起的三座小島，也沒見他們要其他島嶼，所以就這麼荒蕪下來。」

時下地多人少，湖中島嶼荒蕪無人開墾，是再常見不過的事，雲舒心中卻狂喜不已。她也想占山為王、霸島為主，只是這其中門道該如何走，她還得細細尋思一番。

「姑娘要來胥母山找什麼？」夥計問道。

雲舒說：「找茶樹。小哥認識茶樹嗎？幫我一起找找吧。」

夥計說：「這裡荒僻，偶爾有人來採野果，也不知有沒有茶樹，我們往裡面走走看吧。」

雲舒看了對面的洞庭山一眼，那邊有許多茶莊，胥母山環境差不多，沒道理沒有茶樹。

果然，他們往深山走了一段後，就找到野茶樹，雲舒摘了一把茶葉，在手中揉了揉，然後放在鼻端聞，的確有奇特的茶香。

雲舒開心地笑了，這茶雖沒有成品的碧螺春那麼香，然而待春天生了嫩葉，再被她炒製一番，味道肯定大有不同。即使比不上二十一世紀的茶，但比現在所有茶都綽綽有餘。

探勘了一番後，雲舒發現胥母山果然如夥計所說，盛產野果，山林裡有很多果樹。

她想起碧螺春茶一個關鍵，就是茶樹要跟果樹混合種植，一排茶樹一排果樹這樣交錯，既利於土質，更利於茶葉染上特殊的花果香，這就是碧螺春的一大特色。這樣一個好地方，若能被她獨霸，在上面開闢自己的茶莊，不但不會有人干擾，四面環水的地理也有利於防備別人偷學技術。

雲舒對這裡真是再滿意不過了！

因胥母山沒有住人，土地全是公家的，雲舒回到吳縣後，就向鳳來樓的掌櫃打聽怎麼出手買地才划算。

鳳來樓的掌櫃是個中年人，得了桑弘羊的消息後，幾乎把雲舒當少夫人一般供著，見雲舒問他問題，自然想盡辦法幫她出主意。

「姑娘，雖說那是公地，按理說直接去縣衙找縣令大人即可，但是太湖那一片早就是周家的地盤了，縣令大概作不了主。若能得到周家允許，到時跟縣令打個招呼即可，若得不到周家允許，就算縣令點頭，也是沒用。」

「哦？周家竟然有這樣大的勢力？」雲舒有些訝異。

掌櫃點點頭說：「周家養著半個吳縣呢，縣令處處要倚仗他們。」說著，他眉頭挑了挑。「老夫聽說姑娘救了周家的小姐，姑娘怎麼不借此事跟周家搭上線？」

雲舒想的就是這件事，只是她覺得拿著恩情上門去討要好處，太過難看，而且周子輝已送了她一箱金銀，她又有什麼理由繼續向周家討好處呢？

雲舒不再多說，而是對掌櫃道謝，笑了笑就回房去了。

買地的事情雖然一時找不到好的切入點，但有件事雲舒卻讓墨勤早早準備了起來，便是召集附近墨子為她所用。

躊躇了兩天，大平見雲舒不去聯繫震澤山莊的周家，便主動請纓說：「雲姊姊，妳若覺得不好意思，就由我去找周家，跟他們談一談買胥母山的事情吧。」

雲舒搖搖頭，沒同意。

大平著急地說：「咱們又不是去求他們白給，我們也是談生意，花銀子買，這有何不可呀？」

雲舒見大平不明白她在猶豫什麼事，就把他帶進屋說：「看周家的派頭，肯定不屑賣荒島賺幾個錢。他們做絲綢生意一家獨大，有多少銀子賺不得？關鍵是那座島在太湖中，整個太湖都是他周家的地盤，為什麼要賣一塊給我們，放個外人在自己家門口盯著自己？」

大平也不笨，稍一點撥，他就明白買島不是錢的問題，而是要讓周家的人心甘情願把島賣給她。

若拿救周子冉的事情去找周家，做法未免太過低俗，可是又要怎麼樣才能讓周家情願把島賣給她呢？

雲舒這幾天想的，一直是這個問題。

大平和雲舒坐在房裡說話，雲默在床上玩，他突然爬下床，在床邊使勁拖動一個箱子，見自己拖不動，便喊：「娘，默兒想用錢幣推城堡，娘幫默兒拿一下箱子。」

雲舒走過去輕聲訓道：「箱子裡有這麼多貴重的東西，豈是給你當玩具的？你墨叔不是幫你削了積木嗎？玩那個去。」

「哦。」雲默應了一句，轉身爬上床時卻嘀咕道：「放著也是白放著，不如還給他們呢。」

雲舒兩眼一亮，她真是當局者迷，竟然還要被一個小孩子提醒！

她立刻捉住大平的胳膊說：「有了！你跟墨大哥兩人幫我跑一趟，把這箱金銀還給周家，就說舉手之勞，不敢承擔重謝。」

大平覺得有些可惜，問道：「這麼多錢，真不要了？」

雲舒一臉喜色地說：「不管周家是否收回這箱東西，按禮，他們家都該請我過去當面一謝。雖然那個周子輝不像懂禮的人，但他家長輩不至於什麼都不懂吧？」

大平明白了，連忙點頭說：「好，我這就跟師父商量退禮之事去。」

雲舒回到床邊，使勁揉了雲默的腦袋一把，讚道：「乖乖，你提點了娘呢！」

雲默堆到一半的積木因雲舒這樣一揉，頓時轟塌，雲默無奈地看著倒塌的積木，嘟嘴道：「娘，您說什麼呢，默兒的城堡都被娘毀了……」

雲舒呵呵一笑。「等娘辦完了這件事，就找你墨叔，要他幫你做個能騎的木車給你玩，好不好？」

不料雲默卻說：「娘，默兒不想騎車，想騎馬，娘送我一匹馬好不好？」

雲默的身子日漸結實，已不是往日那瘦骨嶙峋的模樣。雲舒覺得男孩子想學騎馬是件正常的事，便點頭說：「好，等默默再長高一個手掌的個頭，我就買一匹駿馬給你。」

雲默頓時歡喜地笑了。

次日一大早，墨勤和大平兩人騎馬馱著箱子往太湖的震澤山莊去退謝禮。

雲舒算算時間，覺得他們下午未時左右應該會回來，可是一直到晚上關了城門，也不見他們的身影。

雲舒點亮房中的油燈，一直靜靜守候，心中浮現各種揣測。

是因為帶了太多錢財，路上遇到劫匪了？不會不會，墨勤武功高強，斷然不會有事。

那是找不到震澤山莊，在太湖迷路了？太湖面積廣大，其中有四十八島、七十二峰，他們從沒去過震澤山莊，真有可能在裡面迷路。

雲舒自責道：「疏忽了、疏忽了，該找人帶他們去的，現在怎麼辦才好？」

雲舒定下神後想了想，那兩個人長年在外面奔波，就算真迷了路，有武藝和錢財傍身，也出不了什麼問題，決定明天等城門開了，再雇人去太湖找他們。

隔天雲舒早早就起身去找鳳來樓的人幫忙，她還沒把事情跟掌櫃的說清楚，就見墨勤和大平回來了。

雲舒喜出望外，忙過去問道：「你們沒事吧？一夜沒回來，急壞我了！」

大平笑道：「師父就是怕雲姊姊擔心，所以帶我連夜趕回來，因城門關了進不來，所以我們在城外歇了一宿，城門一開才回來。」

雲舒看到墨勤和大平的衣襟上都沾有草色，看樣子像是露宿在樹林。已經十一月了，晚上不知多冷！

「快進房，倒杯熱水喝吧！」雲舒趕緊招呼道。

待他們喝了熱水、吃了早點，全身暖和起來，雲舒才問起昨天他們去震澤山莊的事情。

「震澤山莊很有名，沿途問當地百姓，都知道怎麼走，不到中午我們就坐船到了山莊外，只是求見他們莊主時，費了些功夫。」大平說道。

大人物自然不好見，哪怕墨勤和大平把來意說明白了，守門的護衛也不放他們進去，只說會先傳話給他們家大少爺，看是真是假，再決定怎麼做。

「那個周子輝，真不是個東西！」大平說起他，就一臉憤慨。「我和師父好不容易等到他出來了，他看了看我們，再瞧了瞧地上的箱子，竟然矢口否認，說從來沒有人救過周小姐，更沒給過誰謝禮，要人趕我們走。」

雲舒詫異地揚起眉頭。她設想了多種情況，偏偏沒想過周子輝會否認此事。是怕他們貪心不足繼續索要好處？還是周家不想因此跟外人攀上關係？

看到大平臉上有傷，雲舒皺眉問道：「他們趕你走，所以你跟周家的護衛動手了？」

大平點頭道：「是啊，周子輝睜眼說白話，我跟師父自然要他把話說清楚，別弄得好像我們死纏爛打一樣。誰知一言不合，就動了手。師父可厲害了，打翻他們幾十個護衛，直到驚動他們莊主才甘休。」

墨勤原本在一旁沈默著，聽大平說到他，不自在地低咳了一下。

雲舒對墨勤豎起大拇指說：「墨大哥打得好，他那樣忘恩負義，就該打。」說著，她又轉頭問大平：「後來呢？周莊主怎麼說？」

大平又喝了口水，說道：「雲姊姊，妳肯定想不到，周莊主竟然不知道他家女兒曾經離家出走過！」

「什麼?!」雲舒眼睛瞪得滾圓，從太湖沿岸步行到吳縣要很多時間，而且周子輝來客棧找周子冉的焦急樣子，分明知道自己妹妹丟了，怎麼偏偏周莊主不知道？

大平繼續說：「周莊主立即大發雷霆，命周子輝跪著把話說清楚，問他們兄妹到底做了什麼事。周子輝一口咬定我們是訛錢的騙子，直到震澤山莊一個管家看他被罵到不行，出來說了真話。

「原來周子冉離家出走是他們家管家安排的。周子冉在家為了狗的事情鬧脾氣，頻頻逃跑，管家就想著，與其等她跑不見，不如偷偷把她送到周子輝那裡讓他哄哄，兩兄妹關係最好，周子冉一定會消氣，回來也就好了。

「誰知管家剛派人把她送出去，看著周子冉的人沒看住她，真的把人給弄丟了。管家嚇得把事情瞞了下來，迅速派人聯繫周子輝，幸而第二天就把孩子找到，速速送了回來。所以周莊主一直被周子輝和管家蒙在鼓裡，以為周子冉被關在房間，從沒外出過。」

竟然還有這種事情，難怪周子輝矢口否認，要把他們趕走了。

雲舒問道：「知道真相後，周莊主什麼反應？周子輝又是什麼反應？」

大平樂呵呵地說：「周莊主自然是氣到不行，下令狠狠責罰周子輝和管家二人，連周小姐都一併罰了，要她跪在院子裡抄書十遍，不抄完沒飯吃。周子輝聽了，只求一併受了周子冉的罪，要周莊主不要罰他妹妹，但周莊主不肯，說她就是被寵壞了，若不教訓教訓，以後只怕不知輕重。」

聽完，雲舒皺起了眉頭，心中暗嘆：事情被他們捅破了，周子輝一定恨死他們了吧？她微微沈住氣，又問：「周莊主又是怎麼對待你們的？」

聽到雲舒問這個問題，大平眉飛色舞地說：「周莊主跟周子輝簡直不像父子，周莊主雖然發脾氣時有點恐怖，但對我們卻謙和有禮，一點也不擺架子，又是賠罪又是致謝，請我和師父大吃一頓後，還留我們住在那裡，說是會親自派人來接雲姊姊妳過去一聚。師父怕妳等不到我們會擔心，不肯留宿，周莊主只好放人，說今天再派車來接我們。」

聽完前因後果，雲舒偏著頭思索起來，事情變得這麼複雜，買下胥母山一事只怕要泡湯了。

墨勤這時才開口，問道：「雲姑娘，妳在擔心什麼？」

雲舒輕輕嘆氣道：「千算萬算，沒有算到我們這一舉動捅破了一個要被掩蓋過去的秘密。我們無心做了這麼件壞事，周子輝、周小姐、管家及其他相關人等都受到責罰，必然對我們心存怨恨。就算周莊主是個知禮之人，誠心感謝我們，但買下胥母山之事，只怕會在暗地裡受到不少阻撓，沒什麼勝算。」

墨勤和大平聽了，附和著點了點頭，一時都發起愁來。

雲舒轉而笑道：「不過這也沒什麼，我們走一步算一步，就算買不下胥母山，我一樣有辦法，而且事情說不定會柳暗花明又一村呢。」

雲舒的確做了準備。

若買不下好地方建茶園，那麼開春時，她就租個園子，雇些人手，先收購當地其他茶園的新鮮茶葉，再炒製加工，繼而轉賣。僅是加工轉賣，東西就完全不一樣了，價格自然也不同，照樣能從中牟利。

只是，雲舒擔心頭一年這麼做還可以，第二年若有人知道她高價轉賣，必然會哄抬原料價錢，甚至不提供茶葉給她，若能有自己的茶園，一邊種植開墾，一邊加工轉賣，會省去不少擔憂和時間。

當天中午，震澤山莊就來了兩輛馬車到鳳來樓接雲舒眾人過去。

護送兩輛馬車的護衛有近二十人，每輛馬車除了車夫，還各搭配兩個做事熟練的僕婦伺候。

雲舒、丹秋帶著雲默坐一輛馬車，墨勤、大平、毛大叔則坐了另一輛，浩浩蕩蕩朝震澤山莊而去。

雲舒靠在軟軟的車廂裡，吃著香脆的梨子，十分感慨。即使是現代，農耕人家還經常得靠天吃飯，更何況是這個時代？八至九月是吃鮮梨的季節，到了十一月還能吃上梨子的人家可不多，更何況這梨子脆嫩多汁，絲毫不見皺皮或壞爛。

馬車行走了大半天，直到入夜才趕到太湖邊一個渡口。

渡口橋旁掛著兩排燈，水面停著一艘不小的船，因天黑看不清楚具體模樣，但那如樓一般的陰影已讓雲舒覺得很有壓力了。

渡口旁守著一名中年男子，見車隊抵達，連忙迎上來，對雲舒身邊一個僕婦說：「趙嬸子，你們總算把人接來了，莊主差人來問過好幾遍，快請貴人進莊吧！」

那僕婦掀開車簾，雲舒便帶著雲默下車走到渡口，僕婦見狀要扶雲舒上船，卻被從後面趕來的墨勤接過手，親自扶著他們上船，而丹秋也是由大平親自牽上船的。

來到船艙，墨勤、大平等人站在雲舒周圍，把婦孺圍在中間。看到他們警覺的樣子，雲舒的心往下一沈。

墨勤和大平一左一右保護著女人和孩子，神色很嚴肅，雲舒不知是之前她說周子輝會記恨他們，讓這兩人太緊張，還是他們發現了什麼狀況？一時之間，雲舒有些惴惴不安。

晚上的湖面黑漆漆的，什麼也看不見，只聽到嘩嘩的水聲。

迎接雲舒的中年人主動說起話來。「貴人們還沒吃飯吧？莊主在莊內擺了盛宴，只等諸位過來，我們馬上就靠岸了。」

雲舒衝著他笑笑，沒有多搭腔，只把雲默摟在懷裡，摸摸他的頭。此時，船外傳來兩聲雲舒聽不懂的吳語吆喝聲，想來是船隻靠岸，在跟渡口上的人接頭。

船內，雲舒聽迎接之人說了些話，知道他是震澤山莊一名小管事，姓孫，可叫他孫叔。待船停穩，孫叔請雲舒上岸，雲舒抱著孩子跟在他身後踏上水面浮橋，墨勤緊隨其後。

黑夜裡，腳底下的木板搖搖晃晃的，雲舒小心地掌握平衡，往岸上走去。眼見還差兩步就要上岸，卻感覺到腳下的木板突然抽動，向後滑去。

連尖叫都還沒能出口，雲舒就覺得手臂一緊，接著她就連人帶孩子被墨勤提上了岸。待她站穩，只聽連續「撲通」幾聲，架在渡橋和船板間的木板沒入了水中，剛剛還站在木板上走路的幾個僕婦應聲落水，現場立即掀起一陣混亂，喊叫的喊叫、救人的救人、提燈籠的提燈籠……

墨勤帶雲舒往後退了兩步，雲舒小聲問道：「怎麼回事？」

墨勤說：「這些人裡有周子輝的人，想替周子輝出氣，打算懲戒妳一下。」

「墨大哥怎麼知道的？」雲舒問道。

墨勤指指自己的耳朵說：「坐在馬車裡時，聽到車隊裡兩名護衛說的。」

那兩個護衛私底下商量壞主意的時候，必定是小聲耳語，只是沒料到車內坐了一個高手，連五官六識都不同於常人，讓他們一點小計謀隻字不漏地進入了墨勤耳中。

雲舒感激地笑道：「幸虧墨大哥聽到了。」

說著，雲舒對周子輝更加厭惡了。

雖然周子輝之前對她態度不好，但因為覺得周子輝十分疼愛妹妹，是個好哥哥，所以對他並不討厭。可是沒料到這個男人，竟會放任手下對女子和小孩做些小動作，實在太欺負人了。

雲舒原本還因為戳破了他們的秘密感到內疚不安，然而現在她心裡那些不安已完全消失，反而覺得周子輝就是欠收拾。

忙亂中，有人救起了落水的幾個人，重新搭好浮橋木板，大平、丹秋他們這才從船上下來。

孫叔一臉愧疚地來到他們面前說：「真是對不起諸位貴客，底下人辦事太不小心了，幸而貴客們沒事，對不住、對不住……」

雲舒沒打算挑事，於是壓下心底對周子輝的憤怒，微笑道：「無礙，水上不比陸上，難免有失足的時候。」

孫叔一路賠罪，領著他們進莊，待進了山莊大門，轉由丫鬟們領他們進去。

第九十四章　主動出擊

震澤山莊依山而建，房屋隱在茂密的植被當中，看得並不真切，只有一些模糊的亮光從樹縫間傳出。

領路的丫鬟輕聲細語地說：「莊主在華宴廳中設下晚宴，請貴客們隨我來。」

不知穿過了幾層庭院，他們終於來到一個長方形的院落裡。東邊的宴廳裡燈火輝煌，一眼望去，已能看到案桌上盛放的豐盛食物。

門外，一排丫鬟垂首站立等候，站在他們面前的，則是個戴著木冠的中年人，想必就是周莊主。

見客人來了，周莊主笑著上前迎道：「這位姑娘想必就是小女的救命恩人雲舒姑娘了，請受我一謝。」

雲舒是晚輩，自不敢當他的大禮，微微避開後，笑著說：「周莊主太客氣了，不過是舉手之勞，不足掛齒。」

周莊主見雲舒落落大方，知書達禮，不似尋常女兒家的扭捏和羞怯，不禁對她另眼相看。

他微微點頭說：「想必你們都餓了，在下也不廢話，雲姑娘、墨俠士，快請入席。」

雲舒被周莊主安置在左列首席，其餘人依次而座。

落座之後，雲舒見只有周莊主，而不見周子輝和周子冉，就問道：「怎不見周公子和周小姐？何不請他們出來一起用宴？」

周莊主揮揮大手道：「姑娘不要管他們，那兩個孽子現在正在祠堂領罰，明日一早，我就要他們親自來謝過姑娘。」

「不是不是。」雲舒並不是要他們道謝，而是因為周子冉因她受罰而有些內疚。「深秋夜晚十分寒冷，特別是周小姐年紀還小，若受寒可怎麼辦？我在這裡替周小姐求個情，還請周莊主就原諒她這一回吧。」

周莊主恨鐵不成鋼地說：「我這個女兒，以前家裡老老少少都護著她，把她慣得天不怕地不怕，這次冒冒失失離家出走，幸而是遇上雲姑娘這樣的好人，若是遇到歹人，或遇到其他危險，那可怎麼辦才好？我這次必然要好好罰她，讓她長點記性。」

雲舒看周莊主餘怒未消，勸慰道：「周小姐年紀小，難免調皮，這次她已經吃了苦頭，想必再也不敢了。」

周莊主想起之前夫人到他面前求情，說女兒在祠堂裡跪著抄書，一邊抄一邊咳，已經受涼了。現在雲舒又替她求情，他心已軟，便揮手對一旁服侍的丫鬟說：「去，到祠堂把小姐請過來拜謝恩人。」

丫鬟應聲而退，接著周莊主就開始招呼雲舒吃飯，並問起一些家常。

知道雲舒是從長安來這裡做生意的，周莊主更是驚訝。想她一個女子，不遠千里跑到這麼遠做生意，他行商幾十年，倒是第一次遇到。

「不知雲姑娘打算做什麼生意？」周莊主問道。

雲舒說：「聽說這裡盛產茶葉，想做些茶葉生意。」

周莊主點了點頭，但過了一瞬，便擔憂地說：「吳縣茶葉的確好，可是做茶葉生意卻不易，雲姑娘可是設想好了？」

西漢人飲茶，都是摘新鮮的嫩葉丟進水裡煮，茶葉的好壞根據新鮮程度和香味來決定。茶葉摘下來放久了就會枯萎，香氣消散，所以就跟賣水果一樣，要講究保鮮。

想把茶葉生意做好，茶園、運輸工具、銷路都很重要，周莊主看雲舒一個外地人過來做茶葉生意，很為她擔心。

雲舒不想在第一次見面時就跟周莊主說起生意細節，因為那必然導致她提起購買胥母山之事，或許會讓周莊主覺得她拿救命之恩來說事，不太恰當。

「呵呵，只是一個想法而已。吳縣物資豐饒，到底做什麼生意好，容我再想想。現在即將入冬，不如先休息遊玩，待明年開春再做打算。」雲舒笑道。

「呵呵，不錯不錯。雖然是冬季，但吳縣卻有很多好去處，姑娘不如就住在山莊裡，我必定派人引著姑娘把好去處都看遍，以盡地主之誼。」周莊主熱心地說道。

雲舒連忙拒絕。「這怎麼行，太叨擾了！」

周莊主一為雲舒救女之恩，二為兒子無禮道歉，執意要雲舒留下，來來回回說了很多遍，雲舒終究拗不過他，只好含含糊糊地答應了，只等著住幾天再找藉口離開。

周子冉被丫鬟從祠堂領了過來，她的頭髮被風吹得有些亂，臉蛋蒼白、沒有一絲血色，而且顯得很憔悴，看來罰跪祠堂著實讓她吃了不少苦。

周子冉看到雲舒，雙眼亮了一下，但看到主席上的周莊主，眼神立即黯淡下來，低著頭躡手躡腳走上前。「爹爹……」

周莊主輕哼了一聲，說道：「看在雲舒姑娘為妳求情的分上，就饒了妳這一次。還不去謝過恩人？」

周子冉一聽不用再跪祠堂，也不用抄書了，臉上瞬間恢復幾分顏色，立即轉向雲舒行禮道謝。

丫鬟為周子冉在廳裡布了席位，她坐下後小聲問道：「那哥哥呢？」

周莊主黑著臉說：「休要提他！再讓他多跪一晚，在列祖列宗面前好好反省一下。竟然敢對恩人動武，我倒要問問他，我周家何時教出了這樣的孽子！」

周子冉嚇得噤聲不敢說話，雲舒雖然能勸，但想起周子輝的不客氣以及小動作，就不想幫他說好話。

在雲舒和周莊主聊天時，雲舒注意到周子冉頻頻捂嘴咳嗽，看來還是受了涼。

周莊主發現雲舒分神，便對周子冉訓道：「宴席之上，怎如此吵鬧？禮儀何在？」

周子冉小臉一白，硬是把咳嗽憋在喉嚨裡，非常難受。

雲舒看得心疼，就說：「想咳嗽時，如雞毛在喉頭搔癢，半點也忍不得，莊主就不要怪冉冉了。冉冉病了，要早點看病服藥才是。」

在古代，傷風感冒若拖成肺病，幾乎只有死路一條。

兩人正說著話，就有丫鬟捧著藥來到周子冉面前，是她母親周夫人知道她咳，早早就抓了藥熬好，送去祠堂時知道女兒已被接到宴席上，便匆匆叫人送來。

看到黑漆漆的藥碗，周子冉的臉色比剛剛看到周莊主時還要苦悶，雲舒一看就知道，又是一個不愛喝藥的孩子……

中藥苦口，這個沒辦法，而且效果慢，周子冉晚上只怕要咳得不能入睡了。

「對於止咳，我有個好辦法。」雲舒記得來山莊的路上吃了梨，於是說：「莊子裡想必還有梨，把梨子削皮去核，切成塊，再撒上川貝母磨成的粉，放在鍋上隔水蒸了。之後吃下去，清熱潤肺、化痰止咳，很有效的。」

周莊主覺得很是意外，問道：「哦？姑娘還懂藥理？」

雲舒笑著說：「是我小時候不喜歡吃藥，家人只好求了這個法子，沒想到效果挺好的。」

周子冉也好奇地問道：「不用喝藥，吃梨就能好嗎？」

雲舒笑著說：「藥還是要吃，只是吃幾個蒸梨，興許會讓病早點好，就不用喝那麼多藥了。」

周莊主心疼女兒的心不會因周子冉犯錯而消散，反正材料都是莊子裡現成的東西，又容易做，便命人去做給周子冉吃。

晚宴過後，周莊主特地要人清理迎賓園給他們住，依山傍水，推開窗就能看到太湖的景色，是個十分悠然自在的住所，雲舒也就高高興興地住下了。

只是墨勤和大平仍有些警惕，怕周子輝的人又會來搞鬼，裡裡外外檢查數遍，才稍稍安心。

躺在床上，聽著太湖的水浪拍石聲，在水聲薰陶下，雲舒突然想到一個主意，她知道可以用什麼法子得到胥母山了！

雲舒欣喜非常，她一下子就從床上坐起來，外衫也沒披，點了油燈就開始翻書簡寫東西。

跟她住同一間房的雲默從床上探出頭來，問道：「娘，您在做什麼？」

雲舒低聲一笑說：「我想起我『爹』跟我說的一點秘技，得趕緊記下，有大用哦，默默先睡吧……」

說完這句話，雲舒忍不住笑了起來。

以前她跟大公子在一塊兒時，凡有什麼解釋不過去的事情，她總說是「她爹」教的，沒想到這個說法到現在還得繼續用。

雲默見她不睡，也睡不安穩。他從床頭拿起雲舒的外套，走向雲舒幫她披上。

雲舒覺得肩頭一暖，更是高興，她摟過雲默在他臉上親了一口，說：「乖，我的好兒子。」

雲默紅著臉低聲嘟囔：「又不是真的兒子……」

雲默說的話，雲舒沒有聽清楚，因為忙著記錄東西，她也沒追問。

雲默站在雲舒身後，看著她在書簡上寫字，隨著雲舒愈寫愈多，他的眼神也亮了起來。

沒多久，雲舒寫好了，反覆看了幾遍，高興地說：「唉，我之前怎麼就忘了，周家是做什麼生意的？絲綢啊！若我能幫周莊主忙，一個小小的胥母山，他難道還會放在眼裡？說不定，我也會因此大賺一筆呢！」

雲舒愈想愈開心，現成的材料、人手、資金、自然環境，她只要投入技術就行了，簡直是穩賺不賠的生意。

她把書簡捲起來放在自己枕頭下，抱起雲默說：「兒子，快睡覺，娘明天要談筆大生意，要養精蓄銳。」

雲默笑著說：「娘一定能成功的。」

「母子」倆相視一笑，躺回床上，雲舒這才心滿意足地睡去。

深秋的早晨，枯黃的草坪蒙上一層白色的秋霜，稀疏地蓋著些許落葉。

雖然是一片蕭瑟的秋景，但雲舒卻如沐春風，抱著手中的書簡，帶著墨勤去找周莊主。

周莊主一大早就聽說雲舒求見，在花廳見了她，互相問過早安之後，周莊主問道：「雲姑娘長途奔波，今天怎麼不多休息一會兒？」

雲舒笑著說：「本是勞作之人，有時間也睡不久，何況心裡有事想跟周莊主說一說。」

周莊主點點頭，行商之人的確辛苦，除了長期在外奔波，哪怕是待在家裡的時間，也要不停處理各種事情，很少有睡懶覺的機會。

「雲姑娘想跟我說什麼？」

雲舒上身微微向前傾，開口問道：「周莊主見多識廣，不知可曾聽說過『麻紙』這個東西？」

周莊主伸手拈了拈下巴上的小鬍鬚，回憶了一會兒說：「是不是似麻布又非麻布，可在上面書寫的一種東西？我依稀記得多年前見一個敦煌商人用過。」

雲舒急忙點點頭。「不錯，那正是麻紙。」

西漢時已出現用麻布製作的紙張，只不過麻紙泛黃、僵硬，墨不容易附著，產量也少，用途並不廣泛，只有外出遠行的商人，多少會用麻紙記錄貨物、帳簿，就算是周莊主，也是鮮少耳聞。

雲舒問道：「不知周莊主以為那麻紙跟竹簡比起來如何？」

周莊主笑笑說：「除了比竹簡輕便一些，其他都不如竹簡好，易碎易爛，又不宜存放。」

早期的造紙技術的確不好，麻本身又是一種粗糙的原料，這種情況下製造出來的紙張品質肯定不佳。

雲舒點點頭說：「莊主可曾想過，若有一種輕便、美觀、平滑而又耐久的東西能代替竹簡，應該會很受大家歡迎吧？」

周莊主是生意人，自然知道其中暗藏商機，於是眼神一亮，問道：「那不就是帛書？」

帛書早在春秋戰國時代就出現了，但那是用上等絲織品做成的，成本極其昂貴，根本無法普及。

雲舒頷首道：「是的，我是昨晚夜宿山莊，突然想起一個祖傳秘方，說的正是如何製作帛書。周莊主有得天獨厚的優勢，所以我想跟周莊主合夥做生意。」

「呵呵，雲姑娘想跟我做生意？」周莊主淡然笑了笑。他生意做得大，想跟他來往的商人很多，雲舒太年輕，又是女子，若不是對自己的女兒有恩情，他完全不會把她放在心上。

「帛書雖好，但用料都是上品，製作不便，賺不了幾個錢。」

看出周莊主的客氣和疏離，雲舒也不急，繼續說道：「據我聽聞，周莊主主要做蠶絲生意，不知那些惡繭、病繭，您是如何處理的？」

周莊主說：「自然是丟棄，為了我們周家絲綢的品質，絕不可讓不好的蠶絲混入其中。」

果如她所料！雲舒心疼地說：「多可惜，就算是惡繭、病繭，也是大有用處，不知周莊主可相信，我能用這些廢物製作出上等的帛書，到時候只要我們的帛書賣得比別家略微便宜，大家肯定願意買。」

「廢繭做帛書？怎麼可能？」周莊主滿臉不信，只覺得這年輕姑娘信口胡謅。

雲舒晃一晃手中的書簡說：「這裡面記錄了祖傳秘法，正是有變廢為寶的作用。莊主若是不信，不妨給我一些你們要丟棄的繭，待我把東西製好，莊主看到樣品，再看可不可能，如何？」

周莊主半信半疑地點了點頭。對他來說，這點小事不會損失什麼，於是就要人傳話下去，取一筐廢繭給雲舒。

若能用這些廢繭做成上等品，無疑就是低成本、高利潤的暴利產品，周莊主也不禁心動了……

第九十五章 廢繭製紙

雲舒回到迎賓園後，在竹簡上列了清單，要大平去幫她弄些工具。

墨勤剛剛在一旁聽雲舒和周莊主的談話，有些擔心地問：「妳可是要用做麻紙的方法做帛書？」

雲舒點點頭說：「墨大哥覺得怎樣？」

墨勤微微皺眉道：「不好說。墨者中曾有人會做麻紙，但聽說製作過程很麻煩，又賣不出好價錢，漸漸就沒人從事那一行了。」

雲舒非常清楚這些問題，所以她絕不走麻紙的老路。

製作麻紙的方法跟後世的造紙術原理一樣，成本很低，然而目前貴族用的帛書，成本卻很高。雲舒想改良製作帛書的工藝，順便免去新產品在推廣上的麻煩。

現下的情況是，因為帛書價昂而珍貴，所以已被貴族們接受，然而一般用的人不多，若是價格稍低、產量大增，那情況就不一樣了。

雖然帛書最後終究會被木漿紙代替，但周莊主的條件適合做帛書，木漿紙日後慢慢再做也不遲。

聽說雲舒要準備工具，震澤山莊的人十分支持，大平不過一個上午就準備好了各種工具。

大平幫雲舒抬著一筐廢繭，與墨勤、雲舒三人來到一個單獨的小廚房。

因雲舒之前說是祖傳秘法，震澤山莊的人在廚房裡生好火之後，很自覺地全部退下。

燒了一大鍋水，雲舒將尋來的草木灰放入沸水中，又將廢繭放入水中一起煮，一邊煮一邊用大木棍在鍋裡攪拌。

待廢繭在鍋裡煮成了纖維狀，雲舒就撈出蠶絲，剪成一小段一小段，放在一個木桶裡，用木杵捶搗。

墨勤、大平、雲舒三人三個木杵捶打了一些時候，纖維慢慢變成漿糊狀態，雲舒希望更細膩一些，於是反覆不斷捶搗，直到撈起的漿糊看起來十分勻淨，才肯甘休。

雲舒等人抬著裝有絲漿的木桶來到一個石質池子邊，將絲漿和清水混在一起倒進池子中，再把尋來的澱粉糊混合進去，使紙漿的黏合度更高。

使紙漿黏度高的藥劑俗稱「紙藥」，最好是用楊桃藤、黃蜀葵等浸出的黏液，但這兩樣東西現在都找不到，只好用比較古老的澱粉糊代替。

弄好了紙漿後，雲舒取來縫隙極小的方形篾席放入池中開始撈漿，每撈一次，篾席上就會留下一些極細小的絲纖維，形成一層薄片狀的濕紙。

看著篾席上勻淨的濕紙，雲舒鬆了口氣。她雖然知道製作紙張的原理，然而第一次實做，她還是很忐忑。

她感激地看了墨勤和大平一眼，若不是有他們兩個孔武有力的男人在，要她一個人把纖維打成漿，不知要捶到何年何月，真是多虧他們了。

墨勤看東西已有了雛形，就問：「是不是曬乾就好了？」

雲舒點點頭說：「曬乾後從篾席上揭下來就好了。但是我很怕會揭壞，還是多做幾張備用吧。」

墨勤和大平點了點頭，把準備好的二十張方形篾席都處理好，並排放在太陽下晾曬，三人才歇下來。

雲舒在篾席前走來走去，反覆確認造紙的四個步驟——原料分離、打漿、抄造、乾燥，她連早期造紙不會添加的紙藥也放進去了，應該沒什麼紕漏才是。

她忐忑不安的步子落在墨勤眼裡，倒覺得有幾分可愛。以往的雲舒太沈著淡然，即使是識人清楚的墨勤，也不明白她那不合年紀的心態是從哪兒磨練出來的。

太陽慢慢西沈，帛書還沒有製成，三人把所有篾席都收入房中靠牆而放，次日又拿出來曬。

因為是絲製的，摸上去冰冰涼涼，雲舒不太確定有沒有乾透，根本就不敢伸手去揭，生怕把它扯壞了，於是一連曬了三天。

第三天時，雲舒坐在屋簷下看著這些篾席，突然一陣風吹來，一張篾席上的帛書被太湖的寒風吹得落到地上。

雲舒輕呼了一聲，匆匆跑過去撿起來，赫然是一張成功的帛書。

「我成功了！」雲舒高興地大叫，墨勤和大平也高興地笑出聲來。

收起帛書後，雲舒拿來木棍，將紙捲上去，做成卷軸的樣子，這才去見周莊主。

周莊主這幾天一直等待雲舒做出來的樣品，當她將東西捧上後，他就迫不及待接過去看。

展開卷軸一看，果然如上品帛書般白淨平滑，他稍稍用力拉了拉，絲毫沒有變形或破碎。

「這……真的是用那些廢繭做出來的？」周莊主驚喜地說。

雲舒看他的表情就明白，這件事已經十拿九穩。「正是，周莊主覺得怎樣？」

周莊主反覆撫摸了幾遍，又命人取來筆墨，落筆寫了一個大大的「雲」字。

由於帛書是絲製品，有自己本身的紋路，偶爾會導致墨水暈開，然而雲舒的帛書絲毫沒有這種情形。

「更勝帛書幾分啊，雲姑娘的家傳秘法實在好！」不等雲舒再次提及生意之事，周莊主就迫不及待地問道：「雲姑娘之前說想跟我做生意，不知打算用多少錢售出這種秘法？」

雲舒不喜歡「買斷」的方法，那樣雖然一時會有筆大收入，但實際上是吃虧的。

「周莊主，我可以將製作方法教給你的人，在製作、出售等方面也都會盡力，而我想要的價錢……是其中四成利潤。」雲舒緩緩說道。

說出這些話時，雲舒心中有點打鼓，不知自己是獅子大開口還是虧了，然而她斟酌來斟酌去，覺得自己只不過是出個主意，原料、人力都不用她出，她喊不出更高的價格，甚至已經做好接受三成利潤的心理準備。

周莊主慢慢放下手中的毛筆，拿著帛書來回踱了幾步，腳步突然一停，咬牙說：「好，就依姑娘所說，四成。雖然我周仁從未跟人做過這樣讓利的生意，但雲姑娘妳先對我周家有恩，又幫我把廢物變成寶，我若再貪心，必遭天譴，一切就依姑娘所說。」

取了另一份帛書，周莊主當場立下契約，又按照時下的習慣，在木板上刻了契約，分作左右兩半各自保存，以做憑證。

解決了這件事，雲舒一顆心如同巨石落地，回到迎賓園後，她便呈大字形躺在床上，長長吁了一口氣。

想到不費多大功夫，就有源源不斷的錢飛進口袋，雲舒實在很開心，一時之間有些飄飄然。

忽然間，一隻巨大的狗頭出現在雲舒頭頂，呼呼地噴著熱氣，嚇得雲舒大叫跳起。從床的一端跳到另一端，雲舒這才發現，嚇她的是周子冉的沙皮犬，元寶。

「哈哈……」一陣笑聲從門口傳來，周子冉和雲默兩人出現在門口。

雲默微怒地看著周子冉，責備道：「把妳的醜狗牽走，嚇到我娘了。」

周子冉笑嘻嘻地跳過去，坐到雲舒身邊。「姊姊是睡著了嗎？我們進來妳都沒聽到？嚇壞了？」

在小孩子面前，雲舒努力維護自己的尊嚴，強笑著說：「沒……沒有嚇到，只是有點意外。」

把元寶趕下床，雲舒驚魂未定，帶著兩個孩子坐到桌邊，幫周子冉倒了一杯熱水。「冉冉咳嗽好了嗎？」

周子冉點頭說：「全好了，按照姊姊說的方法吃梨果然很有用！姊姊，妳這幾天在做什麼？我每天來找妳都找不到。」

雲舒笑笑說：「在忙一些生意上的事，怎麼，冉冉找我有事？」

「是呀是呀，我娘親想見姊姊，說要替我謝謝姊姊，要我帶姊姊去芳華園吃飯。」

雲舒這才想起自己來了好幾天，一直沒有去拜見女主人，實在太失禮了。「好啊，如果周夫人不嫌我打擾，我當然願意去拜見她。」

周子冉高興地朝門外喊道：「麗娥，快去告訴娘親，我請到姊姊了，晚上我們就過去吃飯。」

一個明麗的俏丫鬟在門口蹲身應了一聲，就匆匆離去了。

「娘，您幹麼去，跟我們一起吃飯多好。」雲默瞥了周子冉一眼，不高興地說。

雲舒知道雲默擔心有人對她使小動作，但她覺得周家的人不至於每個都像是周子輝那般可惡，周夫人也不可能在女兒面前做什麼過分的事，想來無礙。

周子冉一下就跳起來說：「你個壞蛋，幹麼不許姊姊跟我一起吃飯！」

看兩個孩子針鋒相對，雲舒就調解道：「默默不想跟娘分開嗎？那娘帶你一起去好了。」

聽到他能一起去，雲默這才噤聲，不再多說。

可是周子冉卻一直嚷嚷，說雲默是個愛吃醋的壞小孩，鬧得雲舒哭笑不得。

雲默忍無可忍，瞪了她一眼。「再廢話，我就把松樹的事情告訴妳爹。」

周子冉嚇得半個字都不說了，但這卻引發雲舒的好奇心，忙問道：「乖默默，快告訴娘，什麼松樹？什麼事？」

雲默看了雲舒一眼，用大人的語調說：「娘，小孩子的事，您就別管了。」

雲舒頓時啞口無言。

到了吃飯的時間，麗娥來請他們去芳華園，雲舒跟在麗娥身後，待到了渡口才知道，芳華園在另外一座小島上。

坐上了山莊的小船，在湖中就看到臨湖的山崖上建了一個帶狀的房屋群，想來那就是周夫人住的芳華園。

牽著冉冉和默默的手，雲舒走進芳華園，就見冉冉掙脫她的手，飛撲進一個美婦懷中。

美婦坐在園中的亭子裡，亭子建在高處，能俯瞰太湖美景。她氣度雍容，眉眼中有一股特別的魅力，那微微瞇著眼、慵懶的感覺讓雲舒覺得這才是美人，周莊主真是好福氣！

美婦伸手擁冉冉入懷，撫摸著她的頭說：「還是這般蹦蹦跳跳，在客人面前，妳也要安分一點才好。」

冉冉嘟著嘴在美婦懷中撒嬌，根本沒把這句責怪聽進耳裡。

周夫人轉頭向雲舒看來，雲舒就對她行禮。「雲舒見過周夫人。」

周夫人笑咪咪地抬手道：「不必多禮，我聽老爺和冉冉說起雲姑娘多日，早想見見妳，但是我腿腳不便，一直不曾出島，只有請雲姑娘辛苦走一趟了。」
雲舒不禁向周夫人的腿部看去，她穿著長長的裙子，一直遮到地上，什麼也看不清楚。自她進園，就不曾見周夫人站起來，難道她的腿……
正揣測著，就見周夫人招來在旁服侍的兩名僕婦，說道：「回屋去吧，準備開宴。」那兩名僕婦很健壯，一左一右抬起周夫人坐的木椅，往屋裡走去。看到雲舒一臉訝異，周夫人也只是淡淡笑了笑，招呼她進屋。
周夫人閉口不提腿部殘疾之事，只是對雲舒再三感謝。「……不僅把冉冉安全交到了子輝手裡，還在她跪祠堂時幫她求情，若不是妳，冉冉只怕要病倒了……」
周夫人說了什麼，雲舒都沒有聽進心裡去，只是為她這樣一個美人卻不能站立行走而感到可惜。
周夫人容姿美貌、有兒有女、生活富足，偏偏身有殘疾，想來世上無人能十全十美，總有一些讓人心痛和惋惜的地方。
在感慨中，雲舒甚至不知自己吃了些什麼東西。
周夫人命人撤了食物，又要麗娥帶周子冉和雲默下去散步以免積食，單獨留了雲舒下來說話。
雲舒看周夫人像是有什麼重要的話要說，就收起了情緒。
芳華園的房裡點起了暖爐，焚香一縷縷從精緻的銀絲暖爐中飄出，模糊了周夫人美貌的面容。

雲舒好奇周夫人找自己什麼事，一眨不眨地看著周夫人，卻見她臉上露出猶豫的神色。

周夫人伸手端起杯盞喝了幾口熱水，用手絹輕拭嘴角，放下杯子後，這才說：「雲姑娘，我有個不情之請……」

看她難以啟齒的樣子，雲舒就說：「若能幫上忙，我自當不辭。」

周夫人感激地笑道：「說來是我唐突了，我聽孫管事說，雲姑娘向他打聽太湖沿岸是否有空餘的庭院，我就猜雲姑娘只怕是想走了。可是……我想留雲姑娘在莊中久住。」

雲舒跟周莊主商量帛書的事情時，的確在外院碰到之前接她入莊的孫叔，她當時順口問了問房子的事情，沒想到這麼快就傳到周夫人耳中。想不到她足不出戶，卻能把這麼大的山莊都掌握在手中。

看周夫人說起此事時為難的模樣，定然不是因為什麼「救命之恩」才挽留她，像是別有所求。

雲舒不解地說道：「我初來貴地，能得到周莊主的盛情款待，已感激不盡。我在莊中叨擾了這麼多天，等帛書之事停妥，自然要搬出去，斷沒有一直打擾下去的道理。只是，周夫人挽留我若有其他深意，不妨直說。」

周夫人看她是個直爽的人，跟她女兒冉冉也很投契，心生親切之感，索性打開天窗說亮話。「不瞞雲姑娘，我是想讓雲姑娘留在山莊裡陪伴冉冉……我跟老爺都是孤苦伶仃之人，沒有兄弟，冉冉除了一個哥哥，沒有其他兄弟姊妹，可憐她整天只能與狗為伴，縱使給她找些小丫頭陪著，終究是主僕有別，更何況那些丫頭見識短淺，我怕她們帶壞冉冉。冉冉這次因禍得福認識了你們，看她的樣子，極喜歡妳和令郎，養病期間，一張小嘴總是在說你們。我怕等你們走後，冉冉又變成一個人，終日孤寂無人相伴……」

天下父母心，周夫人真是個細心的人，不光把女兒養得漂漂亮亮，還很關心孩子的內心世界。

只是雲舒很詫異，沒想到冉冉跟他們只是短短相處了一天，就這樣喜歡他們。不過細想一下，雲舒就明白了。

古人重視族親，哪怕不是同胞的兄弟姊妹，也該有一些族內的親戚，偏偏冉冉只有一個已經長大出門做事的哥哥，她又住在太湖的島中，被父母管束著，不能輕易出門，身旁只怕真的是一個朋友也沒有……這該多寂寞、多孤單？

冉冉跑出去遇到雲舒等人，有雲默跟她拌嘴吵架，有人跟她不分主僕尊卑地說話，這種自由快樂的感覺，她怎麼會不留戀？

雲舒微微輕嘆了一聲，縱使她明白其中的緣由，可她不能一直住在震澤山莊。她有她的事情要做，寄人籬下，總是多有不便。

周夫人極懂人心，看到雲舒一臉為難，就知道她不願寄人籬下，趕緊搶在雲舒拒絕之前說：「若雲姑娘願意留下來，我可以請老爺把熾琉島收拾出來給姑娘單獨居住，姑娘若用不慣我們的人，也可單獨請人服侍，就把那裡當成是妳的新家，如何？」

這……不是等於把這個島給她了？雲舒心中暗喜，想到了她的胥母山。「周夫人……」

雲舒剛喊了一聲，周夫人卻是怕她拒絕，忙不迭說：「姑娘，我是個殘廢之人，看著冉冉一天天長大，想帶她四處走走都不能，我實在不願冉冉像我一樣，一輩子都困在一座島上，妳就答應我吧……」

淚光隱隱在周夫人眼中閃動，雲舒怕她著急，忙說：「我留下來就是了，只是有兩點，我不得不先說出來……」

「妳說。」周夫人一臉期待。

雲舒說：「我是來會稽郡做生意，不是來遊玩的。坦白說，若我一直住在震澤山莊，實在無法施展拳腳。關於落腳之地，我曾經考慮過，對洞庭山旁邊的胥母山很中意，原本想找縣令買下那島，最後卻得知太湖中的事要問周莊主的意見才行。因為救了冉冉，我不想讓莊主認為我是挾恩邀功，所以此事一直壓著沒說。若夫人真希望我留下，可否幫雲舒這個忙，讓周莊主通融，將胥母山轉賣與我？我住在島上，就是你們的鄰居，冉冉想找我們玩，隨時來便是，豈不方便？這是第一點……」

周夫人聽著，並未急著說可還是不可，而是問道：「那第二點是什麼？」

雲舒說：「我從長安來，終究不是這裡的人，我在此處只能待到後年夏天，到那時無論如何也得回長安。不過，這裡有我的產業，我自然會常回來看看。」

周夫人算了算，說道：「還有約一年半的時間……」

雲舒點了點頭。

周夫人思忖了一會兒，說道：「且容我跟老爺商量一下，明日必給姑娘回覆。」

能得到這個回覆，雲舒已經很高興了，她提出自己的考量，周家若能接受，她留下來帶著冉冉也沒什麼麻煩；若周家不能接受她的條件，她必然是要先為兩年之約做打算，只能有空的時候，儘量陪冉冉了。

等雲舒帶著雲默回迎賓園，周夫人便要麗娥帶冉冉下去休息，再命人請周莊主過來。

周莊主進房後就直接問道：「夫人，她可願意留下？」

周夫人就將雲舒說給她的話告訴周莊主。

周莊主想都沒想，高興地說：「一個小島而已，送給她又何妨，按她的意思即可。雖然只有一年半的時間，但是足矣、足矣……」

周夫人臉上露出憂色，輕聲問道：「老爺，您為什麼要我拿冉冉做藉口挽留她？她只是用祖傳秘方做出帛書，值得這樣對她嗎？」

周莊主慎重地坐到周夫人面前，握起她的手，有些激動地說：「夫人，妳聽我說。我原未把這個女子放在眼裡，但既然決定跟她做生意，我少不得要調查一下她的來歷，這一查，妳猜我查到了什麼？」

「什麼？難道她有什麼大背景？」周夫人帶著玩笑的語氣問道。

誰知周莊主連連點頭。「之前是我沒在意，這次派人去查，才知道桑家四處派人關照的女子，正是雲舒。也不知她到底是什麼身分，竟能得到桑家如此殷切的關照，必然不一般。」

周家誠然是會稽鉅賈，但是跟洛陽第一富商桑家相比，還是遜色一些。只是周家祖上曾有功勳，留下了一些底蘊，顯得比桑家更厚實些。

可到了如今這一代，桑家少東家入宮為官，是皇上眼中的紅人，商界各家哪個不想巴結？

周莊主激動地說：「雲姑娘一個女子，怎麼可能自己出來做生意？說不定這是桑家的障眼法。跟他們做生意，穩賺不賠是一點，另一點，冉冉若能得到桑家人照顧，可以為我們周家回長安做好準備啊！」

這番話說得周夫人也激動了起來，被周莊主握著的手微微顫抖。

周莊主感慨道：「想我周家當年在長安也是叱吒風雲的豪族，到如今卻落得人丁稀少、偏居一隅的下場……我周仁定要光耀門楣，給祖宗一個交代！」

「老爺……」周夫人想起自己的腿疾，想起從長輩那裡聽來的種種，一時之間心情複雜。「老爺放心，我定會拉攏好雲姑娘，不會壞老爺大事的。」

第九十六章　技驚四座

事情的發展出乎雲舒意料地順利。

周莊主說為了感謝她將祖傳秘法傳授給他，將胥母山作為謝禮贈送給雲舒，不過三天，就跟縣令處理好地契之事，親自將地契交到雲舒手中。

製作帛書的進程也相當不錯，周莊主調派來忠厚老實的管事，跟著雲舒學習技藝，然後教給手下的長工或奴僕，經過幾次嘗試後，終於成功製作出帛書。

周莊主將他們製作出來的帛書命名為「雲紙」，以紀念雲舒的功勞，並彰顯出帛書像雲一樣又白淨又輕軟的特質，讓雲舒高興了一陣子。

在震澤山莊上下忙於組建造紙坊時，雲舒也沒有閒著。她帶著地契登上胥母山，找來工匠修建茶園，並請墨勤召集懂得園林種植和各種技能的墨者。

雲舒忙得不亦樂乎，周子冉和雲默跟她一樣，也跑進跑出玩得不亦樂乎。看著天天跟在自己身後的兩個小跟屁蟲，雲舒只是笑笑，並沒有要丹秋把他們帶回院子裡看住。

孩子雖然小，但雲舒覺得讓他們多接觸各類人、多看看各種事，對他們的成長很有好處。只要有大人在旁幫助他們明辨是非、知曉對錯，幫他們擋開奸佞之人，也就不怕他們走上歪路。

雲舒的想法雖然是好的，卻苦了丹秋。

丹秋哪能放心他們兩個孩子跟著雲舒這樣奔波？太湖中到處都是水，胥母山上都是林子，她一刻也不敢放鬆，一直看護兩個孩子。

胥母山的茶莊在雲舒的籌劃和墨勤的組織下，很快有了雛形。

會稽郡的墨者收到矩子令的號召，不斷有人前來投靠。這些墨者分布於社會各個階層，三百六十行幾乎都有涉及，雲舒與他們一一詳談，將他們分配到適合的位置上，使所有工作都有條不紊地進行著。

茶莊的建設步上正軌，雲舒開始思索起茶源的事情。

建莊之初，她的茶莊沒有足夠的茶樹，到明年春天收茶時，產量絕對達不到期望，為了不錯過明年春天的豐收季，雲舒決定去洞庭山其他茶莊預購他們的茶葉。

雲舒計劃帶隊去洞庭山收茶的事情讓兩個孩子聽到了，撒嬌要求一起去。雲默還好說，但帶周子冉出去，雲舒卻有點擔心，畢竟是富家小姐，萬一有個磕磕碰碰，不好跟周莊主、周夫人交代。

雲舒一面要丹秋準備出行的東西，一面帶周子冉去芳華園見周夫人，希望周夫人出言阻止周子冉，將她留在家裡。

誰料周夫人聽了，卻笑著說：「好，冉冉妳就跟著雲姑娘出去看看，要聽話，不能給她添麻煩……」

叮囑的話還沒說完，周子冉已經高興地蹦了起來，大叫道：「太好了，明天上山玩，還可以在外面住！姊姊、姊姊，我們紮帳篷吧，在山裡看星星、月亮！」

雲舒無奈地說：「冬天住帳篷會凍壞的，想露營恐怕只能等到明年夏天了。」

周子冉一聽到不能住在野外，有點失望，但是能出去玩，她已經很高興了，忙說：「不要緊，明年夏天再去就是了。我要帶著元寶一起去，牠狩獵可厲害了，上回抓了一隻兔子，不知這次牠能捉到什麼？我現在就去跟牠說，牠聽了肯定高興！」

周子冉像風一般跑了出去，雲舒微微有些擔憂地對周夫人說：「夫人，我這次要出去三至五天，帶冉冉出去，很怕照顧不好她……」

周夫人搖頭說：「沒事，既然身體健康，就該到處走走才對。至於安全問題，正好子輝在家，我要他陪你們走一趟好了。你們初來乍到，只怕對洞庭山不熟，有他帶路，也方便一些。」

周子輝？跟他同去？

雲舒微微皺了皺眉頭，但想到有他在，一定能把冉冉照顧得很好，即使出事，也怪不到自己頭上，她便釋然，笑著謝過周夫人，回了迎賓園。

回到房裡，丹秋抬頭就問：「怎樣？周夫人不同意冉冉進山吧？」她這幾天被冉冉鬧得煩心，著實有點怕這個小惡魔，十分不願意帶她出門。

雲舒攤攤手說：「周夫人要我們帶冉冉一起去呢。」

「啊，天吶！」丹秋有點崩潰。

雲舒一笑，趕緊說：「別擔心，冉冉有她哥哥照顧，咱們不用管。」

丹秋忙吁了口氣。「那就好。冉冉這孩子太好動了，又是周家的小姐，我管也不好管。她要是有咱們雲默一半乖該多好？就算是虎妞那孩子，也沒冉冉這樣鬧騰。」

雲舒聽了，微微笑了笑。

雲默極少聽到關於虎妞的事情，好奇地問道：「娘，跟我說說虎妞的事吧。」

雲舒摸摸他的頭說：「她比你大一些，你得叫她姊姊。她是我當初在婁煩山中撿到的虎孩兒，很活潑，膽子也大，跟個小子一樣，也不知她和吳嬸娘他們怎麼樣了……」

出來三、四個月了，雲舒接過吳嬸娘託人送來的書簡，知道有大公子照顧，他們在長安都很好，只是好一陣子不見，心中總是掛念。

雲舒想想，又覺得不對，虎妞喊她姊姊，雲默喊她娘親，她又要雲默喊虎妞姊姊，這關係怎麼想怎麼混亂。

雲舒還沒想清楚，雲默又問：「那這個小姊姊沒有名字嗎？」

虎妞的名字……雲舒有些猶豫。

當初她從婁煩帶虎妞回長安，原本是想替虎妞找個合適的人家寄養的，但是事情一多就耽擱了下來，到離開長安也沒能替虎妞做好打算。兩年時間一過，虎妞就是大孩子了，到時再送到別人家寄養，在情感上必然會受到嚴重的創傷。

當初她沒打算養孩子，可是現在連雲默都已經喊她「娘」了，她沒道理不認虎妞。

如此想著，雲舒心生愧疚，說道：「是啊，你的小姊姊都六歲了，我還沒能幫她取個名字。」

雲舒想了想，又說：「她是我大年初三從雪地裡抱回來的，就叫她雲雪霏吧，雨雪霏霏的雪霏。」

再過沒多久就是虎妞的生日，雲舒打算為她準備一份禮物，然後連幫她取名的書信一起送回長安。

墨勤在得知明天周子輝會跟他們一起去洞庭山後，對此表示擔憂。「還是要提防周子輝這個人。」

雲舒點點頭說：「他也許會使一些讓我難堪的小手段，但也不用憂慮，他父母待我如此客氣，他並不敢真的對我怎樣。更何況，這次他的任務是看著冉冉，也許根本沒心思跟我鬥氣。」

因第二天要出門，大家早早就睡了。

這次跟雲舒出門的除了墨勤、大平、丹秋，還有一個善於採買的墨者，墨鳴。

在震澤山莊外的渡口上，周子輝則帶了周子冉和元寶，還有二十名護衛。

看著這等陣仗，雲舒不由得有些發愣，沒想到一次簡單的出行，竟然勞師動眾。

「你帶這麼多人幹什麼？」雲舒有些莫名地問道。

周子輝個頭有點高，加上練武的緣故，身形顯得比較健壯。他一手插腰，一手按著腰中的佩劍，面無表情地說：「自然是安全所需。」

雲舒說：「墨大哥、大平都會武功，看你的樣子，應該也會，你們三人已經足夠，不用帶那麼多護衛。這麼多人上山太不方便了，到了晚上，住宿都成問題。」

周子輝根本不理會雲舒，固執己見地說：「我已安排好了，不用妳操心，上路吧。」

看到他趾趾的模樣，雲舒的火氣直線往上升，但她隨即覺得自己何必替他操心？全當沒看到就好。

一行人坐船出了太湖，到岸上換馬車和馬，向不遠處的洞庭山而去。洞庭山上的茶莊，沒有上百家，也有幾十家。

雲舒提前要墨嗚打聽最大的三家茶莊，打算從他們下手。

她在馬車上想著採購茶葉的事情，周子冉和雲默卻在外面玩得不亦樂乎。

周子冉被周子輝抱在懷裡坐在馬上，而元寶則被鬆了鎖鏈，隨牠滿地撒歡，一面追著馬亂跑，一面大叫，顯得很開心。

雲默也坐在墨勤懷裡學騎馬，好奇又專注，十分投入。

雲舒看外面一切安好，便放下簾子對墨嗚說：「我們這次去找三大茶莊商談收購茶葉的事情，就以今年春天的市場價收購，以一千擔起收。這個消息不用保密，跟他們談的時候，可以把話放出去，讓別家也知道。」

墨嗚略微擔憂地說：「若三大茶莊都收到這樣的消息，起初會高興不用為來年的茶葉銷路擔心，但馬上就會猜測我們收購這麼多茶的意圖，反而會猶豫不決，不敢輕易答應賣茶給我們，甚至會一起提高價錢。」

雲舒點頭道：「正是如此，我要的就是這個結果。他們不願賣茶給我們，其他擔心銷路的小茶莊聽到消息後，會主動找上門來賣給我們。我在吳縣中打聽了一番，這三大茶莊每年茶葉都賣得很好，幾乎壟斷了吳縣的茶葉市場，其他一些小店的茶葉，有近半數都爛在山裡。如果知道我要收這麼多茶葉，小商販們怎麼會不心動？」

雖然有些詞語聽不懂，但雲舒的意思，墨鳴卻大致上懂了。他眼睛一亮，忙說：「正是正是，雲姑娘好計謀，虛虛實實，真讓人猜不透。」

雲舒笑著說：「我們跟三大茶莊談的是今年的市場價，那麼跟其他小商販談的時候，就可以用比市場價低一成的價格去收購茶葉，我想他們肯定願意，低價賣出，也好過茶葉爛在家裡。這只是些壓價的小把戲，我好，他們也好。」

墨鳴低頭思索雲舒的話，覺得裡面玄奧很多。在談不上市場經濟的漢朝，雲舒這些話，夠他琢磨的了。

一行人趕到洞庭山腳下一個養蠶場，那裡是周家下游原料基地，早有人收到周家的訊息，準備了豐盛的午餐迎接他們。

雲舒下了馬車，周子冉牽著元寶飛奔過來，大喊道：「姊姊妳看，元寶又捉到兔子了，我們中午吃烤兔肉吧！」

小孩子喜歡獻寶，更喜歡得到大人的肯定，雲舒笑著說：「冉冉的元寶真厲害，我們有口福了。」

雲默獨自騎著一匹馬從旁邊過來，頗為不滿地說：「哼，一隻兔子而已，得意成這個樣子。」

雲舒嚇了一跳，忙說：「默默，你怎麼一個人在馬上？快下來，小心摔倒。」

雲默笑著說：「娘，我已經學會騎馬了，不怕。」

冉冉受到了雲默的排擠，氣呼呼地說：「我家元寶會捉兔子，你能捉什麼？連元寶也不如，哼！」

雲默淡淡一笑，從馬背上跳了下來，跑到一個護衛身邊。因是上山，這些護衛隨身都帶了弓箭，雲默要來一副弓箭後，張弓就向天空射去，只聽見「咻」的一聲，飛箭破空而出，一下子就射中一隻鳥。

飛鳥嘶啞的叫喊著落到樹林裡，元寶已經應聲而出，跑去撿獵物，而在場的人們，全都愣住了。

雲舒、墨勤、周子輝、周子冉，還有周圍那些護衛，都難以置信地看著雲默，一個五歲的孩子，竟能張弓射下天上的飛鳥。

那準頭，即使是練武之人，也不敢確保一定如此精準啊！

「默默？」雲舒不知該說什麼，只喚了一聲，就說不出其他字。

雲默朝雲舒咧嘴一笑，邀功似地說：「娘，我厲害吧！」

「太、太厲害了……」這句話是冉冉說的，她滿臉欽佩地看著雲默，不由自主地上前走了兩步。

雲默嘟嘴輕聲哼了一下，還了弓箭之後轉身就走，冉冉卻追了上去，一個勁兒地追問他是跟誰學射箭。

雲舒站在原地，心中五味雜陳。這孩子太過怪異，處處都異於常人，弄得她不知該怎麼辦才好。

周子輝和墨勤不約而同看向雲舒，似乎在等她開口解釋，但雲舒也不知雲默哪來這身本事，能說什麼呢？

雲舒只好尷尬一笑，說道：「好餓呀，不知中午有什麼吃的？」而後快步走進養蠶場的食堂。

匆匆吃了午飯，眾人繼續前行。

雲舒把雲默捉進馬車，直截了當地問道：「哪裡學的箭術？準頭和力道都不錯嘛！」

雲默臉色一沈，嘟著嘴唇說：「以前我躲在柴房，不敢拿廚房的東西吃，怕那個男人發現我，所以自己在山裡找些蟲鳥和果子吃。一開始是用石頭扔樹上的鳥，後來偷了家裡的弓箭來用，漸漸就會了。」

聽雲默說起往事，雲舒心中一痛，忙把他摟到懷裡安撫，生怕他往深處想。

雲默跟他父親那些記憶，雲舒不希望他再想起半點，便匆匆揭過這個話題，不再提起。

雲默體會到雲舒的用意，心中暖暖的，他伸手抱住雲舒的腰說：「自從默兒跟了娘，就再也沒吃過苦。娘真好，以後默兒要好好孝順娘。」

如此溫暖窩心的話，讓雲舒更加疼惜雲默了。

有了中午的一幕，墨勤從此對雲默上了心，待晚上在山上的周家別莊投宿時，他對雲舒表明想收雲默為徒。

對於雲默的未來，雲舒並沒有做很精細的打算，只想到孩子對什麼有興趣，就讓他學什麼。畢竟漢朝不是一個需要科舉才能出人頭地的朝代，雲舒只希望雲默能活得開心隨意一些。

他喜歡讀書，她就讓他跟著左吳先生唸書；他若喜歡練武，跟著墨勤習武也無不可。喊來雲默，雲舒細細問了他，誰料雲默也不說願意不願意，反問：「墨叔叔武功厲害嗎？有多厲害？要我拜師的話，必須是很厲害的人才行。」

雲舒不禁失笑。這孩子真是機靈，拜師還要名師才成。

「默默可能不知道，墨大哥是墨家矩子，矩子你懂嗎？就是老大的意思，墨家門徒全都要聽他的號令，而且他武功高強，一個人能打敗三十多個人，娘至今還沒見他輸過。」雲舒說道。

雲默聽得兩眼發光，忙說：「是嗎是嗎？那我要跟著墨叔叔學武。」

也不知是從哪兒學來的規矩，雲默跑到墨勤面前磕了三個響頭，並端起雲舒幫墨勤泡的一杯茶，端著茶盞向墨勤敬茶。「師父，喝茶。」

墨勤微微點頭，對這個天資極好、腦袋又聰明的孩子很滿意。「雲默，從此之後，你就是我墨家第二十三代弟子，墨家規矩，兼相愛、交相利，我們以興天下之利，除天下之害為己任，不可驕奢淫逸，不可欺凌弱小，你記住了嗎？」

「是，師父。」雲默顯得很興奮。

墨勤讓他起來之後，對雲舒說：「以後我會把我畢生所學都教給雲默，武功、兵法、機關之術，我自認有些造詣，不會耽誤孩子，但若要做學問或是行商，妳可另找人教授雲默。」

墨勤這是不想讓自己耽誤了雲默的前途，雲舒卻認為雲默拜墨勤為師，就沒有必要再另尋他師，這是對墨勤的尊重和信任。更何況，雲舒覺得墨勤很好，有能力有擔當，若雲默長大後能像他這樣子，她也沒什麼好擔心的。

如此想著，雲舒便拒絕了墨勤的提議，只叮囑雲默要跟隨墨勤好好學習。

大平得知這件事情後，高興地跑來逗弄雲默。「來，叫一聲師兄聽聽。」

雲默抿著嘴不願意叫，反而說：「我師兄必須比我厲害才行。」

大平樂了，說道：「難不成我功夫還沒你厲害？」

雲默辯道：「你跟著師父學了好幾年，才這般水準，如果我跟你學一樣的時間，一定比你厲害，等我學有所成，我們再來比試。」

繞來繞去，雲默就是不願喊大平師兄。

大平倒也不跟他爭論，只是覺得有這樣一個小師弟，逗逗他很好玩。

一屋子人說笑著，雲舒忽然見到周子冉跑來，在門口探頭探腦，卻不進來。

「冉冉，怎麼不進來？」雲舒喊道。

周子冉背著手，躡手躡腳地走進來，眼睛不斷看向雲默。

雲舒問道：「冉冉找雲默有事？」

冉冉點點頭，很不好意思地從背後拿出一把弓和沒有箭頭的箭。「雲默，你教我射箭好不好？」

溫順的話從冉冉嘴裡吐出，把雲舒嚇了一跳。這還是平時跟雲默吵架，一直強調自己是姊姊的冉冉嗎？這麼溫順可愛，在雲默面前一點氣勢也沒有。

雲默微微抬頭說：「妳是女孩子，學這些幹什麼？男人會就行了。」

他小大人的樣子把滿屋的人都逗樂了，冉冉十分不好意思，一跺腳，揪住雲默的袖子就把他拉出房去。

外面黑燈瞎火，雲舒和丹秋怕他們跑進林子裡迷路，便要追出去。雲舒疼惜丹秋白天忙碌了一整天，便讓她歇著，自己一個人跟了出去。

屋外，冉冉糾纏著雲默，要他教她射箭。雲舒在屋簷下站著，遠遠看他們玩鬧，並不過去打擾。

「妳兒子很厲害。」一道男聲突然出現在雲舒背後，嚇了她一大跳。

雲舒忙回頭，不遠處，周子輝站在那裡，雙眼盯著周子冉。

也是，周子輝主要是來照顧冉冉的安全，他怎麼會讓冉冉一個人亂跑？

聽他誇雲默厲害，雲舒笑了笑說：「冉冉也很伶俐。」

接下來就安靜了，畢竟兩人不熟，關係又不融洽，實在沒有太多話好說。

就在現場的氣氛有些尷尬時，周子輝忽然問道：「妳相公怎麼讓妳帶著孩子出遠門做生意？他人呢？」

雲舒有點窘迫，想了想，終究還是說了出口。「我並沒有成親，雲默是我收養的孩子。」

周子輝臉上出現釋然的表情。他一直很疑惑，看雲舒沒多大年紀，怎麼已經有了五歲的兒子，那該多早成親？原來是收養的。

釋然之後，周子輝更覺得驚詫，這個女子……當真十分與眾不同。遠遊、行商、未婚養子，似乎不把世俗目光放在眼裡，恣意妄為。

「看來妳很喜歡孩子。」想了半天，周子輝只能這麼說。

雲舒聽到這句話，只是笑了笑。她並不是因為喜歡孩子才收養雲默，其中有各種緣由和機緣，但她沒必要跟周子輝解釋，就說：「你也很喜歡孩子呀，我看你對冉冉就很好，幾乎是無微不至。」

周子輝點點頭說：「自從我母親生了冉冉之後，就大病一場，從此不能走路，父親當時忙著為母親求醫，並不關心冉冉。冉冉三歲之前，幾乎都是我在照顧她，等她長大了，想丟也丟不下了。」

說著說著，周子輝往雲舒這邊走了幾步，突然低聲說了一句「對不起」。

這句對不起差點把雲舒嚇得跳起來，一向傲視眾人的周子輝竟然跟她說對不起，她有沒有聽錯啊？

雲舒盯著他，半開玩笑地問道：「你是為哪一次失禮道歉？」

周子輝的臉有些脹紅，但想到手下之人所做的錯事，他忍下羞赧，說道：「我手下兩名護衛在接雲姑娘入莊時，曾意圖對妳無禮，我當時在祠堂領罰，並不知曉，後來孫叔查明告知我，我已將他們打發了。」

原來是為入莊那次浮橋滑落事件啊！當時因為有墨勤幫助，雲舒並沒吃什麼虧，現在周子輝又道歉了，她就樂呵呵地接受他的致歉，並忙說「沒什麼要緊」。

雲默聽到他們這邊的說話聲，丟下冉冉向雲舒跑了過來。「娘，我想睡覺了，我們回去吧。」

雲舒知道時候的確不早了，向周子輝與冉冉示了個意，就帶著雲默回屋去了。

在洗漱準備睡覺時，雲默嘟囔道：「默兒不喜歡娘跟那個男人說話。」

雲舒笑了，問道：「為什麼？」

雲默皺著眉頭說：「他在吳縣吼過娘，對娘不好，不喜歡他。」

呵，這小子挺記仇的嘛！「好，不理他。」

有個護著自己的兒子真好……雲舒幸福地想著。

第九十七章　明辨是非

有周家的人安排食宿，雲舒這次出行顯得異常輕鬆。待到了洞庭山中茶園聚集之地，雲舒就要墨鳴、大平兩人去跟三大茶莊的人談收購之事，自己則帶著孩子們去玩。

周家別莊的人說，洞庭後山君山水潭邊的臘梅已經開了，景色特別好，雲舒就要人準備了食盒，領大家看臘梅去。

山中的小路不能行馬車，雲舒就換了馬，墨勤帶著雲默，周子輝帶著周子冉，丹秋因不會騎馬，就留在別莊等墨鳴和大平的消息。

三匹馬、三個大人、兩個孩子，就這樣上路了，周子輝之前去君山水潭玩過幾次，有他帶路倒也方便。

在山路上行進的時候，他帶著冉冉騎馬走在最前面，雲舒在中間，墨勤則帶著雲默押尾，元寶則一會兒在前面飛奔，一會兒在樹叢裡亂刨，只要冉冉一叫，牠就立即跑回隊伍，一路上玩得不亦樂乎。

周子輝在前面走得不太安生，騎著馬還頻頻回頭看雲舒。雲舒覺得很怪異，策馬上前跟他並行，問道：「怎麼了？有什麼事嗎？」

周子輝看著前方，沒有立即說話，似是在猶豫什麼。

見他不搭理自己，雲舒搖搖頭，雙腿一夾，策馬超了過去。出來遊玩，就是要盡興，他那般猶豫不決、左顧右盼的樣子，多少有些掃興。

雲舒騎馬疾行，兩個男人同時加快速度從後面趕了上來。

馬兒跑快了，冉冉很興奮，喊道：「姊姊的馬騎得真好！」

雲舒回過頭，一隻手拉著韁繩，對冉冉說：「冉冉想學的話，也可以騎得很好。」

冉冉立刻在周子輝懷裡嚷嚷道：「哥哥，我要學我要學！」

周子輝沒理會冉冉，而是皺著眉對雲舒說：「抓緊韁繩，山間疾行不可大意。」

啥？雲舒眉頭一挑，他這是在關心自己嗎？之前頻頻回頭，難道是擔心自己騎術不行，所以放心不下？

想到這裡，她燦然一笑。「周公子放心，我曾在雪地山林裡騎馬五年，這種小路不在話下，毋庸擔心。」說完她回頭抓住韁繩，又策馬加速。

周子輝在後面睜大了眼睛，這個女子總是為他帶來各種意外，令他不敢小看半分。

不過一個時辰，他們就來到君山水潭邊。

一汪深藍色的潭水在冬天時節顯得更加幽深冷清，好在潭邊一片臘梅林，為這寂靜的山林添加了幾分生氣和馨香。

眾人下了馬，將馬兒拴在樹林裡。雲舒從馬背上的包袱取出厚麻布製成的野餐桌布，鋪在臘梅樹下，再把丹秋幫他們準備好的食物一一擺放上去。

「大家過來坐下歇歇，騎馬都累了吧。」正招呼著，雲舒卻發現兩個孩子已經跑去水邊玩水了，忙囑咐道：「冬天的水很冷，別玩了，小心掉下去。」

有兩個「保鏢」在身邊，就算掉進水裡也肯定淹不死，但穿著濕衣服騎馬回去，肯定會生病，雲舒少不得要多叮囑幾遍。

雲默很聽話，見水潭裡沒什麼魚兒，就回到雲舒身邊了，然而周子冉卻彎著腰要撿水面上的臘梅花瓣，周子輝想幫她撿還不行，非得自己動手。

雲默從馬上取下弓箭，對雲舒說：「娘，我去林子裡打獵物。」

聽到他要去打獵，周子冉哪裡顧得上撿花瓣，立即跑過來拿走她的小號弓箭，追了上去。

「不要走遠了，聽到沒有？」雲舒喊道。

「嗯，知道了。」雲默回道。

周子輝不放心，想跟上去，雲舒覺得他總這樣看著冉冉也不是辦法，孩子還是需要一定限度的自由，便說：「讓他們去吧，雲默很懂事，他們不會走遠的。再說，元寶也跟他們在一起，若有事會叫的。」

周子輝腳步頓了頓，猶豫了一下，終究沒追上去。

臘梅剛剛綻放沒多久，但香氣已十分濃郁，鼻尖滿是芬芳。

雲舒拿出食物和水給墨勤和周子輝，墨勤接過食物坐在雲舒身邊，說他打算以後每天帶著雲默早起練功，怕打擾雲舒休息，建議讓雲默單獨住，或是隨他住。

兩人為孩子的事情商量了起來，周子輝覺得自己無事可做，就說要去拾點柴禾回來，把冷掉的食物烤一烤，吃得也暖和。

雲舒點點頭，看著他遠去，轉而問墨勤：「默默現在學騎馬是不是有點早？他還那麼小，就算給他買隻小馬駒，他也騎不上去。」

墨勤回道：「是小了一些，等他過兩年長個頭了再學比較好。他現在想騎馬，我就多帶著他試一試，也是一樣。」

兩人說著話，時不時聽到冉冉的笑聲和尖叫歡呼聲從樹林裡傳來，想來雲默又在炫耀他的箭術了。

樹林裡沒什麼風，雖然空氣微冷，但是有山有水有梅，景色很不錯，雲舒心情也漸漸舒暢了起來。

正愜意的時候，元寶急吠的聲音傳了過來，墨勤和雲舒同時轉頭望向樹林，墨勤側耳聽了一下，站起來說：「有人在爭吵。」

雲舒也急忙起身，和墨勤兩人向樹林裡跑去。

「默默，冉冉？」

雲舒喊了一聲，下一刻就聽到冉冉大叫道：「哥哥、姊姊，救命，有壞人！」

雲舒心中駭然，加緊跑了兩步，而墨勤則已經提步衝了過去。

在臘梅樹林裡，周子冉被兩個年齡稍大的女孩子一左一右捉住了肩膀，雲默張著弓，搭箭對著旁邊第三個女子。

元寶圍著周子冉亂轉，想咬捉她的人，卻被兩個男子拿著棍子到處攆，近不了身。

被雲默用箭指著的女子冷著臉，惡狠狠地瞪著周子冉。

那兩個捉住周子冉的女子大聲吼道：「哪裡來的野女子，還不向我家小姐道歉?!」

冉冉委屈地叫道：「鬆手，又不是我的錯，憑什麼道歉？」

雲默在旁將弓張得更大了，冷聲說道：「放手，不然我一箭射穿她的臉。」

那位小姐並不怕，而是笑道：「你這個小孩子敢射殺我不成？翠芬、翠芳，把她給我按在地上，看她道不道歉！」

雲默嘴唇閉緊，只聽「咻」的一聲，飛劍射出，直衝那女子的面門。

「鏘」的一聲，飛箭被金屬擋開，偏斜地插入那小姐高聳的髮髻裡。

「啊——！」直到此時，女子才嚇得尖叫，箭矢的衝力把她帶得連退兩步，一屁股坐在地上。

墨勤收起長劍，沈著眼看了雲默一下，沒說什麼，轉而對捉住周子冉的女子吼道：「放開她！」

那兩個女子見自家小姐被射得跌坐到地上，已顧不得捉冉冉，忙尖叫著跑過去扶她起來。

雲舒喘著氣跑了過來，忙問道：「冉冉，妳沒事吧？」

冉冉委屈地撲到雲舒懷裡，喊道：「姊姊，他們好壞，欺負人！」

剛剛跌倒的女子已被兩個丫鬟扶著從地上站了起來，她的髮髻被一箭射散，氣得渾身發抖。

另外兩個趕狗的小廝回到她們身前，握著木棍膽顫心驚地防備著。

那女子顫抖地伸出手指著雲默，尖叫道：「你、你敢射我?!」
雲舒板起臉上前一步，問道：「這位小姐，不知出了什麼事，竟然惹得你們五人對兩個小孩子動手？」
旁邊的一個丫鬟尖聲道：「我們動手？是這兩個野孩子接二連三地拿箭射我們家小姐！這是妳家的孩子對不對？來得正好，把我們家小姐弄成這樣，我倒要看妳怎麼辦！敢得罪邵家，若我們老爺知道了，絕對不會甘休！」
雲舒冷笑了，真是狗仗人勢的奴婢！
她想弄明白事情的原委，於是低頭問雲默：「默默，你告訴娘是怎麼回事？」
雲默收了弓箭說：「我教周子冉射箭，她正要射一枝臘梅，箭已經飛出了，誰料這個女人從旁邊跑出來，自己撞上周子冉的箭，非要說是我們故意的。」
雲舒知道周子冉的箭沒有箭頭，只是一根木枝，加上她剛剛開始學射箭，肯定沒什麼力道。就這樣一件小事，這邵家的人竟然要逼冉冉下跪道歉，實在欺人太甚。
雲舒抬眼瞥了邵小姐一下，說道：「小孩子玩鬧，總是難免失手，妳比兩個孩子大許多，一笑置之，要孩子們道個歉，事情也就過去了。可是妳未免小題大作，何況到底是冉冉先射出箭，還是妳先到那個位置，已無法追究，並不能一味說是他們的錯，而妳竟然以大欺小、以多欺少，難道就不害臊臉紅嗎？」
邵家小姐被雲舒說得氣急，罵道：「又是一個不講理的村婦！阿富、阿財，把他們捉去見官，我要告他們殺人之罪！」

雲舒冷笑連連，既覺得這女子可笑，又覺得她太不自量力。想抓他們，不說周家，且過了墨勤這一關再說。

那兩個小廝聽了邵小姐的吩咐，果然上前來捉雲舒，只一晃眼，他們已飛到一旁，撞上樹幹滾到地上。

滿樹臘梅被震得紛紛飄落，雲舒伸手接下一片花瓣，對著目瞪口呆的邵小姐說：「要去見官，好呀，我也要告妳個綁架婦幼之罪。我這村婦不要緊，只是震澤山莊周小姐若被你們綁了去，不知周家會不會善罷甘休？」

要比家世，誰怕誰？在吳縣一帶，周家雖不能說一家獨大，但也絕對是舉足輕重，哪怕是在商人地位低下的漢朝，周家在官場上依然說得上話。

聽到「周家」兩字，邵家小姐有一絲驚慌，但她看了看周子冉，又笑著說：「妳這刁婦騙誰？周家小姐進山遊玩，怎麼可能不帶護衛相伴？妳休要騙我。」

爭論聲中，周子輝不知何時來到臘梅林中，他見雙方人馬劍拔弩張的樣子，怒聲問道：「何人敢如此大膽?!」

他出口不是問情況，而是直接判定對方在欺負自己人了，真是個護短的性子！

他一出現，雲舒就覺得接下來不用自己再費唇舌，往他身後讓了兩步。

果然，周子冉在見到他的第一時間，便撲到周子輝懷裡，叫道：「哥哥，那個壞女人要打我，不但要我下跪道歉，還要捉雲姊姊！」

周子輝雙目如冷箭一般射到邵家人身上。「妳是哪家女子？我竟不知吳縣出了妳這樣狂妄之人，敢對我周家人動手?!」

那女子抖了一抖，全然沒了剛剛的氣勢，她打量著周子輝，而後顫聲問道：「你……你是周公子？」

周子輝冷哼一聲，提聲問道：「既然認識我，怎不回答我的話?妳是哪家女子？」

他如雷的聲音在樹林裡顯得很霸氣，雲舒在心中偷笑，周子輝又恢復了他們相識之初的凶狠模樣，她還以為他受罰轉性了呢！

邵家小姐嚇得忙說：「小女子乃邵家長女，進山採梅釀酒，不小心衝撞了周小姐，還請周公子原諒。」

「邵家？」雲舒記起她這次要墨鳴去聯繫的三個茶莊，其中就有一家姓邵，不知是不是那個邵家？

周子輝冷笑。「小小邵家，也敢在我面前作威作福，真是自不量力。」

有了哥哥做靠山，周子冉的氣勢漸漸恢復，她雙手插著腰對邵小姐說：「妳剛剛是怎麼說的？我故意打妳？要我給妳跪下來道歉？嗯？」

「我……」邵家比不得周家，邵小姐不敢得罪人，不知怎麼說才好，只得不斷賠不是。

周子冉剛剛被兩個丫鬟抓得生疼，她扭著身體對周子輝撒嬌道：「哥哥，他們剛剛欺負我，可不能這麼放過他們。」

周子輝溫和地說：「那冉冉說要怎麼辦？」

周子冉說：「哼，我要他們下跪給我賠罪！」

邵家小姐的雙頰頓時脹成豬肝色，要她跪一個比自己小這麼多的孩子，她實在拉不下臉。她身旁兩個丫鬟聞言，立即跪在地上，她們剛剛對周子冉動過手，周家保不定會一頓毒打斷送她們的小命。

雲舒抱著手站在一旁看戲，雖然覺得冉冉也有點過分，但畢竟是邵家人先挑事，並那樣粗魯地對待冉冉，冉冉不過是以其人之道還治其人之身，算是邵小姐自作孽不可活吧。

眼見邵小姐雙膝慢慢彎曲，眼睛裡充滿淚水，雲舒的立場卻不斷晃動。她不是可憐這個刁蠻的女人，而是不想看到冉冉有樣學樣，長大以後變得跟這個邵小姐一樣刁蠻無理。

「等等……」雲舒出言阻止道。「被狗咬了一口，難道妳還要回咬狗一口嗎？冉冉既然覺得這位小姐做得不對，又怎麼能學著她做事？這豈不是跟她一樣變得讓人討厭？」

冉冉點點頭，喃喃道：「是哦……算了，我就不跟她一般見識了。」

雲舒摸摸冉冉的頭，對周子輝說：「這件事就算了吧，冉冉和默默都沒有受傷，也沒吃太大的虧，我們又何必欺負人？讓她走吧。」

周子輝想了想，眼睛一斜，對邵小姐吼道：「還不滾！」

邵小姐雙眸含淚地看了雲舒一眼，而後掩面而逃。

眾人帶著孩子回到水潭邊，雲舒沈著目光看向雲默，那眼神比君山水潭的冬水還要冷寂。

雲默大概知道雲舒為何這樣看他，於是停步站在雲舒面前，低頭垂首，閉緊了嘴唇，隻字不說。

「默默，你知道你今天錯在哪裡嗎？」雲舒嚴厲地問道。

雲默依然沒吭聲，也沒抬頭，倒是周子輝和周子冉兄妹有些緊張地盯著雲舒，不知發生了何事。

雲舒看雲默擺出一副不合作的態度，微微有些發怒，她提聲問道：「默默，你是不是不聽娘的話了？」

雲默這才出聲，低低地說：「默兒不敢。」

「那你自己說，你做錯了什麼事？還是說，你不能明辨是非，不知道自己錯在哪兒？」雲舒喝問道。

雲默雖然才五歲多一點，但雲舒知道這孩子聰明，心裡清楚得很。就因為這小子機靈、膽子大、性子狠，所以雲舒更要好好教導他，做錯事絕不能縱容。

雲默十分不甘地說：「是那個女人太囂張。」

「她囂張你就能射箭殺她？錯分輕重，罰有因由，她錯不至死，你卻險些犯下大錯。若你墨叔沒有及時趕到擋開那一箭，你可知你今天就鬧出了人命？」雲舒沈痛地說。

人命非兒戲，雲默先是目睹母親被父親殺死，後又親手殺了親生父親，雲舒不能讓他以為人命如草芥，連小小的口角之爭都張弓射人，那等他會武功了，還得了？

雲默又閉起嘴不說話，不肯主動承認錯誤，也不保證以後不會這樣做，更是讓雲舒生氣。

「好，你既然不認錯，那以後你休想學半點武功，心中沒有一桿秤，學了武豈不到處濫殺無辜？」雲舒憤憤地說道，又轉而對墨勤說：「墨大哥，要成才先成人，默默是非不明，尚不是學技藝的時候，等他長大學好做人，再提其他吧。」

墨勤見雲舒訓孩子，自然點頭。雲默今日妄自傷人，也犯了墨家的規矩，墨勤原本準備回去後以師父的身分訓斥雲默隨意傷人之事，還怕雲舒袒護孩子，沒料到她這樣明白。

周氏兄妹似是沒料到「小小」的事情會惹雲舒生氣，周子冉趕緊貼上雲舒，替雲默說好話。「雲默是為了救我才射那個女人的，姊姊就不要怪他了。」

雲舒無奈地看著冉冉，又看向周子輝，這對兄妹從小在呵護中長大，也是任性慣了，要他們接受雲舒的是非觀，只怕不是一日工夫就能完成。

雲舒只得簡單地說：「凡事都有限度，默默保護冉冉值得表揚，但他動了殺人之心，卻是不對。冉冉也一樣，不對壞人低頭，很有勇氣，卻不能學壞人欺負人。你們都是好孩子，不可以學壞。」

冉冉不知有沒有把話聽到心裡去，但她卻知道雲舒這裡說不通，於是轉而去拉雲默的衣袖，說道：「快給你母親道歉，說你以後再也不這樣，你母親就不會生你的氣了。」

偏偏雲默脾氣很倔，他不願受人欺負，認為吃了虧就要報仇，要讓對方百倍償還，要他對雲舒道歉並保證以後不再犯，難度不小。

「她欺負我們，難道我什麼也不能做嗎？為什麼要忍氣吞聲？」雲默氣得扭過頭，胸脯急速起伏。

看把這孩子氣得……雲舒現在倒覺得好笑，她過去伸指點了雲默的腦袋一下，說道：「我還以為你小子夠聰明呢，沒想到也是個愣木頭，只知道倔到底。誰說要忍氣吞聲了？她欺負你們，娘自然會幫你們報仇，可是報仇一定要殺人嗎？邵家是做生意的，要他們做一筆大虧的生意，或讓邵小姐惡名遠揚嫁不出去，比殺了她還狠。腦子比武力更能解決問題呀！」

雲默抬頭，目瞪口呆地看著雲舒，他沒見過雲舒使陰招，險些以為她是個軟弱慈悲的女子。

雲舒還在說：「君子報仇十年不晚，何況一個小小的吳縣，何用十年？十天也就夠了。」

雲默看她的眼神變得怪異，小聲說：「娘，您不是說不能做壞事嗎……」

「咳……咳……」雲舒尷尬了。「我是說你們小孩子。」

周子輝聽到雲舒橫豎亂說一通，好似怎麼聽都有點道理，忍不住大笑起來。

他笑得讓雲舒面子上有點掛不住，趕緊打斷他問道：「你撿的柴禾呢？不是說生火嗎？我這裡帶了羊腿，誰要烤肉吃？」

話題既然已轉開，大家便輕鬆起來，注意力都轉到雲舒拿出來的羊腿上。

雲舒把羊腿交給他們去生火燒烤，轉身來到墨勤身邊，頗為擔憂地說：「墨大哥，默默身上戾氣很重，以後只怕要你多操心了。」

墨勤點點頭，沒說什麼，但他的保證卻讓雲舒覺得心裡一輕，重任似是有人分擔了一樣。

眾人野遊歸來，丹秋見大家高高興興的，並不知中途發生了意外。然而晚上丹秋見雲默被墨勤勒令扛著實木蹲馬步，心中有些惴惴，向雲舒問道：「默默第一天學武，墨大哥就讓雲默扛這麼重的東西，是不是太著急了？」

雲舒看了院子裡的兩人一眼，淡淡說道：「沒事，默默是在受罰。妳去幫我把墨鳴和大平請來，我有事問他們。」

丹秋狐疑地向外看了看，雲默微微顫抖的小身板讓她很是心疼。但師父罰徒弟，她也不好說什麼，只好去找墨鳴和大平來見雲舒。

第九十八章　邵家賀壽

墨鳴和大平今天去拜訪蘇、吳、邵三家大茶莊，洽談明年春天收購茶葉之事。雲舒將他們請來，詢問具體情況。

墨鳴將拜訪經過說了一遍，三家大同小異，大都是對雲舒這個來路不明的外地商人感到好奇，因墨鳴說的生意數量龐大，他們既不敢立即應承，又不能隨便打發，都說了些好聽話，要墨鳴回來等消息。

雲舒點點頭說：「他們肯定是要去查一查我們的來歷，不然怎麼放心跟我們做大生意？讓他們去查好了，只有一點，明天要趕緊派人把消息散播出去，讓其他小茶莊的人都知道我們正在跟三大茶莊談收茶的事，說得誇張一些也沒關係，能吸引他們的注意就行。」

「好，這事我馬上去安排。」墨鳴辦事夠俐落，又有大平在一旁協助，雲舒很是放心。

墨鳴準備退下去的時候，又說了一件事。「今天去邵記茶莊，聽說過兩天是他們老爺的壽辰，很多人都要進城去拜壽，雲姑娘要不要去？」

雲舒一聽就笑了。「邵家呀，呵呵，我知道了，你們先去休息吧。」

今天在臘梅林裡碰到的邵小姐，估計是為了向邵老爺祝賀壽辰，才來採梅釀酒的吧。

想到那個邵小姐，雲舒心裡就冒出了一點想法……

看看還在院子裡受罰的雲默，雲舒起身往周子輝的房間走去。孩子們吃了虧，總不能白白受罪，是吧？

周子輝剛把周子冉帶回房睡下，就見雲舒主動來找他，心中驚異，走出房間跟雲舒站在臺階上說話。「雲姑娘找我有事？」

唔……態度還算客氣，沒有大聲質問找他幹麼。

雲舒因為有求於人，便笑著說：「周公子，我剛剛聽說再過幾天就是邵家大老爺的壽辰，震澤山莊應該收到請柬了吧？」

周子輝想了一下，點點頭說：「好像有這麼一回事，我家雖然跟邵家在生意上沒什麼來往，但吳縣有頭有臉的人若辦壽宴，必然會請我爹出席。」

雲舒又問：「周莊主會去嗎？」

周子輝不太確定地說：「看我爹心情……」

雲舒聽了微微點頭，眼珠骨碌轉了兩圈。

周子輝見她一臉狡黠，想起她在水池邊對雲默說的那些話，問道：「怎麼？妳想怎麼整邵家？」

雲舒笑了兩聲，說道：「沒有、沒有，我是真的想為邵老爺送份生辰禮物，算是結交一個生意場上的朋友，沒別的意思。」

周子輝不太相信，但又不敢再追問。不知不覺中，他對雲舒已經拘束有禮多了。

「這樣吧，我回去跟我爹說，我替他去送賀禮，到時候帶妳一塊兒去。」周子輝建議道。

雲舒連連點頭說：「好啊好啊。」

休息了一晚，雲舒留墨鳴、大平在山上辦事，邀了周子輝等人進城玩。說是進城玩，雲舒實際是有事要做。她讓丹秋和周子輝帶兩個孩子去街上逛逛，自己則和墨勤去鳳來樓。

鳳來樓的掌櫃見了雲舒，趕緊親自出來迎接，並迫不及待地說：「姑娘這段日子不在，我們公子很是掛念，差人問了好幾次話了。」

雲舒朝他笑著說：「讓你們擔心了。麻煩幫我準備些筆墨和信簡，我想寫幾封書信。」掌櫃連忙差人準備東西，另外親自把雲舒帶到一間上房，上好了茶水伺候她寫信。

雲舒思索了一會兒，提筆寫了三封信。

一封是給大公子，說說自己的近況，問問他的情況，不知他有沒有啟程去馬邑？

一封是給馬六的，馬場第四季的錢差不多該送過來了，得告訴他地點，免得他直奔長安。

最後一封是要大公子轉交給吳嬸娘的，問問長安家裡的情況，要她好好幫虎妞過個生日，並把為虎妞取名為「雲雪霏」的事情告訴她。最後又添了幾句大平長大能幹之類的話，好讓他們夫妻倆放心。

寫好了信，雲舒將三個竹簡捲起來塞在竹筒裡用蜜蠟封了，交給掌櫃的，要他幫忙送一下。

掌櫃的拿到雲舒的信，能跟大公子交差了，自然高興地應下。

雲舒又說：「我在太湖的胥母山上建了茶莊，掌櫃若有事找我，可讓人去那裡尋。」

叮囑一番過後，雲舒和墨勤來到吳縣城門下跟其他人會合。

周子冉手上拿了很多包吃的，丹秋和周子輝手上也沒空著，只有雲默雙手收在袖管裡，跟小老頭似地走在旁邊。

雲舒看了看天色，說道：「走吧，現在啟程，剛好可以趕回震澤山莊用晚膳。」

以前總是鬧著要跟墨勤騎馬的雲默這次乖乖跟雲舒上了馬車，待出了城門，雲默才主動開口喊了雲舒。

「娘……」

雲舒看這小子從上車前就鬼鬼祟祟的，故意不理他，見他主動靠過來，這才笑著應了一聲。

雲默從袖管裡抽出一個長條的紅色盒子，低著頭不好意思地送給雲舒說：「逛街的時候看到這個好看，默兒買來送給娘。」

雲舒心中一暖，不管他送了什麼東西，單是送禮物這份心思，就已經讓她覺得很開心了。

她接過盒子，一面拆開一面問：「默默送娘什麼東西？」

雲默微微紅著臉說：「一顆南珠。」

紅色的木盒中，一顆碩大的南珠穿在紅色三股線上，紅線上間或裝飾著細小的翠綠玉珠，襯得那顆南珠越發白潤光淨。

雲舒跟玉石珠寶打了好幾年交道，一眼就看出這顆南珠不凡，絕不是小孩子亂買的玩意兒。

她驚呼出聲。「默默，這麼好的東西，你哪來的錢買的？」

雲默說：「之前在壽春，鄭叔叔送給我的金丸我全用上了。」

大公子易容到壽春時，的確給了雲默幾個金丸玩，但那也不夠買這樣好的一條南珠項鍊。

雲默又說：「珠寶店的人看到是周子輝帶我去的，就便宜賣給我了……」

雲舒這才了然，別人是在給周子輝面子，不過雲舒不再多說，總不好駁了雲默的一片心意。「真好看，謝謝默默幫娘買禮物。」

雲舒將項鍊從盒子裡取出，就要直接套到脖子上去。

雲舒的頭髮很長，不方便繫項鍊，雲默一下子就跑到她身後幫她拉頭髮，並小聲說：「娘不要生默兒的氣了，默兒以後絕不會做傻事，會考慮輕重的。」

敢情他是來為昨天的事賠禮的？雲舒一面整理頭髮，一面說：「嗯，知錯能改，善莫大焉。」

「咦？」雲默突然奇怪地叫了一聲。

雲舒轉頭問道：「怎麼了？」

雲默卻盯著她的脖子看，說：「娘，您脖子後面有東西？」

雲舒渾身一抖，驚道：「什麼東西？不是什麼蟲吧？」

雲默扒開她的頭髮，微微向後拉下衣領，說道：「娘，是個火焰圖案。」

雲舒愈聽愈奇怪，對一旁的丹秋說：「妳來幫我看看，到底是什麼東西？不會是有人在我脖子上畫畫吧？」

丹秋挪過去看了看，又用手擦了擦。「指甲蓋大小的一個紅色火焰圖案，不像是畫的，倒像是胎記。」

「胎記？」雲舒真想看看，可惜那東西長在她脖子正後方，漢朝的鏡子做得又不好，她這輩子都別想看到這胎記了。

丹秋見雲舒一直很想看的樣子，就說：「胎記常有，只是沒想到雲舒姊姊的胎記長得這麼好看。」這個火焰胎記太紅太逼真，讓看到的人都嘖嘖稱奇。

雲舒淡淡一笑，整理好項鍊和衣領，重新坐好，沒再多說。

胥母山的「雲茶山莊」還沒建好，雲舒等人依然到震澤山莊的迎賓園居住。

一回來就有好多事要做，造雲紙、建茶莊，還要籌劃收茶事宜。好在雲默現在跟著墨勤練武去了，周子冉喜歡跟雲默玩，兩個孩子都不纏她，清靜了不少。

又是忙碌的一天，雲舒捧著一個用竹條編的盒子從胥母山回到迎賓園，見周子輝背手站在院門口等他，就小跑幾步上前。

周子輝見她回來，就說：「明天我們要去邵家賀壽，妳別忘了，早上我會過來接妳。」

雲舒將手上的竹盒子遞給周子輝說：「這是我幫邵老爺準備的賀禮，跟你們的東西一塊兒送過去吧。」

周子輝接過盒子，問道：「這是什麼？」

雲舒笑著說：「雲氏碧螺春，特製的哦！」

周子輝不知道雲舒打的是什麼注意，但從她以前說過的話，就知道她是個有分寸的人，於是不疑有他，將東西收了，並要管家在禮單下方加了一排小字「特製雲氏碧螺春」。

次日天濛濛亮，雲舒就起床準備出發。因為是要去參加壽宴，她又跟周子輝打著周家的名號出席，不能丟了震澤山莊的面子，就找了身最好的衣服換上。

金粉色的曲裾很粉嫩，也很耀眼，襯得雲舒白裡透紅，無比鮮活，彷彿是冬天裡綻放的花朵一般，格外靈動。

頭上的簪子、珠花，脖子上的南珠項鍊、手腕上的翡翠鐲子，哪怕是腳上的手工繡鞋，從頭到腳，打扮得有模有樣。

前來接雲舒的周子輝怔住了，他打見雲舒第一眼起，她就穿得很隨意，甚至在騎馬或去胥母山監工時，還穿著粗布褲子，哪裡見過雲舒這樣鄭重的打扮？

穿著粗衣的雲舒，活潑容易親近，好似可人的鄰家女兒；盛裝裝扮的雲舒卻一身尊貴，舉手投足間皆是從容和氣度，沒有絲毫拘束和不適，彷彿怎樣的裝扮，都能與她的氣質相融。

周子輝疑惑了……

雲舒的背景對周家人來說一直是個謎，他們只知道她從長安來，洛陽首富桑家無微不至地照顧她，淮南翁主和衡山太子曾與她同行，彼此關係親密。

周家的勢力很多年前就從長安裡被根除了，再多的訊息，他們已無從打探。

周子輝覺得雲舒並沒有貴女的各種派頭，只當她是生意人家的女兒，在外面跑慣了，可是今天這一眼，卻推翻了他所有的判斷，他強烈懷疑起雲舒的出身和背景。

雲舒朝他迎面走去，看到周子輝誇張的表情，她笑著問道：「我這身衣服是不是誇張了點？」

周子輝這才發現自己一直盯著雲舒看，頓時覺得很不好意思，他把頭扭到一邊說：「沒有，很好看……」

雲舒自嘲道：「這種粉金色，要十四、五歲的少女穿才好看，我穿著有點不像話，不過……今天就是吸引目光去的，非得這套行頭才行。」

「妳也不過十幾歲，說得像是多老似的。」周子輝對雲舒的自嘲很不以為然。

雲舒呵呵笑了，說道：「我二十啦，你當我很年輕嗎？」

古人健康差、壽命短，很多早夭的，能活到六十的就要做大壽，是有福氣的。一般人多在四、五十歲左右就過世了，所以他們大多十幾歲就結婚生子，忙著延續後代。

二十歲的女孩兒，已經走過生命的三分之一，對古人來說，的確不算年輕了。

周子輝滿臉不信地上下看了雲舒一通，說：「倒沒看出來。」

雲舒抿嘴笑笑，當下二十歲的女子結婚生子，忙著操持家務，自然老得快。她一沒結婚，二沒生子，依然梳著少女髮型，自然看不出年紀。

兩人搭著話，向渡口走去。

周子輝走在雲舒身旁兩步，突然問道：「妳怎麼不嫁人？」

雲舒腳步略停，轉頭向他望去，眼神有些悵然，抿嘴道：「嗯，是該嫁人了，過兩年一定要把自己嫁掉。」

周子輝對雲舒的事情一點都不了解，只當她隨口說說，便開玩笑道：「妳想嫁人還不簡單？定是挑得厲害。」

雲舒不愛把自己感情上的事放在嘴邊說，依舊笑了笑，沒有接話。

周子輝只當她女孩兒家害羞了，陪著笑了笑，就上了船。

冬日的凌晨，太湖上一片霧濛濛，天和水都分不開了。船頭掛著兩排紅燈籠，四個老練的船家划著船破水而過。

待上岸換了馬車，已接近中午。日頭高昇，街道喧鬧，很多百姓已在街頭買賣，或是以物易物，早早開始準備年貨。

雲舒在馬車裡聽著街上的喧鬧聲，腦子裡想的卻是一會兒在邵家的事。她閉目不說話，周子輝在一旁看著，也不打擾。

馬車停在一處高門大院前，門前的夾道上已經停了很多馬車，塞得馬車很難繼續往前行。

周家的馬車比其他馬車寬敞一些，磕磕碰碰好半天擠不過去，周子輝不耐煩地掀簾對外面的護衛說道：「開道都不會嗎？把這些車全都給我牽開！」

同是來作客的，周子輝的態度可謂蠻橫，他令護衛把其他人的馬車全都趕到另一條小道上擠在一起，生生把邵家門口的路空了出來。

這番動靜早就驚動了邵家的人，身穿紅色寶葫蘆圖案衣服的邵老爺，竟然親自走過來迎接周家的馬車。

周子輝下了馬車，只對邵老爺行了一個平禮，將禮單送給邵老爺，而後要四個護衛把賀禮捧了出來。

邵老爺滿面紅光，並不在乎周子輝清道和行禮的毛病，非常殷切地請他進去。

「等等，還有一人。」周子輝突然說道。

周子輝返身探到馬車裡問雲舒：「妳是跟我去大堂，還是要邵家人直接把妳送到後院？」

雲舒起身走下馬車說：「我是來見識一下會稽各方大老闆的，自然是跟著你。」

邵老爺看著周子輝從馬車上迎下一位麗人，滿臉詫異。他從未聽說周家公子娶妻之事啊？

雲舒笑盈盈地下了馬車，朝邵老爺行禮道：「恭賀邵老爺福如東海，壽比南山。」

什麼東海？什麼南山？這句話是什麼意思？聽起來像是吉利話，但邵老爺全然不知雲舒說的是何意。

雲舒不過順口說了這句話，並未思索這句話的來歷，也沒想到邵老爺會聽不懂。礙於面子，邵老爺也沒有多問，只是用詢問的眼光看向周子輝。

周子輝介紹說：「這位是我周家的貴客，從長安來的雲姑娘，她聽說邵老爺過壽，特地前來祝賀。」

能成為震澤山莊的貴客，邵老爺是請都請不來，自然客客氣氣將雲舒請了進去。

雲舒同邵老爺一起前行時，笑著說：「小女子喜好弄茶，自己製出了一種雲茶，特送來給邵老爺品嚐，到時候還請邵老爺指點一二。」

邵老爺有些驚奇，問道：「哦？姑娘也好此道？」

雲舒點了點頭，周子輝在一旁補充道：「雲姑娘這次從長安遠道而來，就是來做茶葉生意的。」

邵老爺的眼神變了變，顯然感覺到敵人來了……

雲舒依然笑得很純良。「我的雲茶跟邵老爺平時喝的茶有些不同，只需取一點放在杯中，直接用沸水沖泡，片刻後即可飲用。我想借此茶在壽宴上向邵老爺祝壽，不知可否？」

邵老爺聽了，心裡有些不以為然，直接沖泡哪能泡出茶葉的香氣？只怕是這小女娃自己鬧著玩。但他還是笑了笑，說道：「聽姑娘說得新奇，到時就拭目以待了。」

走進了邵家的大門，邵老爺命僕從送他們去大堂入席，他自己則繼續在門前迎接賓客。

待客人來了九成，邵老爺就返身來到大堂，準備開席，只是一入大堂，發現裡面分外熱鬧，很多人都圍坐在一堆，不知在說什麼，氣氛十分良好。

直到管家在旁吆喝了兩聲，說壽宴即將開始，請賓客回席，眾人才漸漸散去。圍著的人愈來愈少，熱點中心的人物漸漸露出面容，那身穿粉金衣服的女子，正是雲舒。

隨著眾人散開，一股沁鼻的茶香飄到邵老爺跟前，他聞著如此香濃的氣息，心中有些愕然，他家的茶可泡不出這個味道！

帶著疑惑，邵老爺入了席。

雲舒捧著茶盞站起來，送到邵老爺跟前說：「雲氏女特以雲茶向邵老爺賀壽，祝您身體康泰，生意興隆。」

邵老爺忐忑地接過雲舒的茶，看著茶盞裡茶葉條索纖細、捲曲成螺，滿身披毫、銀白隱翠，湯色碧綠清澈，香氣濃郁甘厚。

他們以往喝的煮茶，哪有這番漂亮的外觀形態？他實在想不通平常的茶葉怎麼就變成了細螺似的樣子。

邵老爺送到嘴邊品了一口，茶香頓時充滿口鼻，不由得讚了聲：「好茶！」

雲舒笑道：「此茶形美、色豔、香濃、味醇，因為茶香獨特，有個『嚇煞人香』的諢名。晚輩在邵老爺面前賣弄，還請邵老爺寬厚原諒。」

邵老爺忽然想起管家曾對他說過，有個商家去他們茶莊收茶，說是從長安來的雲氏。他當時並沒放在心上，此刻想起，立即皺起了眉，敢情是這丫頭，她還拿著自己的東西到壽宴上叱喝起來?!

氣歸氣，但這終歸是自己的壽宴，邵老爺硬是壓住怒氣，不敢發作。他受了眾人的恭賀，感謝同僚的光臨，便匆匆開宴，只是宴席上，到處都是談論雲茶和雲氏女的言論，使他相當煩躁。

邵家請的賓客都是生意人，生意人看到、聞到雲茶的奇特，怎不知其中的商機？蘇、吳兩家大茶莊的老闆頭上隱隱冒出細汗，他們打探到雲舒已在四處聯繫茶源，看她來意不善，紛紛開始想起對策。

在宴席上，雲舒比壽星還要搶眼，不斷有生意人前來跟她打招呼，賺個臉熟，更有人直截了當問起雲茶是怎麼做的。

雲舒忙於應酬，沒吃幾筷子東西，待宴席散了，她卻不願久留，早早拉著周子輝回去。

周子輝疑惑地問道：「這正是認識人談生意的好時機，妳怎麼突然要走？」

雲舒笑著說：「來日方長，先保持一下神秘秘感嘛。」

返回山莊的路走到一半，墨勤突然出現了，雲舒坐在馬車裡隔著窗跟墨勤講話，並不避諱周子輝。

周子輝聽到墨勤對她說：「邵家宴席後留下蘇、吳兩家人去後院商談，不過半個時辰，他們就散了，每人口中都頗有怨詞，像是談事情沒談攏。」

雲舒謝過墨勤，心中暗自高興。她今天這樣露了一手，只怕壟斷會稽一帶茶葉生意的富商要慌了。他們或想跟雲舒合作，或想在她不成氣候時滅掉她，或想挑起她與別人的爭鬥而坐享漁翁之利，這些情況都有可能。

只是不知邵家選的是哪條路？雲舒真的很想知道……

雲舒微微眯著眼，臉上帶著笑，周子輝不知她想著什麼，卻覺得她露出這樣的表情實在太可怕了，那是危險的徵兆，她絕對在打壞主意！

第九十九章　自尋死路

邵家不負雲舒所望，在雲舒「殷切」等待他們反應的時候，邵家不同於蘇、吳兩家直接聯合抵制，也不同於其他小茶莊的巴結，而是派了他家的大小姐來向周家和雲舒賠禮道歉。

再見那日在臘梅林裡起爭執的女子，情形卻是大不相同。

邵家大小姐在兩名僕婦陪同下，出現在周夫人的芳華園，為之前唐突了周子冉而道歉。因跟雲舒也有關係，邵小姐特地對周夫人說要當面對雲舒道歉，周夫人只好要人把雲舒請來。

雲舒到達芳華園時，已經過了午時，周夫人招待邵小姐用過午膳，正在臨山崖的亭中欣賞湖景。

雲舒進入院中，腳步歡快地走了過去，向周夫人福了一福說：「夫人，我來晚了，莫要見怪。」

她今天到胥母山的林子裡去，聽人說在裡面發現了一片茶樹林，她便指揮著工人進林移植茶樹去了。

周夫人笑著對她招招手說：「要找妳可真不容易，聽人說妳進山林裡去了？肯定累了吧，快坐。」

雲舒笑著在周夫人身邊的位子上坐了下來，旁邊的邵小姐起身對雲舒施禮，雲舒看了她一眼，微微點頭示意，並沒有將她放在眼裡，似乎不知道她今天來的原因似的。

周夫人關切地問道：「妳匆匆趕來，用過膳了沒有？」

雲舒點頭說：「在茶莊裡跟大家一起吃過了。」

周夫人微微皺眉說：「那裡餐食簡陋，怎麼吃得好？妳以後還是回到山莊裡用餐比較妥當。」

雲舒不甚在意地說：「不過是為了果腹，現在已經入冬了，要趕在下雪前把茶莊蓋起來才行，時間緊急，就顧不得許多了。」

周夫人憐惜地說：「妳看看妳，這樣不珍惜自己。」

兩人一唱一和，似乎忘記旁邊還有位邵小姐。

邵小姐感覺到她們似乎有些故意忽視她，只好主動插話說：「雲姑娘在蓋茶莊呀？聽我爹說，他喝了妳送的雲茶，口齒留香，至今已過了幾天，還在回味那個味道。」

雲舒笑了笑說：「邵老爺抬舉了。」

她總算是正面跟她說話了！邵小姐抓緊機會趕快說：「那天在君山臘梅林中，是我唐突了雲姑娘和周小姐，還請雲姑娘原諒我的過失。」

雲舒擺著手說：「那天的事情我早忘了，邵小姐何必掛懷。」

邵小姐說：「雲姑娘若不嫌棄，可以稱呼我的小名，阿臻。」

對方都已經把閨名報出來，雲舒在周夫人面前不好表現得太難看，便說：「阿臻妹妹，妳也不用一直叫我雲姑娘，我長妳好幾歲，妳就喊我一聲姊姊吧。」

邵臻求之不得地說：「嗯，阿臻就聽姊姊的。」

雲舒被她一聲「姊姊」喊得有些發抖，一旁的周夫人說道：「都是小誤會，說開就好了，別放在心上。」

服侍周夫人的僕婦過來請周夫人回房喝藥，周夫人就要雲舒先陪邵臻看看風景，讓壯實的僕婦抬著她去屋裡服藥。

雲舒沒什麼好跟邵臻說的，倒是邵臻，反而像東道主一樣，不斷跟雲舒說太湖上有哪些地方好玩。

正說著，有人在芳華園門口探頭探腦地尋找雲舒。

雲舒見是丹秋，就走到門前問道：「怎麼找到這裡來了？」

丹秋說：「雲舒姊姊，吳秀不許我在茶葉旁邊放炭塊烘烤，怎麼說都說不通，妳快回去看看吧。」

雲舒在此地買了一些長工，有男有女，吳秀就是她選出來的一名採茶女，因做事很俐落，被雲舒選出來管教其他採茶女，卻沒料到她跟丹秋兩人性格有些不合。

雲舒對丹秋說：「我這邊還有些事情，暫時走不開。那些茶葉並不急，你們先放著，我晚上回去跟她說。」

說完，雲舒準備轉身回到亭子邊，卻見樹後有抹西瓜紅的裙角一飄而過。她眉頭一挑，心道：妳既然想偷聽，我便讓妳聽個清楚好了！

雲舒匆匆叫住準備回去的丹秋，說：「不成不成，我那些茶葉等不了。妳告訴吳秀，放炭塊在茶旁邊，是為了讓炭塊的高溫幫助茶葉快速凋謝。摘下這些凋謝的茶葉後，我才能把它們揉爛，然後烤乾，製成我想要的東西。妳要她聽我的就是，別擔心。」

說著，雲舒對丹秋使了個眼色。丹秋會意，應了一聲，轉身走了。

雲舒背對著邵臻的方向偷笑了一番，這才轉身來到邵臻身旁。

邵臻剛剛偷聽雲舒跟丹秋的對話，心中有些緊張，她手裡握著杯子，眼睛四處亂看，顯然不知把眼神放在哪裡才好。

雲舒全當不知情，她坐回去之後就說：「唉，手下之人一點小事都辦不好，真讓人費心。」

邵臻陪笑說：「是呀，想找個聰明俐落的人很不容易。」

兩人坐了一會兒，雲舒說要去看看周夫人，邵臻便跟著她進房，周夫人喝藥後，僕婦勸她休息，邵臻就急忙告辭，說不打擾了。

雲舒送她離開後，坐著船回到胥母山，繼續忙自己的事情。

邵臻回家後，趕緊向邵老爺說：「爹，我打聽到雲茶是怎麼做的了。」

邵老爺很興奮，沒想到事情這麼順利！

邵臻將炭塊高溫催茶葉凋謝、揉爛、烤乾的步驟說了，邵老爺恍然大悟道：「原來是這樣，我想說她的茶怎麼一點也不新鮮，原來是摘了凋謝的茶葉烤乾後製成的！」

邵老爺捏著鬍子琢磨著怎麼搶先做出雲茶，好在商機裡占上風。而另一邊，雲舒卻哭喪著臉在茶莊的一間木屋裡說：「不成不成，又失敗了……」
屋裡有不少人，墨勤、大平、周子輝、周子冉、雲默都在一旁看著。
雲舒前面堆了一大盤茶葉渣，也不知她怎麼處理的，看起來很像醃菜，紅紅綠綠分不清顏色。
周子輝皺著眉頭說：「雲茶不是已經很好喝了嗎？妳又在做什麼？浪費好幾盤茶葉了。」
雲舒失意地搖著頭說：「唉，你不懂啦。」
周子輝大聲說：「妳不說怎麼知道我不懂？」
雲舒只好說：「我的雲茶是綠茶，我想研究做紅茶，可是揉爛後要發酵，我總是弄不好，怎麼都做不出像樣的紅茶。我說完了，你懂嗎？」
什麼綠茶、紅茶、發酵，周子輝的確不懂，被雲舒這樣追問，面子就有點掛不住，便拉著周子冉說：「鬼才知道妳在弄什麼玩意兒。冉冉，我們走，該睡覺了。」
周子冉在屋裡待著看雲舒弄茶葉，早就覺得無聊，聽周子輝這麼一說，就蹦蹦跳跳出去牽上元寶，然後對雲默喊道：「我明天再來找姊姊玩。」
雲默點了點頭，之後一本正經蹲在廢掉的茶葉前，看著半成品的紅茶，若有所思。
紅茶和綠茶的製作方法完全不同，雲舒現在已能順利做出綠茶，但想到南方人喜歡喝紅茶，就也想把紅茶弄出來，然而發酵太困難，幾次都以失敗收場。
今天邵臻偷聽雲舒跟丹秋說話，那一段就是製作紅茶的大概步驟，若她是抱著偷聽技術的目的而來，把那些訊息帶回去，只會將邵家茶莊引向末路。
是生是死，全看邵家怎麼做。
想到這裡，雲舒一掃實驗失敗的陰霾，心情頓時好了起來。

忙碌中的時間過得飛快，轉眼已到隆冬時節。
雲莊的房子已蓋好七、八成，只差慢慢整理佈置。胥母山上能找到的野生茶樹，也都被雲舒趁著冬天休眠時期，全部移栽進茶園裡。
雲舒從墨勤推薦的人裡篩選了幾名墨者擔任管理階層，又調派了適合的人做採購、市場、財會和技術研發，以及守衛等工作。另外又要周子輝幫忙介紹買進近百名長工，培養採茶女和製茶女。
一個小而全的「工廠」在新春來臨前之際，有模有樣地成立了。與此同時，雲舒聽到了一個消息：邵家茶莊發生火災，百畝茶樹付之一炬，全部成灰了……
雲舒聽到這個訊息時，心中狂冒汗，邵家人該不會曲解她的意思，把炭塊直接丟在茶樹下面烤吧？那肯定容易發生火災呀……
「唉，自作孽，不可活！」
雲舒嘆息著說出這句話時，雲默在一旁偷笑。果然，雲舒報復的手段，比他那一箭更痛、更狠！

第一百章　意外訪客

馬上就要過年了，近半年，雲舒雖然漂泊在外，卻做了不少事。她興建了兩個茶莊，提前製作出信陽毛尖跟洞庭碧螺春兩種名茶，還抽空跟震澤山莊一起製作雲紙。

為了犒賞跟隨她的人，也為了慶祝太湖雲莊落成，雲舒決定要好好過一個年，於是差人四處採購年貨，並派人去向指定的人送年禮拜年。

長安平陽公主府、韓府、田丞相府，甚至不常來往的東方朔、衛青，還有洛陽桑家、聽說被調到隴西郡玉石場的沈柯、移居到南陽的竇華夫婦、淮南翁主、衡山太子……

雲舒仔細列出送年禮拜年的名單，盡可能不漏掉她已經認識的人，甚至連鄮縣縣令她都列在名單之上。

她這麼做的原因，一是組織關係網，更主要的是為雲紙和雲茶做廣告——她的拜年年禮統一用兩盒雲茶加十卷雲紙，擔心顯得小氣，又加上周家製作的上品絲綢五疋。

冬天茶葉雖不好找，然而雲舒從其他小茶莊收購的話，也能製出一些雲茶。她每份賀禮只送兩盒茶葉，是為了強調雲茶的貴重，畢竟雲茶以後要走高級精品路線，而不是大眾廉價物品。

雲舒的茶莊趕在年前修建完畢，她想在茶莊裡過年，便早早要丹秋收拾好東西，正式從震澤山莊的迎賓園搬到胥母山的雲莊中。

雲莊修建的範圍不算小，大大小小近十個院子，每個院子都有不同的作用，其中用來迎賓待客的「有容堂」和雲舒居住的「納錦苑」修建得最好。

另外工人們已經為開春後要修建的花園、亭臺樓閣闢好了位置。茶園建在山莊正後方，工人們的宿舍則建在山莊和茶園之間。

正式入住雲莊那天，雲舒特地開了宴席，邀請周莊主、周夫人及其子女，小小慶祝了一下，算是慶賀喬遷之喜。

辦完這些，已到了臘月底，吳縣早就被蓋在白色的積雪之下，到處都是一片銀裝素裹。

雲舒站在納錦苑的暖閣中，手裡捧著熱茶，靠著窗看著外面的大雪，跟在屋內縫手爐袋的丹秋說話。

「會稽都這樣了，想來長安、洛陽那邊早就下了大雪，也不知年貨送到大家手上了沒有……」雲舒喃喃道。

丹秋手下飛快走著針線，搭腔說：「墨大哥親自選人去送年貨，應該沒問題。」

雲舒點點頭，就看見一個紅色的身影牽著一條狗，從外面的石板路上狂奔過來。

不用等這一人一狗走近，雲舒就知道是周子冉牽著元寶來了。

她將暖閣的房門打開，元寶拖著周子冉奔了進來，冉冉喘得上氣不接下氣，一隻手拉著狗鏈，一隻手扯著自己脖子上的披風帶子。

雲舒放下手中的茶，走過去幫她把披風脫下，說道：「又沒什麼緊要的事，慢慢走來就是，何苦跑成這副狼狽樣子。」

周子冉大喘了一口氣說：「我是想慢慢走，可是元寶這幾個月長肥太多，我壓根兒拉不住牠，真正要把我跑暈了。」

丹秋放下手中的針線，幫冉冉倒了一杯水。

冉冉道謝著接過水，喝了一口，抬頭問道：「雲默呢？今天都下雪了，難道他還跟他師父練功去了？」

雲舒點點頭。「是啊，不管雨雪還是日曬，練功的事情可不能偷懶。」

冉冉聽了有些洩氣。「我還以為今天能找他玩呢。」

雲舒領著她坐上暖炕，說道：「再過一會兒他就該回來了，今天上午他師父要教他書法，妳若想學，跟著一塊兒去吧。」

冉冉好動，不喜靜，練書法對她來說，等於折磨。她擰著眉頭想了想，似是下定決心一般說：「好，我也去學，等我學會了，看雲默還敢笑我不會寫字！」

古代女子的教育重視才藝勝過學問，冉冉會彈琴、跳舞，也能識一些字，但要她提筆寫字卻沒辦法，為此她和雲默還吵過架，鬧了脾氣。

果然，她們說了不一會兒話，就見雲默穿著單布衣，滿頭大汗地從外面練功回來了。

冉冉感嘆道：「天吶，下雪天，他還穿這麼少。」

雲舒已見慣他練功的樣子，拍拍冉冉的手說：「去西邊的書房吧，雲默換過衣服後，馬上就過去了。」

冉冉把元寶丟在雲舒這裡，歡喜地離開了。

想到裡裡外外的年貨差不多都已備好，應該再沒什麼大的開銷，雲舒就走進房內翻出帳本，開始算起這幾個月的收支。

來來回回算了一上午，看著帳本上的內容，雲舒不由得有些發愁。到處都要用錢，這錢只出不進，她之前在弘金閣工作以及跟馬六販馬存下的錢，即將告罄。

雲紙和雲茶的收益要等春天才能見分曉，若在這之前出點意外要用什麼大錢，就捉襟見肘了。

雲舒現在唯一慶幸的是胥母山本身沒有花到她的銀子，不然的話，她的錢根本不足以讓她在山上蓋這麼大一座山莊。

「若馬場的銀子能送來就好了……」雲舒一個人嘀咕著，想到馬六那邊還有一筆沒有到手的錢。雖然她之前寫過信給馬六告知地點，然而吳縣距離河曲太遠，馬六恐怕得等到開春才能把錢送來。

為了錢的事，雲舒琢磨了一整天。

待到晚上吃飯時，雲默一臉不樂意地坐在雲舒身邊。「娘，我跟師父上課的時候，就別讓周子冉來書房了，她好吵。」

「她喜歡跟你一起玩，你又不是不知道。她哥哥最近忙著應酬他家的事情，也沒空陪她，你就忍耐一下吧。」雲舒說。

雲默卻覺得頭大。「她今年十歲了，不是聽說女孩子十幾歲就嫁人嗎？她怎麼不開始學女紅、學持家，天天跟我一個男孩子玩，算什麼嘛！」

雲默一語讓雲舒驚醒。冉冉太活潑，讓她一直把冉冉當小朋友對待，可實際上她再過三、四年就該嫁人了，如今這般小男孩似的性格，的確不太妥當。正如雲默所說，冉冉有很多東西該開始學了，但周夫人卻一點也不操心，反倒是把孩子交託給她，這樣下去可不行。

雲舒點了點頭，打算抽個時間專程去見周夫人，跟她討論這件事情。

正吃著晚飯，山莊大門前傳來消息，說有一位姓馬的男子前來拜訪，是雲舒的故人。

雲舒很吃驚，姓馬……她最先想到馬六，可是河曲那麼遠，算算時間，他不可能出現在這裡呀？

帶著疑惑，雲舒來到有容堂，那坐在大堂裡等候的人，正是馬六！

「馬大哥，怎麼是你？」雲舒又驚又喜。

馬六站起來說：「姑娘果然在這裡，讓我好找。」

雲舒說：「我前不久派人送信給你了，你沒收到嗎？」

馬六說：「沒有，我這幾個月一直在外面奔波，還沒回去，看來是岔開了。我在長安一直找妳和桑公子，卻不見你們兩人。我花了一段時間才知道妳在這邊，一路打聽過來的。」

雲舒聽他說沒有回河曲，神情也不如之前幾次見到時輕鬆，便問他出了何事。馬六一句三嘆，說了好久，雲舒才把事情的原委弄清楚。

在她離開長安前一陣子，有位與馬六交情不錯的商人聶壹，曾透過馬六向她獻計。聶壹長期與匈奴進行貿易交流，對匈奴十分熟悉，匈奴近年變本加厲騷擾大漢邊疆，對聶家也是豪取強奪。

邊患不息，讓聶壹十分憂心，他心中生出一計，想獻於朝廷，卻苦於沒有門路。想起馬六長年供馬給軍營，肯定認識朝廷中人，於是央求馬六幫忙，所以馬六才帶他去見雲舒。

雲舒知道聶壹是元光二年「馬邑之謀」的關鍵人物，雖然知道這個計謀最終會失敗，但她心想自己既然能改變韓嫣的人生，說不定也能扭轉這次戰役的命運，於是給了聶壹一些建議，好讓成功的機率提高，並帶他去見大公子，獲得他的認可。

馬六帶聶壹去長安獻策，事情妥當後，就直接去北疆跟匈奴人洽談生意，打算取了馬再回河曲。偏偏他身邊委以重任的帳房見他生意愈做愈大，不禁眼紅，捲款逃跑。他沒有錢給匈奴人，生意險些談崩，好在他找朋友圍追堵截，總算尋回帳房和銀子，把生意做成了。

他怕多生事端，又下長安，直接把馬帶到牧師苑賣給朝廷，還準備跟雲舒商量馬場帳房的事情，偏偏他在長安四處找不到雲舒，去桑家找大公子也找不到，打聽之下才知道雲舒離開長安，而大公子也跟著御史南下辦事去了。

馬六帶著賣馬的大量錢財，留在長安等大公子回來，從他那裡打聽到雲舒的消息後，再一路找過來。

「之前的帳房肯定不能用了，我本來就是個粗人，算帳什麼的不太會。現在馬場的生意愈做愈大，不管送多少馬到牧師苑，他們全都要，給的價格也高。我怕耽誤生意，所以想早早找姑娘把帳房的事情定下來……」

馬上要打仗了，朝廷自然到處招兵買馬，生意正好的時候，內部財務出了問題，的確很頭疼。

雲舒想了想，說道：「我現在手邊有一些人可用，待我挑個可靠合適的人，你再帶他一起回河曲吧。」

馬六高興地說：「那就太好了，姑娘派的人，我很放心。」

雲舒看著馬六，微微嘆了口氣，馬六這個人可靠老實、能吃苦，但本事卻有限。馬場是個大生意，的確需要一個有足夠能力的人去協助他。

「雲姑娘，妳的錢還在外面馬車上，要不叫幾個人去把錢抬進來，不然我不放心。」馬六提醒道。

「哦，對。」雲舒點頭應道。

馬六帶著朝廷買馬的錢直接來找她，裝錢的大箱子足足堆了三輛馬車，包括馬六在內，只有四個人押車，雲舒看著錢箱成堆如山，很難想像他們一路是怎麼走過來的。

馬六憨厚地笑著說：「這邊的路我不熟，是桑公子親自派人帶我們過來，直到把我們送到湖邊才回去。」

雲舒很是感激大公子，只怕大公子不僅擔心馬六找不到他們，更怕他們路上被人打劫了吧？

「大公子還好吧？」雲舒情不自禁地問道。

馬六一面指揮人把錢搬進來，一面說：「我見到大公子時，他挺好的。不過聽說他們不能在長安過年，年前就要去馬邑了。」

雲舒微微有些吃驚，算算時間，大公子現在只怕已經在馬邑，而不在長安，看來年禮他是收不到了。

收拾好失望的心情，雲舒問馬六：「馬大哥，你怎麼辦呢？眼看沒幾天就要過年了，北方肯定已經封路，不到二、三月可回不去了。」

馬六不甚在意地說：「沒事，我跟兄弟們去附近找地方住下，等河開了冰再回去就行。」

雲舒關心地問道：「那嫂子過年等不到你回去，豈不是很著急？」

「不要緊，我們長年在外跑，這樣的事常有，從長安出來時，我就送過信給家人了。」馬六說道。

雲舒點了點頭，她幫馬場找人手也不是一、兩天就能搞定的，看來馬六他們只能在這裡過年了。

馬六送來的錢足足有五萬多錢，這可不是筆小數目，徹底解了雲舒的燃眉之急。把錢放進庫裡後，雲舒便安排房子給馬六他們住。馬六看著剛剛新建的雲莊，十分詫異地問道：「這麼大一個莊子，都是姑娘的？」

雲舒點頭說：「嗯，我建來做茶葉生意的。」

馬六佩服地說：「姑娘做生意一向行，這次肯定能賺大錢。」

雲舒只是淡淡一笑。賺錢是一回事，然而要成為皇商，她還有很長一段路要走呢！

這頭剛安頓下馬六，過沒兩天，雲莊又迎來了幾個讓雲舒倍感意外的客人。

如果說馬六的突然到來對雲舒來說是意外，那麼雲莊外碼頭上的那一行人，對雲舒而言完全就是驚嚇了。

雲舒在雪地上快速跑過去，看著男女老少一群人，嚇得連說話都有些結結巴巴了。

「你、你們怎麼來的？」雲舒下巴差點合不起來。

吳嬸娘夫婦帶著虎妞和三福兩個孩子，竟然也來會稽郡了！

虎妞撲著跑到雲舒懷裡，喊道：「姊姊，我們來找妳了。」

雲舒半摟著虎妞，用疑問的眼神望向吳嬸娘。

吳嬸娘滿臉為難地走過來說：「姑娘，我們實在攔不住虎妞，自從收到妳的信之後，她就鬧著要來找妳，從家裡溜出去三次，我們實在怕她一個人亂跑，這才帶著她過來找妳。」

虎妞在雲舒懷裡抬起頭說：「姊姊，虎妞有名字了，叫雪霏，雲雪霏，我好開心！」

原來是為了名字的事情這樣高興。雲舒嘆了口氣說：「妳也太胡鬧了，讓吳嬸娘他們如此為難，想過來的話，先送個信給我，我就會派人去接妳，怎麼能亂跑呢？」

虎妞嘟著嘴巴說：「我想跟姊姊一起慶祝生辰啊。」

外面天氣冷，湖邊的風更是不得了，雲舒忙把大家帶進雲莊，準備讓他們歇歇，再好好說話。

進來雲莊，大平看到父母和妹妹，興奮之情不言而喻，而雲默看到虎妞，也是分外好奇。

雲舒牽著虎妞，對雲默說：「默默，來，這就是你之前問到的小姊姊。」

雲默打量著虎妞，只見這個小女孩跟周子冉類型完全不同。她皮膚微黑，眼睛圓而大，精神抖擻，如她的小名一般，真的像個小虎妞。

虎妞也打量著雲默，主動說道：「我是雲雪霏，你是誰？為什麼跟我姊姊住在一塊兒？」

雲默微微笑著說：「我叫雲默，我跟我娘住在一塊兒，有什麼不對嗎？」

虎妞驚訝的抬頭望向雲舒，吳嬸娘在旁聽了，也訝異得不得了，忙問道：「姑娘，這是怎麼一回事？」

出來沒多久，卻平白多了一個兒子，教人不驚訝也難。

雲默知道自己的身世，雲舒明白他不介意讓別人知道，於是說：「這是我在路上收養的孩子，他父母都不在了，所以跟了我姓。」

抬頭望著雲舒的虎妞聞言，無聲地低下頭，看著自己的手指出神。

雲默突然問道：「娘，我應該叫她姊姊還是小姨呀？」

雲舒心想這兩個孩子年紀差不多，而虎妞又在她身邊長大，母女關係更勝於姊妹關係，便說：「叫姊姊吧。」

聽到這個結論，低頭出神的虎妞突然又抬起頭，十分雀躍地對雲舒說：「那我也要喊您母親，雪霏也想要娘親。姊姊，做我的娘吧！」

這句話聽在雲舒耳中，十分動容。

虎妞快七歲了，不再是什麼都不懂的小孩子，她知道要名字，更知道要爹娘，也想要一個家。她不再是雲舒從雪山老虎身邊抱回來的，只求一口飯、一口水、一個玩伴的嬰兒了。

雲舒摸摸她的腦袋說：「我原本想幫妳找個幸福的家，有爹、有娘，可是還沒找到合適的，妳真的想要我做妳母親嗎？」

虎妞再次撲住雲舒說：「我只要姊姊做我的娘。」

雲舒笑了笑，允道：「那好，虎妞以後就是我的乖女兒，妳跟弟弟要好好相處哦。」

虎妞歡喜地拍手亂跳，口中大喊：「我有娘，也有弟弟，太好了！」

看著孩子這般高興，一旁的吳嬸娘卻滿臉擔憂。

丹秋和大平幫忙安排吳嬸娘一行人的住宿，又吩咐廚房準備了熱呼呼的飯菜讓他們飽餐一頓，另外燒了熱水，讓他們洗去一身塵土。

他們雖然安全抵達雲莊，但有些事雲舒還是得仔細問問，待晚上孩子們歇下了，她便把吳嬸娘單獨喊了過來。

吳嬸娘正巧也有話跟雲舒說，便主動說了起來。「虎妞接到姑娘的信，知道自己有姓名了，就鬧著見姑娘。半夜跑了三次，我們到處找，都急壞了，最後還是煩勞大公子派人找，才把孩子找回來。大公子看這樣鬧得不成樣子，就說派人送我們過來找姑娘，我原本覺得太遠了，不同意這事，但大公子說他馬上就要離開長安，可能一、兩年都回不來，到時候我們在長安若有事，也沒人照應，想了想，我們就收拾東西、鎖了院子，跟著桑家商隊來了。」

雲舒點了點頭，看來馬六之前說大公子年前要去馬邑的事情果然是真的。大公子能在離開前替她把長安的人都考慮周到，讓雲舒很是感動。

雲舒又問起小虎的情況。

吳嬸娘連連搖頭說：「小虎沒辦法帶來，又不可能留在長安，我們就把牠帶到長安城外的山林裡放了。虎妞為這件事情哭了一路，三福哄她，說小虎通人性，會在山林裡等他們回去，這才把她哄住。」

雲舒微微點頭，越發覺得吳嬸娘三個孩子都很不錯。

大平活潑開朗，這些年跟著她學會不少東西，辦起事來有模有樣；小順性格靦覥溫順，聽說在回春堂學醫學得很不錯；三福乖巧聰明，也是個機靈的小姑娘。

想了想，雲舒又問：「這一路上好走嗎？吃了不少苦吧？」

吳嬸娘連連搖頭說：「沒吃苦，大公子特地關照過，商隊裡的大管事對我們很照顧，沒餓著沒凍著，一路坐車過來，沒多走一步路。」

「那就好。」雲舒總算放心了，就怕他們匆匆過來，在路上吃苦。

想到他們長途奔波，肯定不比在家裡舒服，便要吳嬸娘趕緊下去休息。

吳嬸娘站起身來，卻顯得十分猶豫，似乎還有話要說。

雲舒哪裡看不出來，就說：「吳嬸娘跟我還有什麼不能直說嗎？」

吳嬸娘重新坐下，關切地對雲舒說：「姑娘，妳怎麼能當虎妞的娘呢？還有，也不該在路上收養孩子。妳還是個姑娘，以後可怎麼辦呀！」

吳嬸娘是在為她以後的婚事擔心吧？

雲舒身邊沒個長輩，吳嬸娘能為她如此擔心，她很開心。「您放心，當年我在婁煩雪山裡撿回虎妞的時候，大公子就在我身邊，這次我收養了默默，也寫過信告訴他。這兩件事他都未阻攔，也沒有任何不滿，想來是接受他們的。」

吳嬸娘聽了微微放心一些，感嘆道：「姑娘心善，是有福氣的，好在遇上大公子這樣的好人，要是換作其他人家，怎麼會同意？」

其實雲舒心中也有顧慮，大公子能接受雪霏和雲默，並不代表桑家人也能接納他們。不過她既然收養了這兩個孩子，就會負責到底，以後的事只得慢慢克服解決了，當下還是先設法完成跟桑老爺的約定才是。

兩人又說了一會兒話，吳嬸娘才起身告辭。丹秋藉口說怕吳嬸娘不認識山莊的路，直到把她送回房，才回到雲舒身邊。

一進房，丹秋就對上雲舒賊賊的表情，她頓時窘迫，紅著臉問道：「雲舒姊姊這樣看著我做什麼？」

雲舒偷笑道：「我們丹秋也知道在婆婆面前求表現了，真不錯。」

丹秋急得跑過去捶雲舒。「雲舒姊姊怎麼能說這樣的話，什麼『婆婆』、什麼『求表現』……哎呀，太壞了！」

看她害羞得不成樣子，雲舒笑到倒在床上滾，鬧了一陣子，雲舒才正色拉住丹秋，問道：「妳跟大平的事，決定什麼時候跟吳嬸娘還有吳大叔說？」

丹秋滿臉通紅，小聲說道：「大叔和嬸娘來得太突然，所以我還沒跟大平商量，等明天問問看再說吧。」

雲舒點頭說：「你們也差不多該說親了，我看吳嬸娘不會不同意，大家都知根知底，早早說了，把事情定下，也好讓我放心。」

丹秋沒有說話，滿臉都是羞澀的幸福，雲舒不再多說，讓他們自己解決去。

周夫人聽說雲舒還收養了一個女兒，就說想見見孩子，雲舒正好為了周子冉的事想找周夫人，便跟丹秋帶了雪霏去芳華園拜訪周夫人。

雪霏並不怕生人，見了周夫人，就在雲舒指導下向周夫人行禮，並大聲說：「祝夫人福壽安康，萬事如意。」

周夫人很是歡喜，招手要雪霏過去，給了她一條十分沈重的金項圈。

雲舒笑著謝過，周夫人說：「這孩子開朗的性子跟冉冉倒有幾分相似，我看著喜歡。」

雲舒說：「雪霏只怕活潑過了頭，比冉冉的膽子大很多，讓人頭疼呢。」

周夫人露出吃驚的表情說：「比冉冉的膽子還大？」

雲舒說：「這丫頭跟著我在外面長大的，也沒怎麼管她，上山下水、翻牆打架，她可都做過呢。」

周夫人笑道：「這麼調皮，倒像個小子。」

雲雪霏在旁邊嘟嘴說：「我以後會聽娘的話的。」

周夫人聽了更開心。「我看這孩子雖然調皮，但也懂事，妳聽她說的話，多暖人心。」像雪霏和雲默這種沒爹娘的孩子，大概真的比較早懂事，都還那麼小，心裡卻跟明鏡一樣清楚。

周子冉今天沒去找雲默玩，雲舒看她也不在周夫人身邊，就問起她。

周夫人說：「元寶生病了，不知道是不是天氣太冷的原因，一動也不動的。冉冉著急，陪著元寶在暖閣等郎中呢。」

雲舒想了想，對丹秋說：「雪霏喜歡小動物，妳帶她去找冉冉和元寶玩吧。」

周夫人也說：「雪霏跟冉冉性子投契，肯定合得來，讓她們玩去吧。」

雲舒掩嘴笑道：「只怕她們兩個一起，會把山莊鬧得天翻地覆。」

「我們周家人丁不興旺，由她們鬧去，熱鬧一點也好。」周夫人也不禁笑了起來。

支開了孩子，雲舒漸漸把話題往正題上帶。「冉冉十歲了吧？」

周夫人點頭說：「是呀，到春天就十一歲了。」

雲舒斟酌著說道：「我有件事情想跟夫人說，但又怕唐突。」

周夫人凝神問道：「雲姑娘直說便是。」

「冉冉長大了，是不是也該收收性子，讓她學點女紅和琴藝？她幾乎每天都去找雲默玩，跟他一起拉弓射箭，我看著不太妥當。」

周夫人緩緩點頭說：「女紅師傅是請在山莊裡原有的裁縫人才，但是冉冉卻不肯學，說多少次都沒用，我也很頭疼。」

周家生產絲綢，自然能找到女紅好的師傅。

雲舒說：「以前冉冉一個人，也許是沒伴才學不下去，不如這次讓雪霏陪她，看看能不能靜下心一點。而且……她再過兩年就要議親，不太好再跟雲默一起玩了，換個女伴也好。」

周夫人眼神微亮，說道：「還是妳想得周到，等開年我就安排師傅，讓冉冉跟雪霏一起學女紅。」

想到雲舒說起議親，周夫人接著說道：「從冉冉祖父那一代開始，就已經為冉冉訂下婚約，說好十五歲那年成親的，我總想著還有幾年，想寵寵孩子，怕她以後嫁了人就沒這般好日子，所以就由她去。」

雲舒十分訝異，沒想到冉冉竟然有婚約，不過再一想，指腹為婚這種事，在古代再正常不過，沒什麼好驚訝的，只是不知婚約對象是怎樣的人。

雲舒不知道追問下去合不合適，正好周子輝突然掀開簾子進來，雲舒便在這個話題上止住了。

周子輝看到雲舒，對她頷首示意。「雲姑娘也在呀。」

雲舒對他笑了笑，算是打過招呼。

周夫人問周子輝：「怎樣？郎中說元寶是什麼病？」

敢情這一家人都把元寶當家人一般，小狗生病都這麼關心。雲舒心想，原來古代就已經有狗奴了。

周子輝笑著揮手說：「不是什麼病，是懷崽了。」

周夫人驚喜地說：「呀，那這次是配成功了呀。」

看雲舒一臉疑惑，周夫人笑著說：「之前幫元寶找了隻公狗來配種，被冉冉看到，非要說我們虐待元寶，我們又不知怎麼跟孩子解釋，只把她攆回房去，誰知她偷偷帶著狗要離家出走……就是在吳縣碰到妳那次。」

雲舒恍然大悟，原來是這個原因。只不過她聽了又覺得好笑，這種事情還真不好跟孩子解釋呢，怎就偏讓她給看到了。

雲舒低笑道：「再過幾年，她也該懂了。」

周子輝在一旁聽母親跟雲舒說這些話，不太自在地咳了兩聲，站起來說：「娘，這邊沒事的話，我先去幫爹做事了。」

周夫人點點頭說：「元寶既然懷了崽，你最近幾天就跟冉冉說，把元寶放到其他地方養著吧，不然在冉冉面前，牠怎得安生？」

周子輝應下，準備離開。

雲舒也站起來說：「我也該回去了，搭周公子的順風船吧。」

從冉冉房裡叫回丹秋和雪霏，周子輝送她們回胥母山。

雪霏在船上說：「娘，他們家的狗長得好奇怪，跟我以前看到的狗都不一樣。」

沙皮犬，自然跟土狗長得不一樣了……雲舒想道。

雪霏又說：「這狗看起來很凶，不知這樣的狗，小虎一次能打幾隻？」

雲舒好奇地問道：「小虎經常跟狗打架嗎？」

雪霏說：「是啊，咱們院子小，小虎活動不開，我就從街上捉野狗回來給小虎玩，牠一次打十多隻都沒問題呢。」說著，她還學著小虎的樣子，一掌撲一個……

周子輝在一旁聽了覺得有趣，問道：「小虎是什麼狗？聽起來很凶猛啊。」

雲舒不太好意思地說：「小虎是一隻老虎，差不多跟雪霏同齡，快七歲了。」

周子輝瞪大了眼睛說：「你們養老虎？在長安？」

雪霏十分驕傲地說：「我跟小虎是一塊兒長大的，都是娘從樹林裡撿回來的。」

這下子，周子輝看雲舒的眼神，更加變幻莫測了。

雲舒尷尬地衝著周子輝笑了笑，轉而對雪霏說：「以後不准捉野狗。野狗也是生命，怎麼能給小虎拍著玩？而且妳要是被狗咬到怎麼辦？得了病可是會死掉的。」

雲舒恐嚇的語氣，讓雪霏連連保證不再胡鬧，實際上，她在雲莊也沒辦法胡鬧。

回到雲莊時，三福在渡口上張望，見她們回來，就小步跑上前。「雲舒姊姊，我娘包了餃子，叫大家一起吃。」

雲舒算了算日子，今天竟然是小年。她早上出門時沒注意，沒想到吳嬸娘很周到，已經準備好了。

雲舒帶著兩個孩子回到雲莊，正見吳嬸娘在案上包餃子。

這餃子是雲舒來到漢朝，第一次過年的時候，教廚娘們包的，吳嬸娘也學了起來。一晃眼過去六年，此時的情景似乎跟當時重疊，讓雲舒頗有「物是人非」的感慨。

當時大公子回洛陽祖宅過年，她只是個留守在長安小宅的丫鬟，形單影隻，碰上過年更為孤寂，於是拉上吳嬸娘一家一起吃年夜飯，講「年」的故事給孩子們聽。

今年，大公子依然不在她身邊，兩個人一個在北，一個在南，相隔遙遠。她一樣跟吳嬸娘一家一起過年，只是他們現在住在雲舒一手建立的雲莊，她也不再是一個人，而是有了兩個跟她一樣沒有親人的養子養女，還有許多朋友。

除了雲舒、吳嬸娘一家與丹秋，其他人都是第一次吃餃子，品嚐著包肉餡的餃子，喝著熱湯，興致很高。

雲默卻不動筷子，雲舒問他怎麼不吃，雲默答道：「我不喜歡吃餃子。」

雲舒覺得奇怪，勸道：「你又沒吃過，嚐一個試試嘛。」

雲默表情很無奈，只好低頭從碗裡挾起一顆餃子，咬了一小口，搖搖頭說：「還是不喜歡。」

雲舒不知雲默這曾經捱過餓的孩子怎麼會挑食，沒辦法，只好另外幫雲默熱了飯菜。

臨近大年這幾天，之前派出去送年禮的人們逐漸回來，也帶回各家的回禮。

韓府回了一對碧綠的如意雙耳玉瓶；淮南翁主回了一個五件套的金首飾；衡山太子親自派人送了一匹駿馬，還叮囑雲舒不要忘了春天的約定。其他家則是送了一些過年的貨物，數量各有不同。

雲舒看到劉爽送的那匹馬，不由得笑了。這個劉爽，那麼急著要她把茶葉送過去嗎？連馬都備好了！

雲舒特地喊來到洛陽桑家送年禮的幾人，問了送禮的情況。

領隊那人說道：「禮物和禮單先是交給桑家外院的管家，我們在門旁等了很久，才有人來回話，說桑老爺已經收下，稱讚東西很好，謝謝姑娘一片心意，也希望姑娘在外面多保重。」

雲舒聽了，漸漸有了信心。

桑老爺說東西好，肯定是看出雲茶和雲紙的商機了，這簡單一句評價，卻讓她對春天的生意，充滿希望。

第一〇一章　雲莊新年

雲莊的人都是外地人，沒親戚可走動，過年無非就是聚在一起吃吃喝喝。只是今年多了一件重要的事，那就是幫雪霏過生日。

正月初三是雲舒從山林裡撿回雪霏的日子，雖然不是她真正的生日，卻更具紀念意義，雪霏也只認這個日子。

因為之前沒想到他們會從長安大老遠跑過來，雲舒沒有替雪霏準備禮物，但是他們來了之後，雲舒就託墨鳴去吳縣為雪霏買了兩套嶄新的大紅色新裝，一套過年，一套過生日。雲默和三福也各有一套新衣，孩子們接到新衣服時，都很開心。

初一一大早，雲舒帶著眾人去震澤山莊向周莊主、周夫人拜年，周子冉得知再過兩天是雪霏的生辰，就說一定要過去玩，雲舒自然笑著歡迎。

一大早來向周莊主拜年的人很多，雲舒不多做打擾，拜年過後就回胥母山，沒想到雲莊門前也很熱鬧，有許多來送拜帖和拜年的人。

雲舒讓墨鳴記下是哪些人家，回頭再一查，全是吳縣當地或周邊一些小茶農，看來是衝著她大肆收購茶葉的生意來的。

雲舒對墨鳴說：「既然他們誠心來拜訪，你就一家家去看看。等過了十五，帶上幾個人，把各家茶葉的質量分成一到五不同的等級，再將他們開的價錢、能提供的茶葉數量記下來，回來再慢慢合計。」

墨嗚聽雲舒頭腦清晰地把事項交代清楚，心中十分佩服，也漸漸明白當初矩子要他來協助雲舒時，特地叮囑他要謙恭的原因。

這個女子，的確不能小看。

從初二晚上開始，雲舒拉著吳嬸娘在廚房研究生日蛋糕的做法。沒有模型、烤箱、奶油，也沒有蠟燭，這個蛋糕做得分外困難。

雲舒先用麵粉加雞蛋和好麵糊，找來一個廚房用的圓形小銅盆，在銅盆裡刷了一層油脂，然後把和好的麵糊倒進去。

吳嬸娘將銅盆放在準備好的鐵架上烘烤，不時調節火候。另一邊，雲舒開始攪拌取來的羊奶。要把新鮮的羊奶做成鮮奶油十分辛苦，必須不斷攪拌，直到把羊奶打發。

雲舒記得以前用攪拌器做鮮奶油時，會隔著盆子放許多冰塊加快速度，於是便從外面取來雪塊堆在大盆裡，再把裝滿了羊奶的小盆放在大盆裡不斷攪拌。

這一攪拌就花了一個多時辰，雲舒兩隻手交換著弄，手瘦得快斷掉，但是看著漸漸濃稠起沫的羊奶，想到明天雪霏看到蛋糕會有多高興，她便堅持了下來。

待吳嬸娘那邊把蛋糕烤好了，便過來幫雲舒一起攪拌，最後用洗淨的銅片將鮮奶油一點點塗抹到蛋糕上。

只有抹鮮奶油的蛋糕並不好看，雲舒於是用乾棗裹上蔗糖汁，沿著蛋糕邊緣裝飾起來。

只不過，蠟燭的問題還是沒辦法解決，吃蛋糕不能吹蠟燭，多少有些遺憾，也少了很多樂趣。但是雲舒不會製作蠟燭，也找不到可以替代的東西，最後是吳嬸娘急中生智。

「找幾根乾淨的細木棍，點著之後插在上面，讓雪霏吹，這樣跟姑娘說的蠟燭是不是就不會差太遠了？」

木棍……雖說太難看了點，但似乎也只能這樣了。

看著點綴著紅棗的蛋糕，雲舒嘆了口氣。可惜她上輩子不是蛋糕師傅，也不是什麼大廚師，只能弄成這樣子了。

吳嬸娘在一旁勸道：「雪霏知道姑娘的心意，肯定會很開心的。天色不早了，姑娘快去休息吧。」

雲舒的手臂因為打鮮奶油很是痠疼，點點頭就回去休息了。

第二日一早，吳嬸娘起床為雪霏下了雞蛋麵當作早飯，其他人也湊熱鬧一起吃。

周子冉在家裡吃過早飯後，就由周子輝帶來雲莊玩。周子輝手裡拿著一個小木盒，說是周家給雪霏的生辰禮物。

雲舒連忙推辭。「初一去拜年的時候，周夫人就已經給了她一個金項圈，不能再要禮物了。」

只不過，周子輝執拗的性格哪裡容得雲舒推辭。「不是什麼值錢的東西，孩子過生辰，添個熱鬧而已。」

雲舒沒辦法，只好收下，想著等周子冉春天生日時，再加倍還回去。

雪霏高興地收下禮物，打開一看，竟然是一套顏色各異的玉老虎，大小形態各異，綠的、黃的、白的玲瓏剔透，雲舒看了都喜歡得不得了，更何況是雪霏。

雪霏捧著盒子開心地亂跳，雲舒忙說：「還不快謝謝周公子和冉冉？」

「謝謝周叔叔，謝謝冉冉姊姊！」雪霏大聲喊道。

周子輝大概是第一次被人喊叔叔，竟然臉紅了，幸而他皮膚微黑，看不大清楚。

周子冉聽到雪霏喊她姊姊，非常高興，她之前使盡千方百計，雲默都沒能喊她一聲姊姊，現在這個願望在雪霏身上實現了，自然顯出一股姊姊的優越感。她對雪霏說：「我家裡還有很多小玩意兒，妳如果喜歡，只管去我那裡玩，看到喜歡的就拿去。」

其他人也送了雪霏禮物，三福自己繡了一個錦囊。「妳把隨身帶的東西放在這裡，就不會再弄丟了。」

雪霏吐吐舌頭，想來以前總是丟三落四，讓三福頭疼。

雲默則投機取巧，在院子裡幫雪霏堆了一個雪人，弄得小姑娘們開心得很，都說以前只知道打雪仗，倒不知可以用雪堆出這樣的小人兒，鬧著要再堆幾個，代表她們每個人。

孩子們快樂是好事，然而雲舒看著那個雪人，卻有些恍惚，看向雲默的眼神，也多了點思索。

既然孩子們在外面玩，雲舒就陪周子輝在屋裡說話，聊一聊來年生意上的問題。春天對絲綢、雲紙、雲茶來說，都是個關鍵的季節，雲舒沒有那麼多經驗，聽周子輝說起來，分外上心。

周子輝性格雖然不太好，有一股無法改掉的霸道和自傲，不過對待雲舒的態度已好了很多，雲舒也不討厭他，聽他講起周家的生意經時，反而覺得這個人還是有很可靠的一面。

待到中午，雲舒把孩子們叫進來用午膳，在桌子上擺了昨晚做好的蛋糕。

大家在桌子旁聚攏，十分好奇地看著蛋糕。

「娘，這是什麼？」雪霏問道。

雲舒笑著說：「這是娘給妳的生辰禮物，是一種點心，叫蛋糕。在娘的家鄉，過生辰的人都要吃這個東西，我第一次做，做得不太好……」

吳嬸娘在旁邊插嘴道：「姑娘為了做蛋糕，熬到好晚，雙手都累腫了。」

吳嬸娘說得有些誇張，但這一招對雪霏來說十分好用，她立即抱住雲舒說：「娘對我真好，雪霏好開心。」

雲舒笑著要吳嬸娘把「蠟燭」插上，說道：「我們雪霏今年七歲，插七支，來，要一口氣吹滅哦。」

看到這麼新鮮的玩法，雪霏、周子冉都是一副躍躍欲試的模樣。

雲默拉住周子冉，勸阻道：「妳別吹，又不是妳生辰。」

周子冉嘟著嘴說：「我幫雪霏嘛，怕她吹不滅。」

雪霏肺活量極大，哪有吹不滅的道理？只見她深吸一口氣，用力一吹，幾支「蠟燭」瞬間熄滅。

周子冉頗為失望地噘起了嘴，雲舒見狀安慰道：「等妳生辰，我也做蛋糕給妳。」冉冉聽了，立刻笑了起來。

孩子們分了蛋糕，吃著甜甜的糕點，午膳都沒吃多少。

到了下午，雲莊又有客人來訪，是信陽茶莊的墨非帶著妻兒來向雲舒拜年了。

墨非的孩子大約三個多月大，雲舒看他們一家前來，嘆道：「冰天雪地的，何必帶著孩子跑這麼遠，多辛苦。」

墨非恭恭敬敬地對雲舒說：「來給當家的拜年，自是應當，談不上辛苦。」

雲舒趕緊要大平喊來墨勤、墨鳴，又要丹秋陪墨非妻兒下去休息，而後便問起莊子裡的事情來。

「一切都很好，年前整理完各項事務，留了幾個人守莊，就讓其他人回去過年了。等閉了莊，準備好車馬出門時，遇上大雪，在路上耽擱了幾天，沒能趕在年前過來。」墨非說道。

雲舒剛剛見到墨非的妻子時，聽她聲音有些嘶啞，氣色也不好，想必是在路上受了涼，於是又關心了幾句。

墨非並不多說自己或妻子的事，而是詳細地把信陽茶莊種種事情都告訴雲舒。

知道信陽茶莊一切都好，雲舒微微點頭，對墨非更放心了，就把明年春天採新茶製作信陽毛尖的事情跟他叮囑了一番。

墨非十分恭敬地聽著，並表示一定會做好，不會耽誤茶葉生意。

見他如此拘謹，雲舒就要墨鳴帶墨非下去安歇，這兩天帶他在茶莊裡轉轉，互相交流一下管理茶莊的經驗。太湖雲莊比信陽茶莊的規模要大上許多，墨鳴跟墨非又是同門師兄弟，私底下交流肯定比雲舒說起來有用。

待他們兩個人走了，墨勤就說：「墨非行事嚴謹，少了幾分圓滑，在做生意方面，還有些欠缺。」

雲舒倒不覺得這是缺憾。「各人有各人的性格，他能把茶莊管理得井井有條，已經很好了，並不是每個人都要八面玲瓏。」

墨勤聽了，點了點頭。

雲舒從過年前忙到現在，少有靜下來跟墨勤說話的時候，趁著這個機會，她就要人把馬六請過來，跟墨勤一起商量河曲馬場帳房空懸一事。

現在信陽和太湖兩間茶莊都是用人之際，雲舒身邊調不開人手，只能讓墨勤從墨者中推薦一人。按照雲舒的意思，最好是在河曲當地的墨者中選個合適的人，以免讓人離鄉背井，徒增麻煩。

墨勤想了想，對雲舒問道：「妳可還記得子殷？」

雲舒點點頭，那個當初在馬邑為了幫墨家兄弟治傷，向雲舒低頭求助的墨家少年，是她認識的第一個墨俠，她怎會忘記？

只是當初那個十幾歲的少年，如今也該長大成為大丈夫了吧？

墨勤說：「子殷有個兄長，名叫子商，今年三十有餘，為人老成穩重，善算術，在匈奴邊境行商，子殷如今就在他那裡幫忙照料。前些日子子殷捎信給我，說那一帶如今越發動亂，他們兄弟兩家都有妻兒，無處可託付，正有舉家南下的打算。如果妳覺得子商可用，倒可以讓他們兄弟兩人投靠馬場。」

雲舒覺得這是個兩全的好辦法，只是不知子商的本事是否足以勝任馬場愈來愈大的生意量。馬六本就是個沒有什麼學識的人，雲舒對他身邊的人選更加慎重。不過墨勤推薦的人一向很不錯，墨非和墨鳴的能力她已親眼見過，想來不用太擔心。

她思來想去，對馬六說：「等春暖花開後，我讓大平陪你回去，找到子商後，要大平把我的算術之法教給他，等馬場的事情妥當了，再讓大平回來。」

雲舒要大平到河曲走一趟，一是為了讓大平實地查看馬場的運作究竟如何，二是為了觀察子商的為人和本事，三則是傳授珠算之法，方便馬場運作。

馬六聽了雲舒的安排，大為心安。

他剛剛聽到要來投靠的是一對兄弟，心中有些惴惴，怕駕馭不了這些能人，反而會被他們束了手腳。然而雲舒讓大平陪他回去，想來也是防著這一點。

墨勤自然也知道雲舒的意思，不過他覺得這好比交易貨物，要查看貨物的好壞一般，是再正常不過的事情，並未在意雲舒的安排。

「如果覺得他們兩人可用，我就派人去聯繫他們，在二月之前給個準信。」墨勤說道。

雲舒忙謝道：「那就多謝墨大哥了。」

墨勤自認為當不起雲舒的「謝」字，墨者中有才能之人很多，但能找到自己位置，並發揮所長的人卻很少。雲舒不斷給墨者機會，解決他們的生計問題，他又怎能再讓雲舒感謝他？

只不過，雲舒的道謝是下意識的話語，她並不知墨勤想了這麼多。

三人商量過後，事情就這樣定了下來。

雲舒在會客廳待了很久，天色已經暗了下來，周子輝準備帶著周子冉回去，特來告辭。

雲舒忙送他們出莊，走到門前，周子輝突然想起一事。「我娘說過了正月十五就讓冉冉開始學女紅，問雪霏是不是也一起？」

雲舒點頭道：「自然一起，再加上三福，有她照顧著，我比較放心。」

目送他們離開後，雲舒在門口站了一會兒，才轉身回到納錦苑，找來吳嬸娘和丹秋。

「我想買些僕婦和丫鬟，妳們算一算莊裡需要多少人，等過了年，我好差人去買。」雲舒說道。

丹秋微微有些吃驚，但想到雲舒的事業今非昔比，買幾個丫鬟用用也是正常的，就沒有追問。

其實雲舒要買僕人，並非自己所需，而是想到雲默、雪霏、三福全靠丹秋和吳嬸娘兩人照顧，她們還要兼顧其他瑣事，每天都忙得不曾停歇。

現在事情還算少，等以後事情多了，內務全靠她們幾人，肯定吃不消。雲舒也不想把山莊的內務和茶園的事務混在一起，必須得規劃兩套人馬才行。

第一〇二章 擴大經營

正月裡，又下了兩場雪，冉冉每天都過來和三福、雪霏一起玩，她們三人也喜歡跟雲默玩，但雲默卻有些不屑與「女流之輩」混在一起，總是以練功學習為藉口逃開。

到了正月十五，雲舒就把雪霏和三福叫到跟前，說起去震澤山莊學女紅的事情。

「雪霏，從明天開始，妳跟三福每天中午過後就去冉冉那邊跟著繡娘學女紅，在別人家裡，不能調皮胡鬧，知道嗎？」雲舒叮囑道。

雪霏不太明白什麼是學女紅，以為只是要她每天去跟周子冉玩，便愉快地答應了。

雲舒看向三福，問她：「三福以前學過女紅嗎？」

三福點點頭，輕聲說：「跟我娘學過一些，只會做些簡單的，學得不太好。」

雲舒頷首道：「妳有基礎，又比冉冉和雪霏都大，學女紅的時候，妳得看著她們倆，不能讓她們胡鬧。」

三福神情有些猶豫地答應了，顯然是對管束冉冉和雪霏的任務沒什麼自信。

雲舒看在眼裡，沒有多說，還是想先讓三福試試看。

待把三個孩子送去學女紅了，雲舒就得了空，託周夫人介紹一個靠譜的管事帶他們去買些僕人回來。

周夫人就讓與雲舒相識的外院管家孫叔，帶他們去吳縣裡找人牙子挑選。

找了個天氣好的日子，雲舒帶著吳嬸娘、丹秋、孫叔、墨勤去了趟吳縣，孫叔領著吳嬸娘和丹秋挑僕人去了，雲舒則又跟墨勤去了鳳來樓。

鳳來樓的掌櫃見到雲舒，依然客客氣氣，滿臉笑容地詢問她有何事吩咐。

雲舒問道：「不知吳縣裡有沒有能夠訂製玉器的店鋪？」

掌櫃的微微一笑，對雲舒說：「姑娘不用去別處尋，咱們自家就有。」

雲舒自然知道桑家有做玉器生意，但沒想到玉器店開到吳縣來了。

雲舒還在發呆，掌櫃的就問道：「姑娘想做什麼？」

雲舒回過神來，取出兩張用雲紙繪的圖，說明了起來。「我想訂製兩套玉質茶具，包含茶盒、茶壺、茶杯，就按照圖上的樣式，一套黃玉的，一套羊脂玉的。」

掌櫃接過圖紙一看，連連讚嘆。

第一張要用黃玉製作的茶具上繪了許多鳳紋，像茶杯的耳朵上，就是兩隻鳳頭叼著玉珠的樣式，十分華美繁複；第二張要用羊脂玉做的茶具，則是繪上栩栩如生的石榴花和石榴。

掌櫃拿著第一張圖紙反覆查看，忍不住問道：「不知姑娘訂作這些茶具是給誰用？這鳳紋玉器，可不是一般人敢用的呀，玉器師傅肯定要問清楚才肯做。」

雲舒想了想，直截了當地說：「這兩套茶具是我準備送給平陽公主和咱們大小姐的禮物，鳳紋這套給平陽公主，石榴這套是給大小姐的。」

平陽公主跟桑招弟差不多都在三月分娩，雲舒惦記著這件事，準備送點禮物給她們。

掌櫃一聽說是送給平陽公主和自家大小姐的，立刻應承下來，並說一定派最好的師傅儘快做好。

雲舒說：「材質和雕工上，要掌櫃多費些心思了，需要多少錢，您問清楚了，差人來雲莊取吧。」

辦完這件事，雲舒打算去找孫叔他們，看看丫鬟選得怎樣。

臨出鳳來樓時，雲舒腳步一頓，轉回去低聲問掌櫃：「聽說大公子去了北疆，你清楚這件事嗎？」

掌櫃每隔一段時間就要向大公子彙報雲舒的情況，自然知道他在哪裡。

他連連點頭說：「因有皇命在身，大公子都沒在家裡過年，趕去了北疆。」頓了頓，他望向雲舒，說道：「姑娘若是想傳信給大公子，我這裡保證能送到。」

雲舒思索了一下，搖了搖頭說：「我這裡也沒什麼事，只要知道他在哪裡就行。」知道他在哪兒，猜測著他在做什麼……彷彿這麼做，雲舒懸著的心便能安定下來。

出門朝北方的天空看，雲舒吸了一口寒冷的空氣，大步向外走去。

丹秋和吳嬸娘在孫叔陪同下選了八個丫鬟、兩個小廝、兩個僕婦帶回雲莊。

八個丫鬟和兩個小廝都是十歲左右，或是外地賣來的孤兒，或是當地窮苦人家為了生計賣掉的兒女，而兩名僕婦則是吳縣當地的婦人，一旦簽了死契，就跟賣身沒兩樣。

雲舒要丹秋把八個丫鬟調教一番，從中選出沈穩老練的，雲雪霏、雲默一人各一個丫鬟貼身服侍，另各配一個做粗活；她自己則留兩個貼身的，另兩個在納錦苑做粗使丫鬟。

兩名小廝，其中一個看著老實的給了雲默，讓他服侍雲默練武和學習；另一個看著靈活的，雲舒留給自己用來傳口信。

剩下兩名僕婦，雲舒交給吳嬸娘管教，做各種雜務。

待一切安排好，雲舒就閒了下來。三個孩子都在學習，內務有丹秋、吳嬸娘，外務則有墨鳴和墨非。雖然墨非終究得回信陽茶莊，但目前他和墨鳴兩人互相交流學習，將雲莊管理得井井有條，雲舒完全不用操心。

現在雲舒時時刻刻記掛在心上的，就是收茶之事。既然有空閒，她就取了衣架上的大紅披風，出去找墨鳴。

墨鳴身為太湖雲莊管事，在山莊和茶園之間有個單獨的園子。當雲舒走到這裡時，發現院落空蕩蕩的，只有兩個雜工在清掃園子裡的積雪。

雜工見雲舒來了，紛紛停下手中的活兒，垂首喊著：「姑娘好。」

雲舒親切地問道：「墨鳴管事不在嗎？」

其中一人抬頭說：「兩位管事到茶園裡去了。」

看來墨鳴一刻也沒閒著，帶著墨非到處走動查看。雲舒點了點頭，也向茶園走去。

春寒料峭時節，茶園裡人並不多，只有一些雜工在清理凍土和積雪。雲舒一路詢問，終於在茶園一角找到墨鳴和墨非兩人。

墨鳴正伸手指著一片林子說：「果樹和茶樹隔排種植在一起，以後採摘下來的茶葉就有天然的花果香氣；這些果樹都是入冬後才移栽的，姑娘說樹也會冬眠，冬天移栽容易存活……」

墨非一面聽，一面點頭，他又指著果樹枝幹上捆著的草繩問道：「這些是什麼？」

墨鳴不急不緩地說：「好比人冬天冷了要穿衣一樣，為樹幹裹上草繩，不僅防凍，也可以防蟲害。」

墨非止不住地點頭，非常感慨地問道：「這些都是姑娘的主意？」

墨鳴神情恭敬地說：「是呀，姑娘看起來年紀不大，但見識很廣，聽她說話，時常能學到很多東西。」

墨非不禁感到羨慕，因為雲舒不會在信陽茶莊久住，所以他沒什麼機會聽到雲舒說到這些。

兩人正聊著，忽然聽到有踏雪聲傳來，轉身望去，就見到穿著紅披風的雲舒朝他們走來。

雲舒身板雖小，但走起路來很有精神，看起來虎虎生風，旁人看了也會受到感染，尤其是一雙黑眸，在她白淨的小臉上格外靈動有神采。

墨鳴、墨非二人齊齊上前迎了幾步，墨鳴躬身問道：「姑娘找我們可是有事？差人喊一聲即可，怎會親自來？」

雲舒不甚在意地笑著說：「在暖閣裡待著會覺得睏，出來走動走動也好。其實沒什麼要緊的事，就是問問收茶的進度如何？」

墨鳴把雲舒往他的帳房引去，邊走邊說道：「有意跟我們合作的茶莊，我都已經去拜訪過了，按照姑娘所說，把他們的茶葉質量、價錢、產量都記了下來，已經整理好，正要呈給姑娘看。」

墨非雖然也是管事，但畢竟是其他莊子的內務，他有意迴避，卻被雲舒留住。「你也過來看看，多個人多個主意。」

進了帳房，三人圍著一張小桌子坐下，上面放著墨鳴收集來的一些資料。習慣使然，墨鳴依然用竹簡豎排記錄，雲舒取來雲紙和筆墨，列了表格，把資訊謄抄上去。

表格、珠算和數學演算法，雲舒已經教給大平，周圍的人雖然知道她在這方面很強，卻難得親眼見到一次。

雲舒稀鬆平常地製作起表格，墨鳴和墨非不禁睜大了眼睛看著。

待一張表格做完，墨鳴便嘆道：「姑娘好方法，這樣一目了然啊。」

雲舒吹了吹依然很濕潤的墨汁，說道：「表格很簡單，你們以後也學著做吧，統計、算帳的時候都很好用。」

兩人一起點頭，接著開始跟雲舒分析各家茶莊的情況。

墨鳴說出打探來的消息。「因為邵家茶莊在年前發生火災，整個太湖的茶葉產量會比去年少很多，所以各家開的價格也有所提升。」

雲舒掃了價格那欄一眼，的確比她之前打聽的價格上漲了不少。幸而馬六送來一批錢給她，不然她恐怕無力收購。

墨鳴又說：「主動跟我們接洽的有九家茶莊，其中有兩家茶葉很好，但是因為人脈不廣，銷路一直不好，另有幾家茶葉品質一般，欺負我們是外地人，想以劣貨高價欺詐，我都在上面做了標記。」

雲舒按照墨鳴提供的資訊，看了一下茶葉品質最好的兩家。他們由於經營不善，茶莊規模不斷縮小，產量也低，兩家合起來只能提供八百斤茶葉。

「我們自己開春的產量能有多少？」雲舒問道。

墨鳴低頭想了想，說道：「估計只有兩百斤，畢竟大部分茶樹都是新栽的……」

雲舒點頭表示明白，一般茶樹須種植兩、三年後才可採摘，不然不利於茶樹生長。

八百跟兩百，加起來就是一千斤茶葉……西漢人所計算的茶葉產量，是指採摘下來的新鮮茶葉重量，而不是指乾茶葉。待雲舒把茶葉加工，這一千斤新鮮茶葉大概就剩兩、三百斤。

「兩、三百斤的話……」雲舒沈吟著，她覺得茶葉量有些少，但因為銷路還不確定，也不能太過高估形勢，第一季把名號打響才是正理。而且她的雲茶是走精品路線，量太多反而成了平價貨，不太好。

「行吧，就訂這兩家。」雲舒敲定之後，又問道：「你們有沒有什麼想法？」

墨鳴開口說：「收茶的事既然已經定下，是不是該趕緊把鋪面的事情定下來，不然趕不及三月上市的熱季。」

雲舒一心想利用人脈推廣雲茶，倒忘了鋪面這一環，忙說：「對，這件事情我最近就去辦。」

買鋪面的事情不算困難，周家和桑家都能幫雲舒搞定這件事情，但是一想到跟桑老爺的約定，雲舒就覺得自己的生意不能靠桑家幫忙，於是轉而去找周莊主。

周莊主得知雲舒要在大街上買兩間鋪面，笑著說：「這事簡單，我讓輝兒打聽一番，這個月內就帶妳去看。」

雲舒連忙道謝，兩人又說起雲紙的事情來。

周莊主做了多年生意，有自己的銷路，雲紙因比帛書成本低，價錢又便宜，早已有很多人家開始購買雲紙，嘗試用它來代替帛書。

來到震澤山莊，雲舒打算順道接雪霏和三福一起回胥母山，於是向她們上課的明月樓走去。

明月樓外，冉冉的丫鬟麗娥在耳房裡的小炭爐旁坐著，跟一個僕婦閒聊，見雲舒來了，連忙迎上前。

雲舒走進耳房，見兩人起了身要讓座給她，便說：「我來看看她們學得怎樣，就不坐了。」

麗娥原本準備先進去通報一聲，卻被雲舒攔下，只能立在耳房裡，頗為擔憂地看她向暖閣走去。

暖房的門窗都關著，然而雲舒一靠近，立刻就聽到雪霏和冉冉的玩鬧聲。

女紅課也能上得這麼熱鬧？倒是奇了。

雲舒走上前，微微掀起房門上的皮簾朝內看去，一個繡娘在前面一個用大綳子夾著的白布上用炭筆描繪花樣，大聲地告訴她們要怎麼布局。

可冉冉和雪霏卻一人拿著一枝炭筆，互相在對方的布上亂塗亂畫，一直嘻嘻哈哈個不停，只有三福在一旁認真聽講，間或勸雪霏安靜一點。

雲舒看著不由得嘆了口氣，讓那兩個皮猴兒學女紅，果然很困難。

待過了一會兒，繡娘講完了，要她們三人自己試著畫畫看，留下她們在暖閣，自己出來到耳房喝水。

繡娘剛一出門，就見雲舒立在一旁，因沒見過雲舒，不知她是什麼身分。看她的穿著打扮不像丫鬟，卻能進到明月樓裡來，想來也不是陌生人，便彎腰向雲舒問好。

雲舒伴著繡娘一起到耳房坐下，麗娥向繡娘上了熱茶，待她喝了兩口，雲舒就問道：「這幾個孩子不好教吧？」

繡娘笑了笑說：「是有些靜不下來，慢慢來就好了。」

雲舒提議道：「我看到妳剛剛在教她們畫蘭草，冉冉還有雪霏跟其他女孩子不太一樣，不喜歡花花草草，反倒喜歡小動物，不如先教她們畫點簡單的犬鳥魚蟲，興許她們會感興趣。」

繡娘十分訝異地看向雲舒，不知該不該聽她的。

麗娥怕繡娘眼力不夠，看不出雲舒身分特殊，連忙說：「雲姑娘最了解我們小姐和雪霏小姐，慧娘妳就聽雲姑娘的好了。」

麗娥這樣一提醒，叫慧娘的繡娘趕忙答應。

等回了暖閣，慧娘告訴三個小姑娘明天教她們描小兔子的花樣，立刻吸引了冉冉和雪霏的注意力。

冉冉興奮地說：「畫兔子？可以教我畫小狗嗎？我要把元寶畫出來。」

雪霏也高興地說：「那我要畫小虎。」

慧娘沒想到她們真的這麼感興趣，便說：「要從簡單的學起，小狗和老虎繡起來太難，先學了簡單的，才能學難的。」

冉冉和雪霏聽了並未失望，反而期待以後要把元寶和小虎繡到香囊上，對明天的課十分期待。

第一〇三章 開張大喜

正月底，雪下得愈來愈少，但天氣還是灰濛濛又多雲。

周子輝選了個天氣比較好的日子，領了雲舒進吳縣去挑鋪面。周子輝幫她選了三個地方，都是在熱鬧的街上，只是格局和大小不同。

雲舒選了個鬧中取靜、後院可以改成茶室的鋪面，付了訂金，回頭就要墨鳴來處理契約和修繕之事。

待到二月底，鋪面裝修完成，只等春茶加工，就可以開張營業。

天氣一天天暖和起來，墨非帶著妻兒回去信陽茶莊，馬六打算近日回河曲，大平也開始收拾包袱，準備跟他一起出發。

正巧鳳來樓掌櫃把雲舒之前訂製的兩套茶具送了過來，雲舒就要大平順道跑一趟長安，親自把東西送到平陽公主府和韓府去。

送走眾人時，已是三月初。

丹秋把莊裡的丫鬟們都調教好，分配到各個屋中，雲舒身邊得了兩個叫月容、月亭的十一歲貼身小丫鬟。

納錦苑裡有月容、月亭和另兩個粗使丫鬟做事，丹秋就有空閒。

大平離開以後，雲舒找來丹秋，問起她和大平的事情。「跟吳嬸娘說了沒有？」

丹秋紅著臉搖頭說：「過年的時候，莊裡人多，原本想等年後清靜些再說，但他現在出了遠門，我們討論過，等他回來了，再跟吳嬸娘和大叔說我們的事。」

雲舒聽了有些替她著急，但想想丹秋今年十九，大平十七，也不急於一時，便由他們自己作主。

清明後，雲莊熱鬧了起來，渡口經常有送茶來的船，茶莊裡也一片採茶景象。女工們接受教導開始炒茶，吳秀身為雲舒挑選出來的女工頭，盡職盡責地在廠房中指導巡視。

雲舒和丹秋時常過去查看，外面收來的鮮茶要儲存、加工，自己莊裡的茶樹要採摘、保養，製好的成品茶要包裝、存放，雲舒仔細檢查每一個步驟，待一切走上正軌，才稍稍安心。

三月底，雲茶在吳縣正式掛牌開賣，因價錢比普通茶葉貴五倍，銷量不太好，讓墨嗚十分頭疼。他曾好幾次婉轉地跟雲舒建議降低價格，但雲舒總是一笑置之，並不採納。

待到了四月，雲舒收到了大平從長安寄回的信件，信中說大小姐已誕下一位千金，平陽公主則誕下一位小世子，禮物都已送過去了。大小姐親自差使了身邊的僕婦見大平，問他很多雲舒在外是否安好的話，而公主府那邊由於恭賀的人很多，尚未收到回覆。

雲舒看完以後收起信，不由得嘆氣。

一嘆桑招弟生的是個女兒，儘管韓嫣不在意，但她最好還是再生個兒子，在韓家的位置才會穩固；二嘆平陽公主依然不搭理她，自從大公子為她拒絕了臨江翁主的婚事，平陽公主跟她的關係就生疏了。

雖然雲舒不願拿熱臉貼別人的冷屁股，然而平陽公主的地位和影響力，並不是她現階段願意無視就能無視的，她必須想辦法緩和一下。

就在雲舒躊躇之際，雲莊接到一封信函，是用雲紙書寫的，一看就知是熟人所寄。

原來是衡山太子劉爽寄來的，開頭便是問她要茶葉，簡直跟催債似的，也不知怎的這麼急切。

見雲舒看著信笑了，丹秋問道：「什麼事這樣開心？」

雲舒笑著說：「堂堂太子，竟然一直催我送茶葉過去給他，先是過年送馬，現在又寫信來催，難道我還能賴他不成？」

「衡山太子嗎？」丹秋問道，她想起之前劉爽老是黏著雲舒，便開玩笑說：「我看他未必是想著那些茶葉，而是想見送茶葉的人。」

雲舒收起笑容，認真思考起丹秋這些話來。

丹秋見雲舒變了神色，方覺得自己玩笑說過了頭。雲舒跟大公子情投意合，是定了情的，她不該把雲舒跟其他男人放在一起談論，若傳到大公子耳中，豈不是會心生嫌隙？

不過雲舒似乎不認為劉爽真的對她有什麼企圖，她收起信，叫來墨鳴，要他準備一些上等雲茶成品，另外備好車馬，準備兩天後遠行。

當晚她跟孩子們說了這件事，雲默和雪霏兩人都表示想跟著一起出門，雲舒費了不少唇舌，但兩個孩子依然悶悶不樂。

有些事情不能慣著，雲舒狠下心來，任由他們怎麼哭求撒嬌都沒用。

周家聽說雲舒要出遠門，曾讓周子輝間接來詢問過一次，是否需要護衛或其他幫助，甚至提出要周子輝放下春季的生意，親自陪雲舒遠行的建議。

雲舒客氣地拒絕周家一切幫助，她愈來愈覺得周家對她顯得太過主動和殷勤，心中漸漸升起一些不太好的感覺。

四月春色正濃，一輛不起眼的灰篷馬車駛入衡山國都城——邾城。

雲舒挑簾看了看邾城內的景致，跟會稽郡秀氣玲瓏的街道和建築不同，這裡的街道房屋都要寬大粗獷一些，但也沒有長安那種恢宏霸氣的感覺。

尋了家條件不錯的客棧投宿，墨勤就問下一步要怎麼做。

「今天先休息，明天一早向衡山王府遞上拜帖，看太子殿下如何安排吧。」雲舒說道。

次日一早，墨勤就幫雲舒向衡山王府遞了拜帖。

雲舒早上起身後，換上了新製的白色繡草青色蘭草紋的衣服，頭上插了玳瑁簪，額頭上掛著垂珠，頗為隆重地打扮了一番。

剛剛梳妝好，墨勤就來敲門，說道：「衡山太子來了。」

雲舒十分訝異地站起來，問道：「他親自來這裡了？」

墨勤說：「是啊，我去送拜帖，王府門前的人直接帶我進去見他，他知道妳已進城，就隨我一起過來了。」

「快請他進來吧。」雲舒急忙說道。

劉爽腳下生風，十分有精神地走到雲舒房中，進門後逕自解下披著的黑色大氅扔到一邊，露出裡面紅色繡金紋的長袍，恍若主人般撩起衣襬，就坐在雲舒房中的主位之上。

雲舒上前對劉爽行禮，他雙眼晶亮地打量了雲舒一番，爽朗地笑著說：「都說江南水土養人，我看說得不錯，一個冬天不見，雲舒妳越發好看了。」

雲舒笑著在一旁坐下，說道：「我整整一個冬天待在屋裡沒出門，長胖了些，殿下的氣色看來也挺好。」

劉爽笑著點了點頭，神情裡卻透露出一些惆悵，但也未多說。

雲舒想起他們去年在壽春分開時，劉爽是因王府有急事，匆匆告別的，也不知事情處理得怎樣。她很想關心一下，然而才剛見面，卻又覺得不合適，於是轉身取出雲茶泡給他喝。

劉爽聞到沁人的茶香，問道：「這跟妳之前做的茶好像不太一樣？」

雲舒端起茶杯點頭說：「殿下嚐嚐看。」

劉爽淺酌了一口，拍腿讚道：「好茶！」

雲舒笑得更開心了。「這茶叫碧螺春，是用頂尖的茶葉加工所製，因濃香撲鼻，又叫嚇煞人香。跟之前在鄲縣做的信陽毛尖味道、形狀都有很大的不同。這兩樣都是好茶，殿下比較喜歡哪種？」

劉爽回味了一番，說道：「信陽毛尖的味道更厚重甘醇，這碧螺春則是鮮爽微甜，各有千秋。妳要給我的那六十盒茶葉裡，兩樣各來三十盒吧！」

雲舒雙眼一亮，狡黠地說：「那可不成。」

「難不成妳想耍賴?明明答應我要加倍奉還的。」劉爽笑著，毫不客氣地說道。

雲舒端起碧螺春，自己喝了一口，說道：「我在酈縣答應殿下的那六十盒茶葉，是信陽毛尖，可沒包含碧螺春。我今年生意剛剛起步，這碧螺春總共才得了一點點，怎能送給你這麼大數量？」

劉爽哼了一下，說道：「罷了罷了，我不跟妳計較，妳就給我六十盒信陽毛尖，我另外再買六十盒碧螺春，總可以吧？」

「當真？」雲舒身體微微前傾，低聲說：「我的茶可不便宜，信陽毛尖一兩六百錢，碧螺春一兩八百錢。半斤裝一盒，一盒碧螺春就是六千四百錢，買六十盒碧螺春的話……可得三十八萬四千錢吶！」

劉爽嚇了一跳。「妳訛我吧，茶葉怎麼賣得這麼貴？」

雲舒緩緩搖頭說：「我可不敢訛你，不信的話，去吳縣街上問一下，這樣的價格，我掛了一個多月了。因是清明前第一季好茶，所以貴很多，若等到夏秋時節，興許能便宜些。」

劉爽正色問道：「妳說的是真的價錢？」

雲舒鄭重地點頭說：「是啊，絕非玩笑。」

劉爽訕笑道：「妳可是我大漢朝第一女匪商，男兒都比不上妳。」

雲舒臉上微紅，卻絕不鬆口。「望遍漢朝內外，獨我雲氏能做出這樣的茶，而且這味道絕對值這個價，且不說產量本就不多，等名號打響了，那可就是有錢也買不到的好東西。」

劉爽又品了幾口茶，說道：「就按照妳的價格，妳白給我六十盒信陽毛尖，等於我占了妳將近二十九萬錢的便宜。這樣吧，我就花這些錢買妳二十五斤碧螺春，也不好讓妳虧太多。」

「嗯？按照我的價格，得三十二萬。」雲舒糾正道。想不到劉爽的心算還不錯，竟跟她討價還價起來了。

劉爽笑說：「妳跟我還算這麼清楚？我應該是妳做的第一筆大生意吧，便宜我三萬又怎樣？」

雲舒紅了臉，沒想到被劉爽看出來了，他是她宰的第一個冤大頭……

「您堂堂太子還跟我討價還價，三萬錢對你來說是小數目，更何況親兄弟明算帳，我們雖有私交，但是做生意就是做生意……唉，算啦算啦，做生意講究開門紅，這次就便宜您了，成交！」

聽到雲舒這段話，劉爽忽然跳起來問道：「妳剛剛說什麼？」

雲舒莫名其妙地望著他，說：「我說成交……」

「不是這句，再前面幾句……」

雲舒想了想，說道：「親兄弟明算帳？」

「對、對，就是這句……」劉爽自己唸了兩遍，笑著重新坐下。

雲舒詫異地問道：「怎麼了？」

劉爽擺手說：「沒什麼。初八之前，把六十盒信陽毛尖和五十盒碧螺春送到我府上，到時候我會要人把帳給妳算清楚的。」

雲舒笑逐顏開地點頭，額頭上的垂珠不斷晃來晃去，吸引了劉爽的注意力。

劉爽眼力不錯，一眼就看出雲舒頭上這顆垂珠是東珠，非常珍貴。雲舒低頭倒茶時，又一顆南珠項鍊從她的脖子上露出一點。光是這兩顆珠子，就值幾十萬錢了。

劉爽心中暗驚，他一直把雲舒當作普通商女來對待，沒想到雲舒如此富有。

雲舒沈浸在生意做成功的喜悅中，並未注意到劉爽的表情變化，更不覺得自己身上的東西有多值錢。

她頭上的珠子，是她離開長安時，大公子在她首飾盒裡添的東西，因桑家有自己的珠寶店，雲舒並未推辭，知道大公子給了她好東西，也沒刻意詢問價值。至於脖子上那顆珠子，則是雲默在吳縣買來送給她的。

劉爽回過神來，看了看客棧的房間，說道：「妳這次來這裡找我，怎不提前跟我說一下行程？我還差人在王府幫妳準備了房間，打算收到妳的訊息，就要人去城門接妳，沒想到妳一聲不吭就來了。」

雲舒聽了這些話，有點受寵若驚。「我來送茶葉而已，怎麼好意思住進王府，在客棧住著也挺好。」

劉爽笑說：「初十是我的生日，妳既然趕上我的生辰，到時候記得過來喝杯酒。」

雲舒很是吃驚，劉爽催她送茶，卻碰到他的生日，有這麼巧的事？還是說……是他故意安排的？

雲舒覺得自己沒身分、沒地位，劉爽這樣安排，必然有其他原因，她若參加宴席，說不定會掉進什麼陷阱，但一想到這種宴會是推銷茶葉的好時機，她就十分心動。

猶豫了一會兒，雲舒索性開門見山問道：「殿下您千方百計要我一介商女參加您的生辰宴，若說沒有別的原因，我可是萬萬不信。究竟是為了什麼，還望殿下直說才是，不然我只怕要寢食難安了。」

劉爽嘆了一聲。「妳這人怎麼就不能糊塗一點，實在教人挫敗，什麼都被妳看透了……」

果然事有蹊蹺。

雲舒笑道：「那……殿下不妨說說是怎麼回事？」

劉爽苦著一張臉，將原委一一道來。原來他的繼母徐王后企圖插手他的婚事，恰有曹家女對他情有獨鍾，他兩面受襲，十分難辦，於是想要雲舒當盾牌，挫一挫曹家女的銳氣，讓那女子知難而退。

雲舒聽得連連搖頭道：「婚姻之事，豈是隨便找個女人編個藉口就能應付過去？殿下若真不願徐王后干涉，您就該自己早早選個女子娶了才好。」

這年代雖不倡導自由戀愛，但他至少能在有限的範圍內選個心儀並對自己有利的妻子吧？

雲舒知道這對劉爽來說不容易，但他若不能真正有所成長，就算這次婚事如了他的意，徐王后也能在其他地方找機會遏制他。

劉爽慎重地思考了一下，點頭說：「妳說的話有理，待我仔細想想……在我生辰前這幾日，妳先隨意在城裡玩，我派人照看妳，但千萬別離開，一定要來參加我的生辰宴。」

話說至此，相信劉爽再不會把她當擋箭牌了，雲舒自然答應去參加宴席。

第一〇四章　鴻圖大展

在城裡玩了幾日，待劉爽生辰當日，雲舒穿著白底茜色滾邊的綢緞上衣，下面穿著秋香色的長裙，中間繫上跟滾邊相呼應的茜色腰帶，顯得十分靚麗。

這套上衣格外長，用腰帶從中間束住後，下面的衣襬遮住了三分之一的裙子，恰好包住雲舒的臀部，將她細腰、翹臀的優點凸顯出來，顯得婀娜多姿。

而且衣襬特地裁剪過，看起來如同盛開的荷花花瓣一般，貼在裙子外面。至於裙子則是上面顯得很窄，到了裙襬下端突然撒開，十分特別。

漢朝的上衣都比較短，若裙子寬鬆，根本看不出身材，所以很多愛美的貴族女子都會選擇把身體緊緊包裹起來的深衣曲裾來凸顯身材，但像雲舒這種直接展現腰臀曲線的服裝，卻是從未有過。

雲舒乘車來到衡山王府，府內已經很熱鬧，內院的庭院和長廊上，處處都是走動的人。眾多目光落到雲舒身上，使雲舒微微有些不自在。一個角落裡，幾位小姐坐在一起閒聊，看到打扮新奇的雲舒，都側目看了過去。

其中一名女子對曹家女嘀咕道：「妳們看，那個面生的女子，是不是就是殿下喜歡的那個商女啊？看她的衣服……怪不得殿下會喜歡她，那腰身啊……」

另有女子聽了，便說：「呸，不害臊，穿得亂七八糟！」

也有女子反駁道：「我覺得挺好看的，男人看了肯定更喜歡。」

曹家女默默注視著雲舒，看到劉爽熱情地迎接她，內心的情緒猶如翻江倒海。

等待開宴的過程中，女子們三五聚成一團，聊著髮飾、穿著、最近一些傳聞，間或總是會提起雲舒。一些不知情況的人追問了起來，漸漸的，雲舒的名字竟然在這些女子中傳開了……

此時空中傳來聲調高低不同的鐘磬長鳴聲，正式宣告宴會開始。

不過片刻，就有衡山王府的人唱喏道：「王后到──」

大多數女賓都直坐起身子跪在自己的席位上，面朝上席微微頷首。徐王后氣度雍容地走了進來，在上席坐下。

雲舒悄悄打量起她，徐王后徐來身穿大紅牡丹袍，姿色頗佳，只是上了年紀，比起美色，氣質較為出眾。跟在她身側的中年婦人看起來稍稍年輕一點，穿著絳色百蝶穿花的衣服，應該是衡山王其他姬妾。

徐王后笑著對眾人說：「今日是太子的生辰，你們都是我府貴客，不必多禮，入席開宴吧。」

絲竹奏起，侍女們捧著大紅漆盤，端著食物、瓜果和美酒進入宴廳，氣氛頓時活絡了起來。

酒席正酣，劉爽身為壽星，舉杯向大家敬酒。他仰頭乾了一杯之後，又倒滿一杯，說道：「今天除了我的生辰，還有一件喜事要宣佈！」

眾人都看著劉爽，雲舒也緊張地盯著他，不知他會說出什麼話來。

劉爽似是藉由酒力，大聲喊道：「我要成婚了！我已向許都尉之女提親，我們衡山國就要有太子妃了！」

許都尉是掌管衡山國兵權之要員，原被徐王后收在麾下，沒想到劉爽以「太子妃」為交易，換得許都尉的支持，讓徐王后十分吃驚和震怒，但她卻沒有表現出任何異常。

曹家女一聽，驚呼出聲：「不！怎麼會是她？那我怎麼辦？」

見她如此失態，徐王后微怒，吩咐侍女道：「大家酒喝多了，上茶吧。」她根本不接下劉爽的太子妃話題，硬是把他晾在那裡。

侍女們撤走案桌上一部分東西，捧上熱茶。茶葉的清香飄進雲舒鼻中，這宴後送上的茶，正是她的雲茶！

宴席上諸人都沒飲過這種茶，一時之間交頭接耳地低聲議論起來。

徐王后看眾人都不知此茶，滿臉得意。

有一靠徐王后較近的夫人問道：「王后，這是什麼茶，怎麼如此馨香？」

徐王后解釋道：「這是一品新茶，名叫碧螺春，是這次太子生辰，從一位奇商那裡收到的賀禮。你們可是第一批喝到此茶的人，連長安都還未曾有人得到過。怎樣，味道可好？」

問話的夫人連忙點頭說：「好，真是好茶！不僅茶香濃郁，而且葉如銀螺，湯色澄碧，哪像我們平日喝的茶，每喝一口都滿嘴殘渣。」

主人家拿出來的新奇東西，賓客們自然紛紛說好，在一旁聽著的雲舒只覺得心花怒放，想到劉爽之前要她一定參加宴席，就是為了在宴會上幫她宣傳新茶嗎？
正感欣喜之時，雲舒聽到席間有人在問：「不知這等好茶，可從哪裡購得？」
徐王后微笑道：「具體是哪個商人獻上的，我也不是十分清楚，只知總量不多，我們王府中也就一丁點兒。」
見徐王后談笑風生如常，雲舒為雲茶高興之時，不禁為劉爽捏了把冷汗。徐王后這般沈得住氣的人，他鬥得過嗎？

宴席結束後，雲舒收到一封來自劉陵的信，信的內容讓她大驚失色！
原來雲舒前幾日寫過一封信給劉陵，詢問她是否前來參加劉爽的生辰宴。
劉陵回信，說她必須跟衡山國少接觸以避嫌，因為過年時，她意外查到她的父王跟衡山國徐王后當年秘密來往的書簡……徐來為了當上王后，與淮南王進行交易，只要淮南王支持她登上王后之位，她就以五萬擔糧食和十萬件兵器答謝淮南王。劉陵還在信中提醒雲舒，千萬要小心那個厲害的女人。
「天吶……」雲舒萬萬沒料到徐王后竟然有這麼大的權力。她當時還只是一名姬妾，怎麼能提供那麼多物資進行交易？
再一細想，雲舒有些明白了。徐王后敢做這麼膽大妄為的事，只怕是衡山王默許的。
淮南王是衡山王的同胞長兄，在衡山王重新立后一事上，有絕對的發言權。只不過兩家互不往來已久，衡山王拉不下面子求和，便要徐來出馬，在立后之事上，徐來肯定會很積極，只要能獲得王后之位，只怕什麼面子裡子都不會顧了。
而且……挑什麼物資不好，偏偏用糧草和兵器交換，只怕他們對淮南王的心思了解得很清楚。
淮南王如此一意孤行，形同走上一條不歸路，現下雲舒真的很擔心劉陵會如歷史所述般被捲入其中。她思來想去，唯有一計能保劉陵周全，那就是嫁給一個足以讓皇上信任的人，藉此庇護她的周全，而最合適的人選就是——衛青。雖然歷史上衛青後來會娶平陽公主，不過她既然插手管了，就只能全力一試。
雲舒將自己的想法和分析一一寫在紙上，要墨勤務必安全送給劉陵，希望她仔細思考，以謀退路。
自「雲茶」在衡山太子生辰宴上得到徐王后稱讚後，喝雲茶一下子在郝城中流行起來。名門之間互相拜訪，待客所用的茶若還是舊式的煮茶，不是用泡的雲茶，會被認為落了潮流。縱使大多數人家一時買不到雲茶，主人也會說正在訂購，無法立即到手，以此維護自家顏面。
因劉爽故意放口風，所以郝城中很多貴族都知道雲舒住在哪裡，一時之間，各家管事、小廝都湧來客棧，向雲舒詢問怎樣購得雲茶、價錢如何。
雲舒來者不拒，耐心地一一解答，很多人在知道價錢後，十分訝異，以他們的認知而言，這茶葉也賣得太貴了。

可是再一想到雲茶渾然不似他們以前喝的鮮茶，又怎能把兩者的價錢放在一起比較？更重要的是，現在雲茶是千金難求，名門望族誰還會在乎價格？在他們的觀念中，愈是值錢的東西，在使用時愈能彰顯身分。

雲舒這邊親自接受了一部分比較重要的訂單，其他則是告訴他們吳縣和酇縣兩邊茶莊的地址，讓他們自行去採買。

在吳縣的墨鳴和酇縣的墨非，在半個月時間內發現訂單紛至沓來，心中十分狐疑，但在接待採辦人，知道他們從郗城來之後，就明瞭是雲舒那邊起了作用，又高興又敬佩。

出門許久，家中雖有人照看，但總是不太放心，雲舒打算啟程回吳縣，免得丹秋和吳嬸娘她們記掛。

「雖有接不完的生意，但也不能一直留在這裡，很多人已經知道要去吳縣訂購，我們也不必親自在這裡候著了。」雲舒說道。

墨勤得了雲舒的意見，就去安排行程，雲舒則掏出包袱裡帶的小算盤，噼哩啪啦打了起來，計算著這半個月到底收了多少訂金……

劉爽接到雲舒告辭的信箋後，親自過來找她。

「妳要走了？」劉爽顯得有些失落。

雲舒說：「嗯，天下無不散的宴席，在這裡待了一個月，是時候回去了。」

劉爽知道沒辦法強留，只說：「今天中午我請妳吃飯吧，就當為妳送行，我也有些話要說。」

「好。」雲舒大方地答應了。

雲舒跟隨劉爽來到一間酒家，酒家裡沒什麼人，像是事先被清過場子一樣。

雲舒在劉爽身邊坐下，並沒有關心滿案酒菜，而是注視著劉爽。他此時的表情比方才更凝重，明顯有要事相商。

「昨晚厥姬悄悄來找我，她說，我母后當年是被徐來以巫蠱陷害致死。」劉爽忽然低聲說道。

雲舒聞言，錯愕地看著他。

劉爽眉頭緊鎖，一臉痛苦悲憤，他的拳頭握緊，放在膝蓋上，有些顫抖，似是忍耐到了極限。

雲舒緩聲問道：「厥姬是何人？」

她輕柔的聲音讓劉爽稍微鎮定了一些。「厥姬是我父王一名姬妾。」

雲舒記起在劉爽的生辰宴上，徐王后身後跟了一名身著百蝶穿花錦衣的婦人，想必就是厥姬了。

雲舒又問：「若乘舒王后真是被徐來巫蠱所害，厥姬是如何知道的？既然知道，當年為何不說，偏偏現在才說？她是帶了真憑實據指控，還是僅憑一己之言？」

劉爽眼中的怒氣漸漸平息，雲舒說的這些問題，他竟然不曾深思，只是對徐王后的恨意成倍增加，恨到他想衝過去告訴父王一切，想親手殺了徐來……

「厥姬說，母后當年身體一直不錯，生我和二弟時很順利，在生無采後卻臥床不起，不久就病逝。病逝後，徐來身邊一個南疆買來的丫鬟就不見了。她說她當年受母后恩典，不忍看她含恨九泉，所以冒著危險來告訴我這些，其他並未多說。」劉爽補充道。

雲舒不由得冷笑道：「若真的念著乘舒王后的恩典，當年就該把事情說出來，怎麼會等到徐來一步步掌控後院，直至她當了王后才說？若當年怕有危險才沒說，那麼如今徐來已是王后，難道不比當年更危險嗎？」

想了想，她又道：「若巫蠱之事是真的，要麼厥姬當年也有份，怕受牽連所以沒說，如今看你借婚事與徐王后作對，她想透過殿下搏一把，根本是想利用您扳倒徐王后。」

劉爽聽完，勃然大怒道：「這個婦人竟敢利用我，我回去找她算帳！」

「殿下稍安勿躁。」雲舒見劉爽像要站起來往外衝，連忙拉住他的衣袖，要他坐下，勸說道：「厥姬選擇這個時候說出陳年往事，不管意圖為何，殿下都能利用這件事，讓形勢變得有利。」

劉爽睜大了眼睛看著雲舒，專注地聽她分析。

「殿下可以把厥姬抓去見王上和王后，在他們面前說厥姬挑撥您跟王后之間的關係，甚至誣衊徐王后用巫蠱之術加害乘舒王后。」

雲舒心想，厥姬有可能是徐王后指派的，兩人合夥為劉爽設下圈套，企圖廢去他的太子之位；而厥姬也有可能是單純嫉妒徐來從姬妾升為王后，從中挑撥。當然，她說的也有可能是真的，然而劉爽現在並沒能力去調查當年的事情真相，唯有先改變現狀，才能回頭去查舊案。

「王上定會把厥姬交給徐王后處置，若厥姬是徐王后的爪牙，那麼等於讓徐王后自斷臂膀；若她們兩人沒有勾結，此事也會讓徐王后對你放鬆警戒，以為你真的尊敬她、信服她。更重要的是，此事會在衡山王心中埋下一粒種子，他那麼愛乘舒王后，對這個傳聞多少會有些懷疑，說不定會暗中派人調查。」雲舒仔細分析道。

劉爽聽完連連點頭道：「妳說得沒錯，就這麼辦。」

雲舒想到自己要離開了，又見劉爽這般沒有城府，不由得為他的前途擔心，進而叮囑道：「殿下以後遇事，千萬要緩一些，想想哪些事情能做、哪些事情碰都不能碰。您現在不能跟徐王后硬碰硬，要多借助衡山王的力量，您是嫡長子，又是太子，生母還是他最愛的乘舒王后，他對您終究有感情。對徐王后，若沒有一擊必勝的把握，就不要急著出手，一定要忍住。」

劉爽神情凝重地點了點頭，嘆氣道：「唉，妳就要離開了，以後我有心事，要說給誰聽？誰又會為我出謀劃策？」

雲舒笑道：「馬上就要開戰了，殿下可以用安國定邦的理由廣招賢士，讓他們成為你的臂膀。徐來終究是個後院婦人，管不到這些人頭上。」

劉爽又點了點頭。

其實，劉爽坐在太子的位置上，有很多事情可以做，但是多年以來，他並未好好學習怎樣做一個賢明的太子，手腳難免施展不開，只能尋賢士能人相佐。

然而一想到劉爽的性格，雲舒就怕他心高氣傲，並不能求得真正的賢者，於是又在餐間把「三顧茅廬」的故事換了幾個名字說給他聽，告訴他要忍辱負重、禮賢下士。

一頓飯畢，劉爽依依不捨地送雲舒回去。

劉爽又問她：「妳大概什麼時候離開？我送妳出城。」

雲舒笑著拒絕。「殿下不用再送了，您的一舉一動，徐王后都瞧著呢，還是快回去吧。」

劉爽眸裡滿是不捨之情。「妳有國士之才，真想留妳在我身邊一輩子。」

不過一說完這些話，他也知道不切實際，眼神漸漸黯淡，苦笑說：「罷了，我現在自身難保，不能連累妳。等我的情況好轉了，再去找妳。」

雲舒鼓勵似地點了點頭，劉爽這才笑著離去。

第一〇五章　北雁鴻書

又花了一天的時間整理東西、買帶回去的禮物，雲舒等人在五月飛花中離開了郗城，向吳縣出發。

雲舒這次滿載而歸，可謂是「春風得意馬蹄疾」，很迅速就回到了吳縣。

一路上的閒暇時間，雲舒都在籌劃如何擴建兩地的茶莊，怎樣調度賺來的錢，以期獲得更大利益。

一個半月未見，吳嬸娘、丹秋和孩子們都很想念雲舒，而在胥母山渡口迎接雲舒的，還有周家兄妹。

雲舒站在船頭，遙遙向他們招手，幾個孩子都蹦跳起來回應她。

船剛剛靠岸，還沒停穩，雲舒就跳下船，眾人立刻圍了過來。

「怎麼樣?莊子裡一切可都還好？」雲舒關心地問道。

「好，都好！」丹秋高興地說。

周子輝在一旁拱手道：「聽說雲茶大賣，恭喜妳！」

雲舒笑嘻嘻地回禮。「同喜同喜。」

吳嬸娘早就準備好了飯菜，催促道：「都快進莊吧，有多少話，坐下來也能說。」

簇擁著雲舒回到雲莊，眾人坐在一起熱鬧，雲舒拿出從郗城買回來的東西，分送給大家。

「不是什麼特別好的東西，只是一些郴城特有的玩意兒，大家把玩兩下，開心就好。」雲舒淺笑道。

雲雪霏和周子冉毫不客氣地擠到雲舒身邊，挑選起東西。雲默反倒像她們的哥哥，臉上掛著笑容，站在一旁看熱鬧，並不跟她們搶。

雲雪霏挑了四肢可以活動的檀香木頭人，周子冉則拿了能吹出聲音的小鳥模樣土陶哨子。

雲舒向雲默招手，拿出一雙牛筋底、青布繡銀灰色花紋的鞋子。「來試試這雙鞋合不合腳。」

自從雲默練功以來，每天早晚都要跑步、爬山，布鞋穿壞很多雙，所以雲舒在郴城看到有牛筋底的鞋子時，非常驚喜，也不顧價格昂貴，各種尺碼都買了兩雙回來。

雲默走了過去，看到有一個包袱專門全放著他的鞋，大小各不相同，心中十分溫暖。

「快試試，也不知穿起來舒不舒服，不過有了牛筋底的鞋，在山裡行走，應該不會硌腳了。」雲舒說道。

雲默抱起包袱，臉紅紅的，不像害羞，倒像激動。「不用試，肯定能穿。」

買了這麼多尺碼，哪會找不到合腳的？

除了他們三個，雲舒也幫吳嬸娘夫婦、丹秋、三福、墨鳴管事、周家一家，還有沒回來的大平，全都買了禮物。

高高興興把禮物分了，雲舒隨意吃了幾口飯菜，就帶著丹秋回到納錦苑。

月亭、月容兩個人正在幫雲舒收拾帶回來的行裝，見雲舒回來，兩人就停下手邊的活兒，幫雲舒放坐席、倒開水。

「一路奔波，都沒能好好洗一洗，妳們準備一些水，我洗個澡。」雲舒吩咐道。

月容、月亭服侍雲舒的時間短，不知道她的習慣，但丹秋這麼多年早就習慣雲舒隔幾天就要洗頭洗澡的習慣，早就要她們事先安排熱水了。

窩在巨大的木桶裡，雲舒泡著熱水，全身筋骨放鬆不少，十分舒暢。

丹秋拿著為雲舒準備好的換洗衣服、布巾等物走進來，放在一旁後幫雲舒洗了一下頭髮，在她耳邊笑著說：「雲舒姊姊，大公子來信了呢！」

雲舒驚喜地抬起頭，問道：「是嗎？在哪兒？快拿來！」

丹秋笑著走到梳妝檯前，捧著一個小盒子走了過來。

雲舒擦乾手，小心翼翼從盒子裡拿出用紅繩繫著的竹簡。

丹秋解釋道：「前天鳳來樓掌櫃送了信過來，說是一路快馬加鞭從北疆那邊遞來的。我原本想差人送到妳手上，但是想到妳今天就要回來了，又怕信在路上弄丟，所以就等妳回來看。」

雲舒滿臉笑容地應了一聲，一面泡著熱水澡，一面展開書簡看起來。

丹秋往旁邊退了兩步，注視著雲舒，看著看著卻發現她的臉色漸漸由歡喜變成凝重。

雲舒眉頭緊鎖，神情沈重中帶著焦慮，似乎很認真在想事情。

丹秋想問大公子信上寫了什麼，卻不敢打斷雲舒的思考，屏息站在一旁。

直到過了許久，雲舒才在已經有些涼的水中動了動，說道：「把布巾給我吧。」

丹秋遞過布巾，接回雲舒手中的竹簡，並不看，只問道：「大公子遇到什麼不好的事了嗎？」

雲舒搖搖頭說：「沒什麼，只是想到真的要打仗了，心裡覺得不安。」

雲舒穿上衣服後，丹秋幫她把頭髮擦到半乾，雲舒說路途勞累，想歇一歇，丹秋就帶著眾人收拾完屋子，關門退了出去。

躺在鋪得舒適柔軟的床上，雲舒卻翻來覆去睡不著。她起身從木盒中重新取出大公子寫給她的信，站在窗前看了起來。

戰爭已經在緊鑼密鼓準備，然而雲舒沒想到，原本只負責籌備糧草的大公子，竟然會跟著去誘敵。

「……此去引誘匈奴，恐有凶險，李廣將軍命我等出行之人書寫遺言，以寄親人。思來想去，我最想念的人就是妳。幾月不見，猶過經年，不知妳過得可好？可有思念我？此行恐有數月音訊全無，莫為我擔憂，我一定回來，等我來娶妳。」

雲舒把竹簡緊緊貼在胸口，一顆心猶如刀割。雖然知道這只是一封軍隊中例行書寫的遺書，然而她的擔憂之情絲毫未減。

她曾聽爺爺說起過戰爭時期的故事，在每次作戰前，每位士兵都會寫一封遺書留給家人，太奶奶接過無數次這樣的信，每次都會抱著信哭一場，然後望眼欲穿等著他安全歸來的消息。

這種煎熬，雲舒現在真的是感同身受。

哪怕她知道歷史中的桑弘羊會高壽，絕不會死在戰場上，然而這份擔憂之情壓也壓不住。就算沒有性命之憂，萬一大公子受傷，該怎麼辦？

路途遙遠，會不會受苦？計策會不會敗露？開戰時能否順利逃脫……一個接一個的擔憂不斷在雲舒腦海中浮現。

焦躁紛亂的腳步聲在房中響起，雲舒在窗前來回走動，想了半天，恨不得立刻飛到馬邑，得到第一線的消息。

由於睡不安穩，雲舒索性綰了頭髮，去找墨勤。

墨勤正在考校雲默的拳法，看他這段時間有沒有偷懶。見雲舒來了，墨勤便要雲默重新打一遍，讓雲舒也瞧瞧。

雲默一招一式比劃得很認真，雲舒一開始看得比較專心，到後面卻分了神。

墨勤見她一副心不在焉的樣子，又想起上一刻丹秋才說雲舒已經歇下，這一刻她卻來找自己，只怕是有事要說，點撥了雲默一番後，便要墨家弟子陪雲默繼續練功去了。

跟雲舒走進屋裡，墨勤問道：「出了什麼事，怎麼看著精神恍惚？之前不是都還好嗎？」

雲舒對墨勤十分信任，開門見山說道：「我收到大公子的來信，他竟然跟著喬裝部隊潛入匈奴王庭。我……我實在擔心。」

墨勤也是一愣，他一直認為桑弘羊是文官，雖然在軍中歷練過，但絕不至於被派上戰場第一線。「是不是接到什麼機要任務？」

雲舒憂慮地點頭道：「應該是吧，但按照之前的計劃，他完全沒必要參與，只怕有了什麼變化。」她抬頭看向墨勤，又說：「我現在知道的事情不多，只能亂猜，我來找墨大哥，就是想問問，你在北疆有多少人手，能不能打探到什麼消息？我想知道第一線的戰況。」

墨勤有些為難地說：「從去年夏天開始，在匈奴邊境的墨者，就受到一定程度的驅趕，很多地區都被軍隊封鎖，如今想臨時插人手進去，恐怕有困難，不過……我試試吧。」

雲舒也知道自己提出的要求有些過分。

漢軍這次打算埋伏偷襲匈奴軍隊，自然會對周圍的百姓進行處理，也一定會封鎖消息，要墨勤去打探軍事機密，真的是件困難的任務。然而這是雲舒唯一的辦法，只好厚顏請求。

墨勤見雲舒忐忑不安，安慰道：「大公子有勇有謀，肯定會平安，毋庸擔心。」

雲舒對大公子也有信心，但還是會擔心……

墨勤當天就將事情安排下去，派門下弟子去北邊聯繫。雲舒則盡可能讓自己忙碌，跟墨鳴商量起擴建茶園、擴大產量的事情，不然一停下來，她就會胡思亂想。

孩子們的感覺是敏銳的，雪霏、冉冉、雲默都感覺到雲舒最近經常眉頭緊鎖，不再像以前那樣，每天臉上都帶著笑。

一天，雪霏從震澤山莊學女紅回來，懷裡抱著一隻非常小的狗兒。

她抱著狗兒跑到雲舒面前說：「娘，您快看，這是元寶生的小狗，冉冉說她把這隻送給我。」

雲舒打起精神看向雪霏手中捧著的小狗，跟元寶很像，有沙皮犬的明顯特徵，大大的頭，皺皺的皮，但又不是很純的沙皮犬，鼻子嘴巴沒有沙皮犬那樣圓和黑，微微有些尖，應該是沙皮犬跟土狗的混合產物……

「真可愛，牠好小哦，雪霏要小心照顧牠，小狗最容易生病了。」雲舒叮嚀道。

雪霏連忙點頭說：「我一定會把牠照顧好的。」說完，她又抬起頭。「娘，您說我們幫牠取個什麼名字？」

雲舒輕聲說：「就由妳來取吧。」

雪霏想了想。「牠這麼小，我就叫牠『小不點』，好不好？」

雲舒溫柔地笑說：「當然可以，以後牠的名字就是小不點了。」

看著雲舒有了笑容，雪霏高興地說：「太好了，娘笑了，娘喜歡小不點！」

她抱著小不點湊到雲舒身邊。「娘，以後您要是不開心，我就把小不點抱給您玩，那樣您就會開心了。」

雲舒怔怔地看著雪霏，心中汨汨流過一陣暖流。沒想到孩子們這麼在意她的心情，她卻沒注意到自己帶給孩子們的影響，對他們不夠關注。

想到這裡，雲舒攬過雪霏，說道：「聽說我不在家的這段日子，妳跟冉冉沒有好好學女紅？」

雪霏抖了一下，連忙辯解道：「我們好好學了，冉冉還幫元寶繡了一條布巾，我則是在手絹上繡了一條魚。」

「是嗎？那為什麼聽說繡娘要妳們交一份喜鵲繡品，妳們都不做？」雲舒柔聲問道。

雪霏嘟起嘴說：「不是我們不做，是我跟冉冉姊姊都沒見過喜鵲，不知道圖樣該怎麼畫，更別提動手繡了。我們為了找喜鵲，好早好早就起床去樹林裡找，可是找不到。」

雲舒有些詫異地說：「是嗎？繡娘沒給妳們看圖樣？」

「看了。」雪霏說：「可是又說不能跟繡娘給的圖樣一模一樣，要自己畫其他樣式，我們沒見過，不知喜鵲還有什麼其他樣子。」

雲舒微微點頭，雖然雪霏說這些話有些強詞奪理，但仔細想想，的確怪不得孩子們。古代獲得資訊的管道非常有限，僅限於生活中親眼見到和聽到的。

「好吧，我要妳秋姨去跟繡娘說一聲，以後讓妳們繡見過的東西，可不能再不聽話了。」

雪霏高興地跳了起來，一口答應道：「好！」

第一〇六章　動身北上

雲默六歲生辰轉眼就到了。雲舒想幫他過生日，雲默卻不接受，說這個日子對他來說一點意義也沒有，而且他那天要去湖上船板上紮馬步，沒時間玩。

被他這樣一口拒絕，雲舒有些失落，但在她轉身離開時，雲默說了一句話，讓她所有的鬱悶一掃而空——

「比起生辰，娘帶我離開茅草屋的日子，更有意義。就把那一天當作我的生日吧。」

雲默這麼說，雲舒很是高興，可是她又為難了。她壓根兒不記得那是哪天，只依稀記得是九月某一天……

雲舒的窘態被雲默看在眼裡，他也不揭穿，只說：「我等娘九月初八幫我過生辰。」

「九月初八」，雲舒用力把這個日子記在心裡，表示到時候一定幫雲默過生辰。

眨眼二十多天過去，墨勤派去北疆打探消息的人回稟，說在邊境未曾打探到有用的消息，反倒是在匈奴那邊得知一些訊息。他們找到了聶家的商隊，但並未在商隊裡找到桑弘羊。

這一個不確定的消息讓雲舒忐忑不已，是大公子另有任務，還是出了什麼事走散了？

正巧在這個時候，大平從外地趕了回來，他前腳剛到胥母山，就被雲舒喊進房中，跟墨勤三人密談起來。

見到雲舒一副嚴肅的模樣，大平以為自己辦事不力，雲舒要對馬場那邊有新安排，連忙慎重傾聽。

雲舒睜大眼睛看著他們，深吸一口氣，說出自己思考多日後的一個決定——

「墨大哥、大平，我要去馬邑。」

雲舒此話出口，墨勤和大平都沒吭聲。

墨勤低著頭，並不吃驚，彷彿知道雲舒早晚會下這個決定，但大平卻滿臉驚詫，不明白雲舒為什麼要在這麼動蕩的時期選擇去馬邑。

雲舒看向他們兩人，以為他們會立刻反對，不料誰都沒說話，心頭一鬆，主動說起。

「我也知道這個時候去馬邑不合適，但我放不下大公子，總覺得寢食難安。不如讓我過去一探究竟，也好安心。」

歷史上的「馬邑之謀」是以漢軍計謀敗露而收場，聶壹當初找雲舒獻計時，她雖點撥了其中幾個關鍵環節，希望能轉敗為勝，可是雲舒很怕這段歷史不容她改變，事情終會回到正軌，因此更擔心參與其中的大公子，不知自己的舉動是否會影響他的命運。

墨勤看到雲舒這些天的狀態，知道除非明確得到大公子安全的消息，不然她日子肯定過不下去，而墨者門徒送給他的消息也很詭異，桑弘羊明明跟聶家商隊一起從馬邑出發，到了匈奴王庭，現在卻哪兒都找不到他的蹤跡，這到底是為什麼？他究竟去了哪兒？

權衡了一下事情的可行性，墨勤冷靜地問道：「妳打算以什麼方式過去？」

雲舒聽到墨勤這樣問，很是欣喜，看來他是支持她的。

大平在詫異之餘聽到師父這樣詢問，也明白馬邑肯定出了什麼事，不然師父不會任由雲舒亂來。

雲舒思索道：「馬邑現在雖有設防，但對商隊卻沒有限制，我想組織一支商隊，帶著絲綢、茶葉、雲紙去邊關，掩護視聽。」

漢軍在馬邑設下埋伏，必須防止匈奴的探子得到消息，卻不能阻斷漢匈邊關商隊往來，不然在交易熱季沒有商隊去匈奴，匈奴人肯定會生疑，計策也就會隨之暴露。

雲舒打算以商隊的身分過去，再合適不過。

墨勤聽了覺得不錯，只是建議道：「那邊形勢不好，這次妳得允許我多帶一些弟子隨行，不然太危險。」

雲舒自然沒有意見，連連點頭。

大平從外地回來，對事情了解得不清楚，一直靜靜聽他們兩人商量。到最後，雲舒眨著眼睛，狡黠地對大平說：「大平，這次你得幫我一個忙。」

大平忙打起精神說：「雲姊姊吩咐就是。」

雲舒有些猶豫地說：「我準備去馬邑的事情，不要告訴我們三人之外任何一個人，我怕他們擔心。你就說河曲那邊傳來壞消息，子商兄弟跟馬六不和，需要我過去看看。此外我也想看看絲綢、茶葉在河曲一帶是否能賣出好價錢，便乘機帶商隊走一趟。」

大平覺得有些為難，問道：「我娘，還有丹秋，都不能說嗎？」

雲舒鄭重地點頭說：「愈是親近的人，愈不能說。大公子在馬邑沒有消息，我就這樣焦急，他們若知道我也跟了過去，不知道會有多擔心，何必讓他們受這個苦楚？不如讓他們認為我出去做生意好了。」

大平想想也是，吳嬸娘和丹秋知道了不但沒什麼用，反而徒增擔憂。只是要他對母親和喜愛的人撒謊，總覺得有些不安。

思來想去，大平終究點了頭。

商量好了之後，雲舒就對大平說：「你剛回來，快去見吳嬸娘和丹秋吧，她們想你想壞了。跟她們好好聊聊，一會兒一起來用膳。」

大平腳步匆匆地去了，雲舒跟墨勤又討論了一下要帶多少貨物，以及要帶哪些人。

待到用晚膳的時間，眾人歡歡喜喜來到飯廳，難得大夥兒都在，湊齊了人，顯得很高興。

晚飯吃得差不多時，雲舒就放下碗筷，看了眾人一圈，揚聲道：「我有件事情要跟各位說……」

大人孩子們都抬起頭看向雲舒，雲舒清了清嗓子，說道：「大平剛從河曲馬場回來，聽說馬大叔跟新帳房處得不愉快，鬧了一些事，我必須過去看看。趁這個機會，我打算看看絲綢和茶葉在西北地方是否受歡迎，想運送一批貨物過去倒賣。跟墨大哥商量了一下，初步決定後天一早就出發，雲莊的事情就交給大平、墨鳴和丹秋三人管理……」

話還沒說完，雲雪霏就不開心地嘟著嘴說：「娘才回來沒幾天，怎麼又要出遠門了！」

大平也驚訝地說：「我難道不是跟雲姊姊一塊兒去的嗎？怎麼被留在莊裡？」

丹秋疑惑地問道：「後天就走？怎麼這麼急？」

其他人則是愣愣地看著她。

雲舒滿懷歉意地看向眾人，說道：「因是緊急事件，耽誤不得。用完飯後，大平、丹秋和墨鳴管事，到我房裡一趟。」說完她就提前起身離席。

雲雪霏鬱悶地踢了踢腳，想要追上雲舒撒嬌，卻被三福拉住，衝著她搖了搖頭。雲默則盯著雲舒的背影，直到她消失在視線裡，接著重新埋頭吃飯，什麼也沒說。

大平、丹秋、墨鳴三人已經吃得差不多，也沒有心思繼續吃下去，匆匆跟著雲舒去了納錦苑。

三人站在雲舒面前，雲舒囑咐道：「我這次離開的時間恐怕會有些久，莊子裡全靠你們三人張羅，萬一有什麼要緊的事，傳信問我來不及，你們三人可以商量著處理，只要是你們三人都同意，那便是我的意思。」

她頓了一下，又說：「墨鳴管事主要負責茶園生意，丹秋則是負責莊子裡的內務。大平，你內外都得兼顧，我這一攤子，可全都交給你了。」

大平知道內情，很是擔憂地說：「我原以為我會跟雲姊姊妳一起出門……」

雲舒搖了搖頭說：「你得留下。第一，你才外出歸來，再奔波恐怕吃不消；第二，滿園的婦孺老小得靠你照看，有你在，我放心。更何況，在這裡，你還有一件事要辦。你再外出的話，你們的事得拖到什麼時候？」

丹秋和大平聽到最後一句話時，都紅了臉，不知該說什麼。

雲舒留他們三人說了一些瑣碎的細事，包括茶園擴建、生意擴展、內務整理、孩子教育、吃穿住行等，又命大平第二天去周家莊調一批絲綢和雲紙，再命墨鳴準備一些茶葉，以備商隊出行所用。

忙忙碌碌準備了一天兩夜，第三天早晨，臨時組建的商隊準備從太湖胥母山出發。

一大清早，雲舒打扮成男子，騎上馬，並沒有坐馬車。她準備向大家道別時，卻見雲默穿戴整齊，身上揹了個小包袱，一聲不吭地抓住墨勤馬兒的韁繩。

「默默，你這是做什麼？」雲舒詫異地問道。

雲默一副理所當然的模樣。「跟娘一起出遠門啊。」

雲舒板起臉來，斥道：「胡鬧，我們是出去辦事的，怎麼能帶一個小孩子？快回去。」

雲默卻抓著韁繩不鬆手。「都說讀萬卷書不如行萬里路，好男兒志在四方，我要跟娘一起出門。而且師父教給我的拳法我也都練會了，你們不能丟下我。」

「這些話都是誰教你的？」雲舒瞪著雲默，這可不是一個漢朝六歲小孩能說出的話。那種在他身上隱隱約約讓人覺得奇怪的感覺，再次浮現。

雲默自覺失言，忙敷衍地轉問墨勤：「師父，您之前說師兄們都是在行走世間時歷練出真本事的，怎麼能把我關在家裡？」

墨勤被雲默兩句「讀萬卷書不如行萬里路」和「好男兒志在四方」所震撼，驚喜之餘，對雲舒說：「雲默說得有幾分道理，而且他年紀雖小，卻有能力照顧自己。更何況，我們這次準備了足夠的人手，帶上他出去見識一番也無妨。」

雲舒嘆了口氣，只好同意。

見她點頭，雲默藉著墨勤的幫助三兩下爬上馬背，坐在他的胸前，興奮地等著出發。

雲舒這次的商隊總共有四輛載貨的馬車、一輛裝載行李和食物的馬車，另備有五十名護衛，都是墨勤從墨俠中挑選出來的，功夫了得。

一行人浩浩蕩蕩出了太湖，走在路上，雲舒的心更急切了，就對墨勤說：「我們帶幾個人騎馬先行吧，到時一面在馬邑打探消息，一面等車隊會合。」

坐在墨勤懷中的雲默心中打了個突。果然如他所料，雲舒此行出來別有目的，不是去河曲，而是去馬邑。

他就覺得雲舒最近很不對勁，她處事一向泰然自若，即使河曲馬場真的出了問題，她也不會急躁成這般樣子。看來一定是其他方面出了狀況，一件讓雲舒很緊張的事情出了差錯……

墨勤依言轉身從墨俠中挑了三十人隨行，又在留下的二十人中選了一個青年，叮囑他車隊各項事宜，要他負責，這才跟雲舒一起撒開馬蹄，朝北趕去。

第一〇七章　戰火驟起

六月驕陽烈日，日頭一天比一天毒辣，雲舒卻是馬不停蹄，從早到晚趕路，不過幾天，白皙的皮膚就曬得黝黑，乍一看來，還真像個瘦弱的少年。

三十多人的馬匹在官道上奔馳，動靜並不小，進入城門時，更是頻頻被城衛攔下詢問。隨著愈來愈靠近北疆，盤查也愈來愈嚴格，有一次他們甚至被當作私人軍隊圍了起來，幸而雲舒身上備有通商文牒，才能順利過關。

臨近馬邑，雲舒等人在村外一個茶肆暫停歇息，同時等前面的人打探消息回來。

這一路上倒還安生，預計中的壞天氣和路匪都沒有遇到，倒讓雲舒焦慮的心穩定了不少。

他們三十多人把茶肆占滿了，有的墨俠忙著幫馬兒餵水餵草，有的站在樹蔭下吹風說話，墨勤則陪著雲舒坐在棚子裡歇腳。

雲舒看到官道上十分冷清，跟她幾年前從婁煩到馬邑玩的情形完全不同，便問道：「人煙怎麼這麼少？難道要打仗的消息已經傳開了？」

墨勤說：「的確有些流言，不過傳的是漢軍在代郡屯了大軍，並非馬邑、雁門關一代。」

雲舒了然地點了點頭。

「代郡那邊情況不太好，聽說百姓紛紛外逃，路匪卻如潮湧，接二連三趕到當地，趁火打劫。」墨勤淺淺喝了兩口茶，又說：「馬邑這邊相對安穩一些，可是盤查的關卡多了，一般人也不出門，所以路上十分冷清。」

戰爭總是跟各種動亂連繫在一起，對於代郡百姓的遭遇，雲舒除了嘆息，也無能為力，只能當作為了戰爭全局，免不了犧牲了。

前面打探的人回來了，湊到墨勤、雲舒這一桌，低聲說道：「馬邑城中並無異動，不過城外百里山一帶卻無牧民放牧，有刻意驅趕的痕跡，大軍應該集結在那一帶。」

雲舒認真地聽著。她此次前來，就是想找軍隊的人打聽一下大公子的下落。不管是李廣將軍還是韓嫣，他們應該都在附近，只要能找到他們，就能問出消息來。

只不過，軍事重地並不能隨意進出，若胡亂闖過去，說不定會被哨兵當作細作當場射殺。

雲舒十分明白這一點，就說：「那我們先進城吧，之後再從長計議。」

眾人休息過後，紛紛騎上馬向馬邑城中前行，找了家客棧住下。在馬上奔波了好一段日子，並不覺得累，現在歇了下來，反而全身骨頭痠軟。

雲舒將曬成黑皮猴一樣的雲默清洗乾淨，自己也洗過澡後，一起睡下。

雲默似乎有些興奮，他摟著雲舒一隻胳膊小聲問道：「娘，要打仗了嗎？」

雲舒點點頭說：「大概吧。」

雲默一聽更加興奮，兩眼像是要放出光芒一般。

雲舒覺得奇怪，問道：「要打仗了你不怕嗎？聽說匈奴人又高又壯，不管老弱婦孺都會殺，你不怕？」

雲默嘟嘴，仰起頭來看著雲舒說：「怕什麼，等我長大了，要把他們趕盡殺絕，看他們還敢不敢欺負我們！」

聽見雲默這麼說，雲舒不知道是喜是憂。

這孩子頗有民族和國家的榮譽自豪感，然而這些話從一個六歲孩子嘴裡說出，感覺戾氣太重，聽起來很不舒服。想到雲默以前的遭遇，雲舒這一晚睡得很不踏實。

朦朦朧朧之間，有人聲從房外傳來，接著雲默一跳而起，搖著雲舒的胳膊說：「娘，師父在敲門。」

雲舒趕忙坐起，應了一聲後急忙穿好衣服，頭髮也來不及梳，把墨勤迎了進來。

外面天色還沒有亮，但是園子裡紛亂的腳步聲讓雲舒有些緊張。「墨大哥，發生什麼事了？」

墨勤臉色有點沈重，卻不慌張。「馬邑出現動亂了，有人殺了馬邑縣令，將他的頭顱掛在城門上。外面很多百姓都叫喊著要逃，但城門卻被封得死死的，城樓上滿是士兵和火把，情況很亂。我已經派人去打聽，看看是何人所為。」

雲舒聽了，反倒冷靜下來。她從大公子那裡聽說過，知道這是他們引匈奴深入的計謀之一。那個頭顱被懸掛在城門上的「縣令」，只是一個死囚罷了。

「只怕不到明天，匈奴人就到雁門關外了，咱們把人聚攏，守住這個客棧，免得內亂。」雲舒靜靜說道。

墨勤見雲舒鎮定下來，心想她跟在大公子身邊很長一段時間，對戰事的安排應該比較了解，現在想必心裡有數，就按照她的吩咐做了。

果然，到了晚上就傳來消息，說匈奴人出現在雁門關外，正得意忘形地準備殺進關內，誰知突然出現數十萬漢軍，把匈奴大軍前後左右包抄起來。

激戰一夜，有一萬多名匈奴士兵逃出包圍，躲入三十里外的山中，漢軍正連夜追趕搜查。

有人說匈奴的軍臣單于被射殺身亡，有人說他並未親自上陣，說法不一。

一條條消息傳來，雲舒卻沒有找到她想聽的。

軍臣單于是死是活，她不想知道；哪位將軍帶兵殺了多少匈奴人，她也不想知道；馬邑縣令死而復生，重新出現在官衙裡調度城防，她更不關心……

她想知道的，只有大公子的下落。

「大公子他……依然沒有一點消息嗎？」雲舒低聲說道。

墨勤搖了搖頭。

前去誘敵的商隊全身而退，在雁門關前和漢軍會合，被護送進城。他們都安然歸來了，可跟他們一起離開馬邑的大公子，卻音訊全無。

想到這些，雲舒拿著杯盞的手有些發抖。她「啪」的一聲放下杯盞，站到廊下朝外面的天空看去。

窗外不見夏日陽光，天空黑壓壓一片，不知是烏雲還是戰亂引起的煙塵。

雲舒只覺得沈悶，卻不得不一遍遍安慰自己，再等一會兒，就會有大公子的消息了。

戰爭依然持續進行，回過神來的匈奴軍隊開始在夜間、凌晨進行偷襲。善於騎馬作戰和長途奔襲的匈奴人讓漢軍十分頭疼，滅不乾淨，防不勝防。

一場大雨，將天空的灰色刷洗掉一些。雲舒看著地上滾滾流過的泥水，有些出神。

雲默知道她心情不好，一直乖乖待在她身邊，此時他正把頭伏在他的膝蓋上，指向院門外的小徑。「娘，師父帶人進來了。」

雲舒抬頭望去，一下子便站起身，激動地走出門廊，迎了上去。

墨勤見雲舒走到雨中，腳下的布鞋瞬間被泥水浸濕，裙襬上也沾了泥水，便大步上前，替她撐上油傘。

「韓大人來了。」雲舒神情激動地說。

一年不見，韓嫣經過戰爭的洗禮，看起來成熟穩重了不少。雲舒對他行禮道：「好久不見，韓大人可還好？」

韓嫣滿臉喜氣，拱手說：「我一切都好，妳長途跋涉來此，是為了桑弘羊吧？」

雲舒匆忙將他迎進屋中，她有很多話想問，也想知道很多事。

雲默被墨勤帶了出去，雲舒迫不及待地問道：「韓大人，聽說大公子去誘敵，怎麼不見他回來？」

韓嫣見雲舒緊張至極，便說：「莫急莫急，他過幾日就回來了。」

聽到這些話，雲舒輕鬆了不少，可依然追問道：「到底怎麼回事，快跟我說說。」

外面的雨下得急，噼哩啪啦如同金豆砸在地上。韓嫣絮絮叨叨跟雲舒講了事情大概的經過，雲舒仔細聆聽，不敢有絲毫遺漏。

大公子奉皇上之命前去解救以前嫁給匈奴和親的南宮公主，他雖然跟商隊一同從馬邑出發，但走了一段之後就分開了。

韓嫣說：「為了避免打草驚蛇，桑弘羊一直等開戰的消息傳回匈奴那邊的前一刻，才能帶南宮公主逃走，要是太早離開，誘敵深入的計謀就會敗露；太晚離開，又怕脫不了身。算算日子，再過沒多久，他就會帶公主回來了。」

雲舒聽見這個安排，覺得十分危險，追問道：「大公子帶了哪些人去？多少人？夠用嗎？萬一被匈奴人發現，交起手來怎麼辦？」

韓嫣笑道：「放心，皇上十分在意公主，派的都是身邊能幹的人前去，不會出差錯的。」

知道了前因後果，雲舒便不再亂猜，心情也穩定不少。

夏天的驟雨下了停，停了又下，烏雲來得快，去得也快，恍若匈奴騎兵突襲一般，讓漢軍東奔西跑，卻怎麼也無法將他們全部殲滅。

馬邑的埋伏戰打得很精彩，至少殲滅匈奴軍隊三萬餘人，可是剩下一萬多匈奴騎兵，憑藉馳騁草原的技藝，和與生俱來的野外求生本領，硬生生逃脫漢軍圍捕，現在反倒主動騷擾起雁門關、馬邑一帶的小村落。

半夜經常會有急報傳到馬邑縣府，雲舒這裡也得到一些消息，不是這個邊村被偷襲，就是哪處被劫掠，等漢軍趕到時，匈奴人早已跑遠，讓漢軍非常頭痛。

雲舒和墨勤並肩站在廊下，看著雲默一招一式打著拳。

縱使今天天氣不錯，雲舒也能感覺到墨勤的心情很不好。想來也是，墨勤身為墨家矩子，雖然長年守護在雲舒身邊，但他是個心繫天下的人。當初匈奴人冒犯邊關時，他就帶著幾十名弟子自發守護城門，奮戰沙場，如今他身在戰場邊緣，不斷聽到人民受苦的消息，卻什麼也做不了，自然覺得鬱悶。

雲舒不由得想到，墨勤沒有採取行動，是為了要守護她嗎？不放心她一個人？還是怕把她捲入戰場？

「墨大哥，你在想什麼？」雲舒嘗試著詢問。

墨勤一雙眼睛盯著雲默的拳腳，可是注意力分明不在雲默身上。他愣了一下，想到雲舒慧眼如炬，肯定看出他的心事，便說：「匈奴殘兵殺不絕，他們為了報復，一直騷擾百姓，讓我很是氣悶。」

雲舒點點頭說：「防衛大軍雖然駐紮在此，然而調動起來不如匈奴騎兵靈活，不知墨大哥可有辦法應對？」

墨勤想了想，說道：「要防止匈奴人騷擾，有兩個辦法。一是透過偵查，判斷匈奴士兵的蹤跡，他們不管如何靈活，這麼多人住在野外，總要生活，會留下一定程度的痕跡，我們就能追尋他們的路線，防範未然；第二個辦法，就是釜底抽薪。」

雲舒眼底一亮，問道：「如何釜底抽薪？」

墨勤分析道：「軍臣單于此次中計，折損三萬大軍，在近年的戰爭中屬於非常嚴重的敗仗。匈奴王庭內部各派一向不和，肯定有人會對他的領導提出抗議，若能引發匈奴王庭內部變動，匈奴人自顧不暇，哪還有心思劫掠我們？肯定是早早收兵回家，搶奪王位和地盤去了。」

聽墨勤說得有理，雲舒連連稱讚道：「果然是好計策！」

墨勤有些頹喪地搖著頭說：「用想的容易，做起來卻難。一來我們在草原上不如匈奴人熟悉，根本不知他們的動向；二來戰事已起，匈奴人對我們防備嚴密，很難打聽到匈奴王庭的消息，即使想從中作梗，也無處下手。不過……」

「不過什麼？」雲舒追問道。

「北地狼煙已傳出千里，各地方的墨俠紛紛聚集到此，目前已有五百餘人。他們聽說邊關受到滋擾，紛紛表示要去守護邊關，駐紮到邊村中幫助百姓禦敵。我因怕他們行事不周，壞了朝廷的計劃，或被朝廷誤當成匪類追殺，一直不許他們行動。這幾日，可把他們急壞了。」墨勤說。

雲舒很驚訝，五百餘名身懷武藝的墨俠，這可是股不小的勢力呀，若這麼閒置，真是太浪費了。

思索了一下，雲舒說：「我在軍中還算認得一些人，不如我託人去問問，看能否讓他們配合軍隊一起行動，這樣的話，或許更有成效。」

墨勤沒想到雲舒會這麼說，有些擔憂。「若是如此，必定是我帶領他們前去抗敵，那妳怎麼辦？」

雲舒倒不好意思了。「我躲在這裡，能有什麼危險？遇上這樣的事情，不說幫不上什麼忙，竟然還拖累你們。」

兵荒馬亂的，墨勤心中著實放不下，但想到邊關戰事紛亂，又十分想伸手幫忙。來回思量，墨勤忽然想起桑弘羊快回來了，到時只要將雲舒交給他，應該就不用擔心了。

第一〇八章 心生醋意

雲舒打聽過後，知道馬邑領兵的大將軍是李廣，她便透過韓嫣，希望他能夠從中介紹，讓墨俠助李廣滅敵。

「俠」，在漢朝是個很微妙的存在。有些位高權重之人喜歡結交俠士，甚至廣招俠士作為門客，前任丞相竇嬰便是如此，他的好友灌夫就是以任俠自居。然而朝廷中也有些人很討厭俠士，認為他們目無王法、滋生動亂、擾民不安。就不知李廣將軍是抱持什麼態度？

好在韓嫣傳來消息，說李廣將軍十分開心，沒想到他到了如此年紀，還能結識墨家矩子，這些墨俠願為國出力，他焉有阻止的道理？

匈奴接二連三的偷襲讓李廣很頭疼，軍隊因編制、規模、輜重、糧草等問題，不可能在每個村中駐紮，而墨俠卻能為他解決這個問題，當真是瞌睡來了送枕頭，讓他覺得或可一用。

接下來的事情異常順利，雲舒和墨勤跟李廣將軍見面。墨勤談起怎麼把墨俠分編組隊，如何調派指揮時，頭頭是道，讓李廣十分讚賞。

合作事宜大致談妥後，墨勤和雲舒告辭離開。

雲舒注意到，當墨勤從主帳中走出時，腳下生風，意氣風發，猶如一個找到自己舞臺的演員，格外愜意。

她看到墨勤找到發揮才幹的地方，也為他感到高興，兩人一面笑談著，一面朝軍營外走去。

雲舒正甩著寬大的袖子，努力跟上墨勤流星般的快步，卻忽然看到一個黑影從左眼角處竄了出來，待她要停步時，已經來不及，幸而墨勤一把將她拎起，放到自己身後。

雲舒嚇了一跳，捂著胸口向墨勤身前看去，只見一個年輕人騎在馬上，扯著韁繩，令馬兒的前蹄高高揚起，不斷嘶鳴著。

待馬蹄落下時，馬背上的男子十分詫異地用馬鞭指著從墨勤背後探出頭來的雲舒，說道：「真的是妳？」

雲舒由於從低處往高處看，這男子背著光，又戴著頭盔，她一時竟認不出是什麼人，傻乎乎地問道：「你是誰？你認得我？」

誰料這句話剛出口，馬背上的人差點氣個半死。他甩了韁繩跳下馬來，伸手朝雲舒捉去，口中還憤憤唸著：「妳竟然不認得我了?!」

只是他的手才抓到一半，就被墨勤攔住，原本不好的心情變得更糟糕，他下意識伸出另一隻手去推墨勤，一來二去，兩人竟然交上手了。

雲舒也不知兩人怎麼就打上了，急得忙喊道：「別動手別動手，這裡是軍營，小心犯了軍規！」

可她的話絲毫起不了作用，兩人出手愈來愈快，雲舒被逼得退到一旁去，當她退了幾步，反而看清楚了那個青年的長相，立刻喊道：「李敢，快住手，打什麼呀！」

李敢聽到雲舒喊出他的名字後，頓時舒暢了不少，而墨勤原本就沒有主動攻擊，一直在防守，如此一來，兩人便停了下來。

他哼著小曲，甩著馬鞭走到雲舒身前，說道：「妳還記得我呀，我還以為妳不認識我了。」

雲舒忙說：「哪能不認識？還不是你剛剛把我嚇到了，一時沒看清楚嘛……」

李敢沒好氣地看了墨勤一眼，問雲舒：「妳怎麼到軍營來了？跟誰來的？這些日子正打仗，妳多注意著點。」說著，就要帶雲舒去他的營帳坐一坐。

兩人雖然在感情上有點彆扭，然而在此時此地重逢，誰也沒往那方面想，雲舒也不好做得太明顯，便跟著他去了。

墨勤自然也要跟雲舒過去，誰知李敢指著營帳門口的空地，對墨勤說：「我有話跟她說，你在這兒等著。」

墨勤懶得跟李敢計較，而是看向雲舒。雲舒心想李敢不會對她怎麼樣，便要墨勤先四處轉轉，稍等她一會兒。

進了李敢的營帳，李敢從水袋裡幫雲舒倒了一杯水，而後問道：「來這邊有事？」

在李敢面前，雲舒的說辭有所不同。「我有批貨要運到這邊來賣，正好有戰事，想過來看看有沒有什麼能幫上忙的。」

李敢也不笨，自然不會相信這個理由，而是直截了當地問：「妳是來找桑弘羊的吧？」

雲舒被他這樣戳穿，臉色微微有些泛紅。「嗯……順便……」一直沒他的消息，所以過來看看。」

李敢神情莫測地看了雲舒兩眼，對於桑弘羊和雲舒之間的事，他早就清楚，只是沒想到雲舒一個女子，竟然敢到戰地來找他，心中實在酸得厲害。

壓下心頭的醋意，李敢說：「他快回來了，已經有人去接應，就是這兩、三天的事。」

「真的？」雖然之前知道大公子已經快要回來，但是雲舒一直不知道具體的時間，現在聽到李敢這麼說，她說不出有多高興。

就在雲舒感到開心之際，李敢冷不防說了句：「怎麼曬這麼黑？」

雲舒不好意思地笑了笑。「在外行走，不比在家裡，難免的……」

李敢卻說：「那也不見得，有的人就是曬不黑，不信等桑弘羊跟陳芷珊回來了，妳看看他們倆，從京城到這裡，我就沒見他們曬黑一星半點。」

陳芷珊……這是女人的名字吧？

彷彿看出雲舒心中的疑惑，李敢解釋道：「哦，妳還不知道陳芷珊吧？她是皇后的堂妹，這次奉命去接公主回來。」

接著又像是在解釋一般。「因事關公主，都是男人不太方便，難免要帶個女人過去。」

可雲舒想的，完全不是這個。

皇后陳嬌的堂妹，是名門侯府出身，卻不像嬌養的小姐，竟然能夠上戰場，執行這樣危險的任務，必定是個十分與眾不同的女子吧？

見雲舒的神情變幻莫測，李敢不由得有些竊喜。

「陳芷珊那個女人，真是讓人看不透啊，是我見過最漂亮的惡女，也是我見過功夫最好的女人，打起架來，幾個男人也不是對手。」他一面觀察雲舒的神情，一面說。「可她唯獨敗在桑弘羊手下，也不知道為什麼，桑弘羊的拳腳功夫明明連我也不如……」

雲舒壓下心頭的不順暢，笑著說：「勝敗乃常事，說不定陳小姐一時不慎，讓大公子占了個便宜，才贏她。」

李敢低聲笑了，說道：「也是，女人心不在焉的時候，打架肯定會輸。」

雲舒察覺出李敢故意把她的想法往某個方向引導，略有不快，便起身說：「天色不早了，路上不好走，我先回去了。」

李敢連忙起身送她出帳，又問：「妳現在住在哪兒？等桑弘羊回來那天，我帶妳去關外接他。」

雲舒停下來看了李敢一眼，因為實在很想早點見到大公子，便說：「我住在馬邑客棧。」

李敢記下了，說道：「成，我到時得了信就過去接妳。」

自打從李敢的營帳裡出來，雲舒的表情就有些陰晴莫測，墨勤跟她並肩騎馬，十分擔心她會不慎從馬背上掉下來。

看她分心分得實在嚴重，墨勤便開口問道：「出了什麼事？李敢對妳做了什麼？」說著，似是要調轉頭回去找李敢算帳。

雲舒回過神來，強笑著說：「沒有，只是聽說大公子這兩天就回來了，也不知他現在是什麼樣子，想這件事情，想得有些出神。」

墨勤半信半疑地點了點頭，雲舒策馬加速，他便急忙從後面跟上。

回到客棧後，雲舒忽然發現「陳芷珊」這個名字像根樁子一般，牢牢在她心底扎了根。她雖然知道李敢有些話是故意說給她聽的，她不必多想，然而心裡仍然有些不好受，一波波煩躁之意如同浪潮般向她襲來。

出身好、長得好、功夫也好……雲舒想著那個尚未謀面的女子，嘆了口氣，真是讓人羨慕呢！

不知怎的，雲舒突然覺得自己配不上大公子，要出身沒出身，相貌也就這個樣子，功夫更談不上，還得處處受人保護。

「不行不行，不能胡思亂想，我跟大公子這麼多年的感情，豈是別人能比的？」雲舒一邊喃喃自語，一邊拚命甩頭。

她陪他進長安打拚，一起經營，一同努力，看著彼此漸漸長大，慢慢變強，撐起自己一片天地，這種情分，何人能敵？

可是……陳芷珊跟大公子一起進行那麼危險的任務，這算不算同生共死、並肩作戰？

搖了搖頭，雲舒揮去腦海中亂七八糟的想法，咬著牙又想：大公子身邊出現過各種條件比我好的女子，他絲毫都沒動心，我要對他有信心，現在擔心個什麼勁兒？

雲舒有點不懂，不知道自己為什麼突然變得如此患得患失。

當初原本要賜婚給大公子的臨江翁主，還有桑家老夫人介紹的那些小姐，條件都不錯，可大公子絲毫不在意，她也從來沒有擔心大公子會移情別戀。怎麼現在只是聽李敢說了兩句，就對這個陳芷珊如此憂慮？

是因為兩人分別太久，事情並沒發生在她的眼皮下，所以沒信心嗎？不行不行，兩人之間最重要的就是彼此信任，她不可這樣胡思亂想！

此時窗外的田蛙叫聲傳進屋內，十分惹人心煩，雲舒起身關了窗，又覺得氣悶，於是又把窗重新推開。

這番折騰把睡在小床上的雲默吵醒了，他在黑夜裡看著雲舒在屋內徘徊的身影，輕聲喊了一句：「娘……」

雲舒回過神，走到雲默床邊，滿懷歉意地說：「把你吵醒了嗎？」

雲默問道：「娘是在為師父要去前線的事情擔憂嗎？」

從軍營回來後，墨勤就招來一批墨俠，將要去邊村抗擊匈奴的事情安排了下去，眾人情緒十分激昂，雲默也知道了。

雲舒不便對雲默說明自己心中那些糾結，就順著雲默的話說：「是啊，擔心他受傷。」

雲默的眼睛在黑夜中格外晶亮，眼珠左右骨碌轉了一下，突然促狹地說：「娘，師父在妳身邊好多年了吧？他是不是喜歡妳呀？」

雲舒迅速揮手給了雲默一個爆栗。「這話可不能亂說。你師父是有原則的人，因為要償還過去的恩情，所以一直待在我身邊，並不是什麼兒女私情。」

雲默捂著頭，想狡辯些什麼，卻又不敢多說。換作平時，雲舒頂多拍拍他、捏捏他，今晚她直接給他一個爆栗，說明心情不好啊……

「快睡吧。」雲舒把雲默按到床上後，自己也回床躺下。

可是一閉眼，她就想起很多陳年往事。

重生之時，大公子把她從水中救起，他傷了腳，坐在馬車裡，安靜祥和地跟她交談，收留走投無路的她；後來又遇見卓成，因為害怕，嚇得半夜作惡夢哭醒，是大公子寬慰她，跟她說「有我在」，使她能安心；再後來，她被卓成捉去，是大公子帶人救出她，讓卓成判了罪被丟進大牢；之後她去了婁煩，在戰火中遇見墨勤，重情重義的他固執地要償還「十七條命」，從此追隨在她身邊……

在夢裡，雲舒還看到桑老夫人、桑老爺和二夫人，劉徹、劉陵、平陽公主等人也輪番出現，等她早晨感受到太陽的光線時，恍惚間竟然不知是在夢裡，還是醒了過來。

雲默要練功，起得比她早，自己乖乖練習去了。墨勤忙著調派墨俠，也沒有在她身邊。雲舒百無聊賴的在院子裡亂逛，不禁又想起昨晚的夢。

「好生奇怪……」雲舒心裡怪怪的，都說將死之人才會回憶往事，她好端端的，卻盡胡思亂想去了。

到了下午，天空陰沈沈的，雲舒覺得氣悶，看了眼灰濛濛的天，嘮叨道：「這雨要下卻不下，這樣悶人……」

她將屋內的窗戶全部推開，就聽見「咚咚咚」的有人敲門。若是雲默回來，會直接喊門；若是墨勤，敲門就兩下而已，極有規律，斷不會這樣雜亂地狂敲。

「是誰？」雲舒揚聲喊道。

「是我，李敢，快開門！」

雲舒三兩步跑出去，將木門打開。「輕些，門就要被敲破了。什麼事這麼急？」

李敢眉頭一提，說道：「快準備馬，跟我出關，他們回來了。」

雲舒呆愣住了，問道：「誰？」下一刻，她又突然反應過來。「大公子回來了？」

「對，他們接南宮公主回來了，信兵說再兩個時辰就抵達關前了，我爹和馬邑縣令正在準備人馬去接他們，妳快跟我來。」李敢說道。

雲舒連忙進屋換了一雙馬靴，她看了看披在身上的男式青袍，來不及換，隨意紮上腰帶，再把頭髮綰在頭頂，就牽馬跟李敢出去了。

兩人翻身上馬背，雲舒剛準備走，忽然喊道：「等等，我去跟墨大哥說一聲。」

李敢催促道：「跟他說什麼？快些，不然就來不及跟他們出關了。」

雲舒在催促聲中猶豫了一下，又覺得跟李敢在一塊兒，應該沒什麼危險，而且墨勤現在說不定沒空跟她說話。想了想，雲舒就調轉馬頭，跟上了李敢的腳步。

第一〇九章　負傷相會

李敢與雲舒一路策馬狂奔，好不容易在馬邑城內趕上去接公主的隊伍。他們要貫穿整個馬邑，繼續往北走，直抵雁門關下，在那裡等候南宮公主回朝的人馬。待追上李廣將軍等人之後，雲舒他們就不用跑得那麼急了。

因為騎馬，雲舒的頭髮本就是隨意綰的，現在全都散開了，青袍也變得縐縐的，一點也不好看。

雲舒這才有點後悔，這麼久沒有見到大公子，重逢後的第一眼，難道就要以這種模樣相見嗎……

「早知道就該梳洗一番的。」雲舒一面在馬上重新綁頭髮，一面對旁邊的李敢嘀咕道：「你不是說大約明、後天才到嗎？怎麼今天就到了？」

李敢攤開手說：「我也不知道他們怎麼走得這麼快，說到就到了。」

雲舒不再嘮叨，早些回來是好事，免得在外面讓人擔心。把頭髮整整齊齊綰好之後，雲舒又扯了扯身上的衣服，儘量把領子、衣襟都扯平一些。

李敢看她這些動作，嗤笑了一聲，說道：「別折騰了，再折騰也沒陳芷珊一半好看。」

雲舒衝他皺了皺鼻子，說道：「你以為別人都跟你一樣只看長相嗎？」

李敢被雲舒這一句頂得還嘴也不是、不還嘴又不痛快——他可不是看長相才喜歡雲舒的。

來到雁門關下，黃色山脊和戈壁顯得十分荒涼，間或有些綠草地或青山，但被黑壓壓的天一蓋，幾乎看不出來。

雲舒跟在李敢身後，走上雁門關城樓，因天氣不好，能見度不高，眺望過去，看不到什麼人影或景色。

「怎麼什麼也看不到，不是說他們就到了嗎？」雲舒忍不住抱怨。

李敢看雲舒爬到牆垛上，沾了一身土灰，就把她往後拎了一點，說道：「馬上就到了，剛剛有哨兵來報過信。要起風了，妳往後面站一點，小心被吹下城樓去。」

雲舒依言往後面退開一些，心裡卻不踏實，不時往城樓下面看。

「來了來了！」

眼尖的人在城樓上看到遠處一行車馬，立即喊道。

李廣立刻從座位上站了起來，身上的鎧甲乒乓作響。他的副將們都隨著他往城樓下走，雲舒和李敢也急忙追上。

在城樓下騎上馬，命士兵打開關門，這十幾騎人馬就帶著人衝向關外，奔了一、兩里才停下來。

眾人下了馬，站在一旁，恭敬地立著等待車駕靠前。

雲舒站在後面，男人們太高，把她擋住了，看不見前方。她努力踮腳向前看，似乎看到一架馬車前有個黑色身影，很像大公子，卻一晃而過，怎麼也看不清楚。

「臣李廣，恭迎南宮公主回朝。」李廣行了大禮，下跪迎接。

接著是一片鎧甲碰撞的聲音，各個大小將軍都跪了下去。雲舒這才清楚地看到，那個在馬車旁請公主下車的黑衣男子，正是大公子。

又看到這個頎長俊逸的身影，熟悉的感覺湧上心頭，讓雲舒覺得十分歡喜。她遠遠看著大公子的一舉一動，心想：真好，他好好的，一點傷也沒有。

雲舒臉上露出傻笑，李敢在旁邊拉了她一把，低聲說：「公主下來了，還不跪下，看什麼呢。」

雲舒被他拉下跪在一旁，又看不見大公子了，頓時不高興地嘟起嘴。

此時，有女子的聲音傳來，輕輕柔柔，卻飽含滄桑，帶著些許哽咽。「各位大人辛苦了，快快請起。南宮未曾想過還有能回朝的一日……」

李廣勸道：「公主切莫傷懷，注意身體，平安回來就好。來人，護送公主進關。」

誰知話音剛落，幾聲箭矢忽然射進馬車車壁上，南宮公主被站在旁邊的大公子一拉，驚險逃過一箭。

雲舒還沒弄清楚發生了什麼事，就聽到有人喊：「匈奴人偷襲來了！速速進城！」

雲舒一下子就被李敢從地上提起，丟到馬背上。「快策馬回去！」

雲舒坐在馬背上，慌張地朝大公子的方向看了過去。箭矢集中在馬車附近，顯然是衝著南宮公主而來，是因和親公主被搶回，匈奴人覺得羞辱，所以寧可殺死她，也不讓她回大漢嗎？

一波又一波箭矢向大公子那邊射去，大公子扶著南宮公主進入馬車，自己則坐在車轅上策馬奔跑起來。

又有箭朝馬車射去，此時旁邊一個矯捷纖細的身影竄出，揮舞著長劍將箭矢擋開，為大公子開路。

那，就是陳芷珊嗎？身手看起來果然很好……雲舒有些恍惚地想著。

「發什麼呆？還不逃命！」李敢大喝，朝雲舒的馬屁股踢了一腳。

馬兒隨著人流朝城門跑去，雲舒只覺得周圍一片嘈雜，讓她分不清東南西北。有喊打喊殺的，也有喊匈奴人從哪兒衝過來了，更有人對著城樓上大喊「不能射箭，公主還在關外」等等……

雲舒從未經歷過這等陣仗，只能抱緊馬脖子，任馬兒往城門下跑去。

當城門近在眼前時，有箭矢破空的聲音傳來，雲舒回頭望去，天空中竟然密密麻麻一片箭雨，如密網般朝下方扣來。

身旁策馬之人，或穿著鎧甲，或是手上有武器擋箭，唯獨她什麼也沒有。這一刻，她只覺得為什麼馬跑得這麼慢，而時間過得如此快；這一刻，她只覺得人為刀俎我為魚肉，竟然分毫也抵抗不得……

「雲舒——！」眼見雲舒即將遭難，李敢忍不住大吼。

這一聲嘶吼傳入大公子耳中，讓原本聚精會神護送公主進城的他，頓時亂了方寸。

剛剛有人在喊雲舒嗎？為什麼會喊她？難道她在這裡？一想到有這個可能，大公子便急忙往旁邊張望。

眸光朝聲音的來源掃去，兵荒馬亂中，一個青色的瘦弱身影從馬背上跌了下來。看到這一幕，大公子的腦袋瞬間充血，只聽得見嗡嗡聲，連呼吸也不能。

在一旁護送馬車的陳芷珊感覺到馬車速度減緩，又急又氣地看向桑弘羊，如此緊急的時刻，怎能減速？

誰知桑弘羊如同靈魂出竅般，一直愣愣看著一個方向，連手中策馬的韁繩也不動了。

「桑弘羊，你怎麼了?!」

陳芷珊一聲嬌喝，將桑弘羊震回神，他看向陳芷珊，急切地說：「陳大人，妳來駕車，快！」

陳芷珊見大公子面色蒼白，手也不動，以為他身體另外一側中了箭，急忙從馬背上跳到車轅上，接過韁繩。

她剛想問他哪裡受了傷，卻見桑弘羊如靈猴般跳上她的馬，伸手拉過韁繩朝另一個方向疾奔。

「不是……一定不是她，一定是我聽錯、看錯了……」大公子拚命夾著馬肚，用力扯著韁繩，離城門短短的距離，卻好似千里般遙遠。

就在此時，那個青色的身影被李敢從地上撈起，放在馬前向城門衝去。

如瀑布般的青絲散落下來，尖瘦的臉歪在李敢臂彎中，如蝴蝶拍翅般的眼睫毛此時靜靜蓋著，一動也不動。

大公子紅了眼，策馬衝上前去，跟剛剛奔進雁門關的李敢撞在一起。他難以置信地看著李敢懷中的人，喝問道：「她怎麼會在這裡？誰把她帶到這兒的？」

李敢被桑弘羊吼得閉緊了嘴，懷中的人兒更頓時被他搶走，只聽見桑弘羊抱著雲舒奔上城樓大喊道：「軍醫，軍醫在哪兒？」

又是那片沙漠，無邊無際。頭頂的驕陽曬得人要暈過去，可是雲舒知道自己不能暈，如果倒下，那她就真的死了。

又餓又渴，又熱又乾，如同一塊鐵板上的肉餅，正在一點點被烤熟，再也沒有比這更難受的感覺了。

「卓成，別停下，快起來，我們一直朝南走，一定能走出去的……」

雲舒恍惚中覺得不對，她看見卓成抽出瑞士軍刀向她撲來，她卻只能眼睜睜地看著他殺了自己，什麼也做不了，手腳如同被無形的束縛困住一般，想掙扎卻動彈不得。

不對……為什麼她跟卓成在一起？為什麼又看見當初她慘死的那一幕？

「不要……不要殺我……」雲舒拚命搖著頭叫喊。

掙扎中，一個溫潤的聲音傳入雲舒耳中，如同甘泉般滋潤著她。

「雲舒……雲舒……快點醒來……」

「妳安全了……沒有人殺妳……」

「有我在，有我在妳身邊……」

「雲舒、雲舒……」

輕而緩的呼喊聲喚醒了雲舒的意識，她慢慢睜開眼，只知道幾個身影在她面前晃動，一張臉不斷靠近她，似歡喜、似激動，還在喊著什麼，可是她聽不清楚……

雲舒覺得自己的五官六識彷彿報廢一般，聽不見、看不到，想說也說不出來。

「渴……」掙扎之間，雲舒終於說出了這一個字。

不過片刻，就有涼涼的水滋潤著她的嘴唇，如同在荒漠中遇到綠洲的人，雲舒本能地張開口狂飲。

「慢慢喝，別嗆到，慢點……」

雲舒漸漸聽清楚耳邊的聲音，如同重回水中的魚兒一般，逐漸恢復了感知。

她無力睜開眼睛分辨，但是她卻知道，這個守候在她身邊的人，一定就是他……

「大公子……」緩緩叫了一聲，雲舒又昏睡了過去。

待雲舒再次醒來時，滿口都是刺鼻的藥味，想來她昏迷的時候，被人灌了不少藥。她的頭昏昏沈沈的，但是四肢已有了知覺，至少她知道，自己正趴在床上。

她向來不習慣趴著睡覺，覺得胸前很是難受，於是想翻過身來，可就是這麼一動，撕心裂肺般的疼痛就從她後背傳來。

「啊，疼……」雲舒低喊道。

因為疼痛倒抽了一口冷氣，雲舒只聽到房中一片響動，有杯盞慌亂放下的聲音，下一刻，就有人衝到她跟前。

「雲舒，別動，妳背上有傷，是要喝水嗎？還是餓了？」

雲舒睜開眼眸，對上一雙布滿血絲的雙眼。

果然是大公子！

他依舊穿著那天雁門關下的黑衣，頭髮亂糟糟的，鬍碴都出來了，黑眼圈更是嚴重，雲舒看了就心疼。

抿嘴抽泣了一下，雲舒還未說什麼，大公子就緊張地問道：「是疼得厲害嗎？我去拿湯藥來，軍醫說喝了就不疼了。」

雲舒下巴擱在手背上，側著臉，就著大公子遞來的勺子，慢慢喝藥。可是每一口湯藥在滑過喉嚨時，都如針刺一般難受。

大公子一邊餵她喝藥，一邊說：「妳總算醒了，軍醫說妳今晚若還不醒，只怕是……」他苦笑了一下，斬釘截鐵地說：「我知道妳一定會醒的。」

雲舒很想說話，但喉嚨難受得緊，什麼也說不出來，只能強迫自己撐開眼皮，勉強睜著眼睛望向大公子憔悴的面容。

「妳昏睡了四天，背上中了三箭，拔箭的時候流了好多血，後來又一直發熱……」說著，他伸手摸了摸雲舒的額頭，略微放心地說：「現在已經好多了，不過妳太虛弱，什麼都別說，好好養著。」

餵雲舒喝完藥，大公子起身去房外對外面的人說話，雲舒聽到他在問軍醫怎麼還不來。戰場上，向來都是傷員多，郎中少。

不知不覺間，雲舒又睡了過去，再次醒來時，她聽到有人在床邊說話。

「你去睡吧，軍醫說她已經沒有性命之憂，你還在這裡守著做什麼？」是個女子的聲音，清脆動人，很悅耳。

「我要等著她完全清醒過來，現在我還不放心。」是大公子在說話。

那女子又說：「我幫你守著她，哪怕是睡一個時辰也好，你已經五天沒合眼了。」

雲舒一顆心揪得發疼，趕緊睜開眼，可是卻只看到一個女子纖細的背影擋在她床前，看不到大公子。由於她仍然說不太出話，只好用垂著的手敲了敲床板。

聽到這個聲音，大公子立刻撥開那個女子走了過來，蹲在床頭，驚喜地看著雲舒。「妳覺得怎麼樣？」

雲舒望著他，使勁全力開口說：「你……睡……」

大公子的眼神頓時變得溫柔，他伸手摸著雲舒的頭，說道：「我不睏，我要守著妳。」

雲舒噘著嘴，堅持地說：「睡。」

大公子只好說：「我陪著妳睡，好不好？」

雲舒的臉一紅，就看到大公子和衣上她的床，跟她並肩躺在一起。

屋裡那個女子看到他們兩人這般躺著，有些發愣。「唉，你……算了，我出去吧。」

雲舒看向她，是個很美貌的年輕姑娘，長長的鳳眼彷彿會勾人精魄般，明媚動人，她的膚色白皙水嫩，哪怕是出入戰場，也沒有受到影響。

她……就是陳芷珊吧？

目送那名女子離開，雲舒自卑地想著，自己這趟長途跋涉已經曬成一條黑泥鰍，這次受傷生病，肯定更難看了，一定跟醜八怪一樣。

她靠近大公子那邊的手被他握住，雲舒一顆心怦怦亂跳，讓她有點頭暈目眩。她將頭轉向大公子，看著他微閉的雙眼輕輕顫動，不一會兒就完全不動，睡沈了。

他一定很累了……

雲舒很是自責，怎麼出城接個人，都能弄得自己滿身是傷回來？還連累他五天沒睡覺。大公子深入敵營救公主回來肯定很辛苦，自己還讓他這麼疲倦，真是太不應該了。

只不過，受累是一方面，另一方面，肯定也擔心受怕了吧。

看著大公子面容憔悴，但依然俊美的樣子，雲舒又心疼又幸福，想到他們竟然睡在同一張床上，莫名地讓雲舒覺得很安心，也跟著沈沈睡去。

第一一〇章　養病敘情

雲舒燒退了之後，頭腦漸漸清楚，也慢慢能把話說清楚。只是背上的傷讓她一動也不能動，加上失血過多，身體一直很虛弱。雖然軍醫開了藥，但也沒太大用處，只能慢慢養著。

軍醫說雲舒只能吃些清淡流食，於是大公子就變著法子熬粥給她喝，紅棗粥、杏仁粥、芝麻粥、魚片粥、野菜粥……藥更是當水喝，盯著雲舒服藥，要她喝得一滴不剩。

在她狀況稍微好轉之後，韓嫣、李敢來探望過她，只是大公子沒讓李敢進門，非常小氣地把他趕了出去。

雲舒心中不安，嘶啞著嗓子對大公子說：「不怪他，是我要去接你的。」

大公子卻絲毫不心軟。「若是我，絕不會帶妳過來。」

他都這麼說了，雲舒也不好再說什麼。不過自從她醒來之後，就沒有見到墨勤和雲默，於是問起他們兩人。

大公子一面攪拌著碗裡的粥，一面說：「墨勤去剿殺匈奴餘兵了，說一定要為妳報仇。雲默我託給陳大人照顧，怕他吵到妳，等妳好一點再帶他過來。」

雲舒放心地點了點頭，又問：「哪個陳大人？」

「陳芷珊，她來看過妳，不知妳有沒有印象？」大公子說道。

雲舒驚奇地問道：「她是大人？」

大公子撫了撫雲舒額頭上的細髮，低聲說：「她比較特別，我以後慢慢跟妳說，別操這麼多心，安心休養。」

雲舒點點頭，閉目休息。閉了一會兒，她又抬起頭看向大公子，見大公子依然注視著她，便緩緩說：「我之前昏迷不醒時作了惡夢，是你把我喊醒，如果不是你在我身邊守護著我，我大概就死了……」

一個「死」字剛開口，大公子就掩住雲舒的嘴，搖搖頭，要她不要亂說。

隔了半晌，大公子望著她說：「謝謝妳，謝謝妳醒了過來。」

雲舒眼眶一熱，險些流出眼淚來。

大公子的手掌緩緩摩挲著她的臉。「看見妳被箭射下馬，我真是覺得天都要塌了。想不明白妳怎麼會出現在這裡，更想不通他怎麼會讓妳受傷。」

說著，他嘆了口氣。「都怪我那封信寫得不好，如果我不寫信，妳就不會找到這裡來了。當時實在太想妳，也沒想到妳會這麼大膽……」

大公子抽空洗漱換了衣服，現在看起來精神好了許多，雖然還是有些憔悴，但看向雲舒的眼神卻絕對精明。

雲舒被他看得心慌，扭過頭說：「別看我……醜。」

大公子呵呵一笑。「可不是嗎？又乾又瘦，一點血色也沒有。」他繼而哄著她說：「來，知道自己醜，還不快多吃點，好好補一補。」

雲舒有些怒了，她自己說醜是一回事，被大公子說醜又是另外一回事，真是的！不過為了早點讓身體好起來，雲舒也就不再頂嘴，乖乖聽話了。

在雲舒不能動彈這段日子，大公子一直和衣睡在雲舒身邊，寸步不離。喝水、喝藥、吃飯，也是他親自伺候，實在讓雲舒覺得傷這一次，就能讓大公子這麼親自伺候，太值得了。

唯有一點不方便，就是湯藥喝多了，就經常想方便，每次雲舒都會憋紅了臉，要大公子喊外面的侍女進來。

幸而她是被安排在馬邑縣令府中養傷，還有侍女能幫忙，若真是在一線戰場，全是男人，她只怕要憋死了。

雲舒背上的傷每幾日要換一次藥，之前上藥時雲舒昏迷不醒，並不知道詳情，直到這次換藥，她才錯愕地發現，大公子竟然熟稔地跨跪在她腰上，扒光她的衣服，要幫她換藥。

「等、等等……」雲舒嚇得連話都說不清楚。「讓侍女進來換。」

大公子低聲笑了。「害羞了嗎？晚啦！之前我已經全看過了，妳前面後面都是我包紮的，軍醫什麼都沒看到。」

雲舒把頭埋在枕頭裡，背上涼颼颼的，臉蛋卻熱到不行。「讓侍女進來換藥……」她的聲音細若蚊蚋。

大公子置若罔聞，依舊跨在她腰上，熟練地幫她拆繃帶換藥。「侍女的手不知輕重，怕她們弄疼了妳，還是我來吧。」

因繃帶還要繞到胸前來固定，所以碰到的……不僅僅是後背而已。

大公子的手如燙鐵一般，在雲舒胸前和後背穿梭，她整個人繃得直挺挺的，不敢亂動，連疼也顧不上了。

換了藥，倒把雲舒緊張出一身汗來。大公子看了，又端來熱水和毛巾，細細幫她擦洗。

雲舒羞得不敢看他，一句話也不敢說。

大公子卻逗她。「別怕，我們早晚要成親，又不是別人。」

雲舒雖覺得甜蜜，可臉上終究過不去，一直裝睡不理大公子。

也不知養了幾日，雲舒的狀況好了不少，大公子也漸漸能分出精神來處理其他事。

雲舒明顯感覺到這幾天找大公子的人愈來愈多，有一次，她聽到陳芷珊在門外低聲問他：「公主等不及要回長安了，你準備什麼時候上路？」

大公子想了想，卻說：「妳先護送公主回去吧，我暫時走不了。」

陳芷珊氣急，聲音微尖，難以置信地問道：「你竟然為了她連皇命也不顧？她已經沒事了，只要好好休養就行，你不回去，皇上怪罪下來怎麼辦？」

大公子卻十分篤定地說：「沒事，皇上若怪罪下來，我自一力承擔。我不會丟下雲舒獨自離開的，我要帶她回去。」

雲舒在屋內聽到這些話，心情很是複雜。

這天陳芷珊又來了，不過……是道別，她要帶南宮公主先回長安了。

「公主要見你，你去辭別吧。」陳芷珊頗為無奈地看著大公子。

大公子點了點頭，跟雲舒說了一下後，又對陳芷珊說：「妳先幫我照看雲舒，我去去就回。」

陳芷珊微微頷首，在雲舒床邊坐下。

雲舒看著這個美麗又奇特的女子，依然覺得怪異，不過，倒不是覺得她跟大公子之間會發生什麼。這次她受傷，大公子如此盡心照顧她，已說明了一切，對於大公子，雲舒不再有任何疑慮。

只是這個女子渾身散發的強勢和氣場，讓雲舒覺得十分難耐。在她面前，雲舒就是會覺得矮人一截。

陳芷珊望著雲舒說：「如果不是妳，我竟然不知道桑弘羊還有這樣溫柔的一面。」

雲舒呆呆地說：「大公子他待人一向溫和。」

陳芷珊卻苦笑了一下。她認識的桑弘羊，睿智、能幹，手段花樣百出，有時甚至心狠手辣。她雖然也曾覺得他是個溫柔多情的人，可是在奉命行事的過程中，她並未見過他有多餘的感情。

陳芷珊看著眼前瘦弱的女人，並不覺得她有多麼光彩照人，可是她卻知道，他們之間已容不下其他人了。雖然還想說些什麼，然而陳芷珊卻覺得說什麼也不合適。

雲舒趴著難受，扭了扭脖子，把頭轉向另外一側。

隨著她的轉動，陳芷珊突然愣住了，她立刻大步上前，撥開雲舒脖子後面的頭髮，驚詫地問道：「這個紅色火焰，是胎記嗎？」

雲舒微愣了一下，答道：「是啊，妳也看到啦？我自己都沒見過，只聽說火紅得很，像跳躍的火苗。」

陳芷珊的手有一瞬間微微顫抖。她努力克制著臉上的表情，說：「這個胎記真特別，第一次見到這個樣子的。」

門外有腳步聲接近，陳芷珊便起身說：「保重身體，早日康復。」

「謝謝。」雲舒淺笑道。

大公子推開門，帶著雲默走了進來。

雲默竄到雲舒床前，扯開她的被子，直愣愣地看著她，抿著嘴不說話。

陳芷珊指著雲默說：「這孩子是個好苗子，年紀小，功夫卻不錯，在我那邊又是翻窗又是撞門的，我險些看不住他。」

雲舒頗覺得不好意思，致歉道：「真是太麻煩陳大人了，這孩子比較任性頑皮，讓大人為難了。」

陳芷珊揮揮手表示沒事，而後看了看桑弘羊，說道：「那，我走了。」

桑弘羊沈默地對陳芷珊拱了拱手後，她便轉身甩著烏黑的長髮，昂首走了出去。

送走了陳芷珊，雲舒這才專心看向雲默，問道：「怎麼了？嘴翹得這麼高，都可以掛幾個油瓶了。」

雲默十分不高興地說：「您受傷了。」

雲舒說：「嗯，已經沒有大礙，好好養著就行了，默默別擔心。」

雲默卻怒氣沖沖地重複道：「您受傷了。」

好似她受傷了，是一件非常不可原諒的事情。

雲舒抬手去摸雲默的頭，滿懷歉意地說：「讓默默擔驚受怕了，是娘不好。」

雲默捉住她的手，把她的手壓在床上。「別動，扯到傷口會疼。」

雲舒微笑地看著雲默，這個孩子很擔心她，讓她很是寬慰。

「我以後要加倍練功，要保護娘。」頓了頓，雲默又說：「師父要我告訴娘，這次沒有保護好娘，是他失職，待他趕走匈奴人，再回來向娘賠罪。」

雲舒更自責了，她受傷的事，惹得一干人等心中都不安。

她望向站在雲默背後的大公子，說道：「大公子，幫我勸勸墨大哥吧，這次是我沒有跟他說，就隨李敢走了，並不怪他沒保護好我。」

大公子點點頭道：「放心吧，我會告訴他。」

大公子坐到雲舒身邊，幫她順了順頭髮，心想墨家弟子每隔一天就會來詢問雲舒的傷情，一會兒寫封信，讓他們帶去給墨勤就好了。

大公子又問雲默這幾天有沒有吃飽、睡得好不好，雲默對大公子倒算乖順，一一回答了。

雲舒聽他們兩人一問一答，覺得十分安心，不知不覺間就睡著了。

雲舒再醒來時，天色已昏暗，只有大公子坐在屋內的案桌旁寫東西。寫了一會兒，大公子看向雲舒，發現她睜著眼睛注視著自己。

「醒了？餓不餓？我差人送東西進來。」大公子溫柔地問道。

「還不餓，想喝水。」雲舒輕聲說。

大公子聽了，就起身幫雲舒倒水，送過來餵她喝。

雲舒喝了兩口就問道：「默默呢？怎麼不見他。」

大公子答說：「我要人帶雲默下去洗澡了，他的房間就安排在妳旁邊，可以隨時來看妳。」

雲舒點點頭，有大公子在，真的是什麼都不用擔心。不過她還是有些擔憂地問道：「您留在這裡，不回長安覆命，皇上會不會怪罪？」

大公子十分篤定地說：「沒事的。」

他跟劉徹之間的君臣關係到底如何，雲舒真有些摸不透，不過想到大公子並不是任性妄為的人，肯定能處理好，就丟下這個顧慮，安心休養起來。

大公子在雲舒耳邊說明自己的安排。「再等半個月，妳的傷勢好一點，我就帶妳回長安，不要在外奔波了，我不放心。」

雲舒十分訝異地說：「那怎麼行？兩年之約還有一段時間，我的生意也才剛剛起步，有很多事情要做。」

大公子卻好像對雲舒的事情很了解。「妳的馬場和兩處茶莊，都有管事照看著，他們做得都很好。我們桑家生意遍布各地，也沒見我爹非得各處照看，多半都是管事在做，妳在長安待著，事情一樣能運作。」

生意上的事情，的確不用她親力親為，可是跟桑老爺的兩年之約……

大公子知道雲舒心中的憂慮。「這次誘敵戰打了大勝仗，妳獻計有功，我會稟明皇上，論功行賞。而且平棘侯也說想認個養女，回長安後，我安排你們見一見吧。」

關於馬邑誘敵的計謀，雖然是大公子呈給皇上的，但其中受了雲舒很多指點，大公子打算替雲舒表功。

雲舒不禁動容，大公子果然一直在為他們的婚事著想。

二十一歲的人了，並不需要父母撫養，這個時候認養父母，無非是為了一個身分。平棘侯好端端的，卻想認個養女，定然是大公子從中斡旋，不知跟他拿什麼當作交換。

雖然心裡想了很多，但雲舒卻順從地應了，不想辜負大公子一片苦心。她又想起一事。

「我還有幾車貨物在田莊上，都是好東西，別丟了……」

當初她與墨勤、雲默先行趕到馬邑，那幾車貨物稍晚才到，幸好在她受傷前已經預先安排好停放的位置，不然她一病就是這麼久，怎麼想都不安心。

「哦？是什麼？」大公子問道。

「絲綢、茶葉還有雲紙。」雲舒說。

大公子點頭道：「好，我差人去把貨物接管過來。」

第一一一章 濃情密意

雲舒沒想到，為了掩人耳目而帶來的一批貨，在這裡竟然如此搶手。

雲紙是頭一個被搶購的，而且是被李廣將軍全部買走，大公子笑著說：「雲紙輕薄卻堅韌，寫上字後可隨意摺疊，用來傳遞軍報再好不過。寫完後塞在鞋襪或是內衣裡，也不易被發現，就算被敵軍搜出來，一口吞了，也沒什麼問題，不似竹簡，藏都沒處藏。」

雲舒非常高興，她不笨，自然知道這件事情肯定是大公子先想出來，再向李廣將軍推薦的，不然李廣將軍又怎麼會注意到她的貨物？

大公子又說到絲綢和茶葉。「南邊的貨物在北邊一向受歡迎，特別是茶葉。以往茶葉運過來都不新鮮了，很多爛掉的，妳的茶葉卻能長久保存，賣得很好。等戰事一過，百姓安定下來，這些東西只怕會賣得更出色。妳可以安排一支商隊，長久來往於南北之間，南邊的絲綢茶葉，北邊的皮草馬匹，互相倒賣……」

兩人放鬆地說著話，彷彿又回到以往主僕朝夕相處的那些日子，一起商議，一同籌劃。只是這次身分互換，是大公子在服侍雲舒。想到這點，雲舒忍不住在心底偷樂。

大公子見雲舒突然笑了起來，問道：「想到什麼發笑？」

雲舒搖搖頭不肯說，大公子卻伏下身子，把腦袋湊到她肩膀旁邊，貼著她的臉問道：「什麼開心的事，竟然不肯說出來給我聽聽。」

他的氣息噴在雲舒的臉和脖子上，她趴在床上，將腦袋埋在被子裡求饒道：「別靠這麼近，好熱。」

大公子笑著去拉她的被子。「既然嫌熱，還把腦袋埋在裡面，小心憋壞了。」

誰知大公子愈拉，雲舒就愈往裡鑽，大公子膽顫心驚地說：「好好，我不動了，妳快趴好，把傷口弄壞可不是鬧著玩的。」

等了半晌，見他果然好端端坐在床邊一動也不動，雲舒這才探出頭來。

看雲舒彷彿小老鼠般從被子裡鑽出來，臉上恢復了血色，比往常紅潤一些，眼睛裡還含著笑意，靈動可愛，惹得大公子心中一陣悸動。

等了這麼些年，他已經快要等不及把她娶回家了！

「雲舒……」大公子的喉頭有些發緊。

「嗯？」雲舒輕聲應道。

大公子傻愣愣地望著她，十分小心地問道：「我、我可不可以親妳一下？」

雲舒聽了，有種再鑽回被子的衝動。她克制著身體的細微顫抖，抬眼看向大公子。

大公子緊張無比地握著拳頭，對上雲舒的雙眼後，立即垂下眼瞼，紅了臉。

他也在害羞呢……

雲舒又好氣又好笑，大公子還真是個呆子，他若不這麼一問，偷偷親了，她也不能奈他何，頂多表面上生一下氣，心裡也不會怪罪他。可他這麼問了，她又怎麼好意思回答？

見雲舒半天不吭聲，大公子以為她不高興了，連忙起身說：「我去看看飯菜好了沒有……」

「大公子。」雲舒突然開口攔下他，大公子腳步一頓，紅著臉轉身望向雲舒。

雲舒低著頭說：「衣服。」

大公子一拍腦門，差點忘了這件事！

因為夏天天熱，加上軍醫叮囑雲舒背上的傷口不可悶壞，所以雲舒遮掩在薄被下面的身子，是半裸著的，除了裹傷的布帶，就只有一件肚兜。

待會兒傳飯進來後，就有侍女進出走動，雲默也要過來吃飯，雲舒這樣太不方便。

大公子連忙拿起床頭的中衣幫雲舒從後面蓋上，雲舒再自己摸索著從前面把衣服繫好。

「我想坐起來。」這些日子雲舒一直趴著吃飯、喝藥、睡覺，不光胸前難受，腰也快斷了。

大公子見雲舒自己往前爬，連忙來扶她。「小心傷口……」

那三枝箭一枝射在右肩，兩枝射在背心，雲舒的右手用不上力，也不敢使勁扭轉。借著大公子的力量，雲舒好歹坐了起來，只可惜要坐得非常筆直，完全不能靠著任何東西。

「怎麼樣？會不會不舒服？」大公子擔心地問道。

雲舒坐著吁了一口氣，說道：「比趴著好多了。」

雲舒的長髮塞在衣服裡面，弄得她很不舒服，她想抬手把頭髮取出來，可是一動就牽扯到傷口，疼得厲害。

「別動，我來。」大公子雙手穿過雲舒的脖子，幫她把頭髮拉出來。

雲舒的臉靠在大公子懷中，聞到他獨有的氣息，那味道很難形容，可她很喜歡。

微微抬起頭，雲舒只看到大公子的肩膀和側臉。

大公子如今已跟以前大不相同，不知從何時起，肩膀變得十分寬闊有力，臉上的線條也分外明朗，不似少年時那般圓潤，有種成年男子的英挺。

想到大公子剛剛提出的要求，雲舒心中一動，突然火速在大公子的耳根輕啄了一下。

大公子全身如被雷擊般僵住了，正在幫雲舒整理頭髮的雙手輕輕落到她肩頭，漸漸低下身子坐到雲舒面前。

雲舒親了大公子這一下，便迅速低下頭，有點緊張，還有點心虛，不知道大公子會不會覺得她太孟浪？

雖然只有那輕輕一下，然而大公子心中卻無限歡喜，幾乎要手足無措了……

「雲舒。」大公子捧起雲舒的臉，目若燦星地看著她。

「雲舒……」大公子的手指輕輕摩挲著雲舒的臉蛋，口中一遍遍輕聲喊著她的名字。

雲舒有些後悔剛剛的舉動，扭過頭說：「大公子不是說要去傳飯嗎？」

大公子望著她，傻笑著說：「時辰還早……」

見他全然沒有平時的鎮定和睿智，雲舒沒能忍住，噗哧一聲笑了出來，抬手把他捧著自己臉頰的雙手扯了下來。「別摸了，都快蹭起皮了。」

大公子手腕一轉，反握住雲舒的雙手，將她微微往自己懷中一拉，親上她泛紅的臉龐。

這下子輪到雲舒僵直了身體不敢動。被大公子親到的地方彷彿觸電，一陣陣酥麻從那處傳開。

大公子的唇微涼，只是輕輕貼在雲舒臉上，過了好一會兒，他才微微抬起，下一瞬，又換了一個地方親了親。從臉頰到鬢旁到耳根，直到大公子突然含住她的耳垂——

「大公子……」雲舒被驚得渾身繃緊，不受控制地打了個冷顫，然後全身軟了下來。

大公子清楚感覺到雲舒的變化，低聲笑了。他在她耳邊輕聲問道：「耳垂這樣敏感？」

雲舒羞得說不出話，伸手想去推大公子，卻使不上勁——原來她的雙手還被他捉著呢。

「別鬧了，感覺好奇怪……」雲舒嗔怪道。

大公子笑了兩聲，用自己的臉貼著雲舒的臉，溫柔地說：「有妳在真好。」

雲舒聽了，卻覺得愧疚。以前她還能幫大公子的忙，可以為他出謀劃策，可以為他算帳做事，可現在卻只能給他添麻煩，不僅弄得他對家裡不好交代，還耽誤他為皇上辦事。

「有什麼好？只會給大公子添麻煩罷了。」雲舒自責地說。

大公子搖頭說：「不管我在哪裡，不論我在做什麼，總有一個對象可以思念，總有一個人想保護和疼愛，這種充實的感覺，真好。」

雲舒將頭埋在大公子懷中，感動得什麼話也說不出。

大公子鬆開雲舒的雙手，指尖劃過她的額頭，穿過髮絲，捧著她的臉龐，凝眸看著她。

雲舒覺得他的大掌好熱，手心彷彿有火焰在跳動一般。

四目持續相對，氣氛非常曖昧，雲舒想說些什麼讓氛圍緩和一下，可是腦海裡面卻一片空白。

大公子的臉逐漸靠近，他低下頭，用自己的鼻子碰雲舒的鼻子，唇與唇近在咫尺，卻沒有貼上。

感受到大公子的心意，雲舒的手情不自禁地抬起，摟住他的脖子。此刻兩人都有些顫抖，臉變得滾燙。

「雲舒。」大公子低低喊出她的名字。

「嗯。」雲舒輕聲應了。

用鼻子蹭了兩下，大公子柔情四溢地說：「好愛好愛妳。」說完便吻了上去。

雲舒閉著眼，睫毛不受控制地輕輕顫抖著，有種失重的感覺，只能緊緊摟住大公子的脖子。

大公子輕輕品嚐雲舒的唇，用舌尖摸索著探入的道路，當他敲開她的貝齒時，攻勢瞬間變得猛烈，如攻城掠地一般索求親吻。

雲舒的呼吸變得急促不已，一陣天旋地轉中，她嚶嚀地喊著：「大、公、子……」然而這聲音卻被大公子堵在嘴中，吞進腹裡。

大公子沒忘記雲舒背上有傷，小心地托著她的身子。

夏日的傍晚靜謐、祥和，邊陲小鎮已沒有戰火和硝煙的喧鬧，這一刻，恍若天堂。

也不知過了多久，當兩人分開時，額頭上都布滿了汗珠，臉紅得似要滴血。

大公子觀察著雲舒的神情，見她閉著眼睛喘息，小心地問道：「還好嗎？有沒有碰疼傷口？」

雲舒輕輕搖頭，萬分不好意思地說：「好熱……」

大公子看她臉頰旁的汗珠就要滴下來，趕忙伸手用袖子幫她擦拭，然後說：「我去打水來讓妳擦一擦。」說完，就端起架子上的銅盆走了出去。

雲舒看著他的背影，輕輕咬了咬唇，又拍拍自己的臉，似乎還沒從剛剛那一刻清醒過來。

待大公子取水回來時，雲舒的神色已經鎮定許多。

擰乾毛巾幫雲舒擦了臉和脖子，又取來梳子順了順頭髮，兩人彷彿做了錯事收拾「案發現場」一般，扯了扯衣服和被單，又打開窗戶透透氣，這才去叫侍女送飯過來。

等侍女把飯菜端進房裡，大公子便去隔壁帶清洗乾淨的雲默坐到桌邊。雲默聽話地吃著飯，大公子則端著為雲舒準備的粥和菜來到床邊。

他的眼神寫滿了濃情密意，稠得似化不開的蜜糖一般。雲舒瞧著他這副樣子，忍不住推了推他，遞了暗示的眼神過去。

大公子順著她的眼神看到雲默，知道雲舒在提醒他，在孩子面前要收斂一些，便笑了。

「怕妳喝粥喝膩了，特地讓廚房準備了跟以往口味都不同的粥，妳嚐嚐看合不合口味。」大公子溫柔地說道。

雲舒趕緊說：「換換口味也好。」

雲默吃著飯，卻覺得雲舒的聲音跟平日似有不同，柔軟一點，鼻音也重了一些。抬頭望去，卻見她神色正常，只是比之前更有精神了。

「娘的身體是不是好多了？已經能坐起來，臉色也好了許多。」雲默關心道。

雲舒笑著點頭說：「是覺得好了許多。」

雲默瞅了雲舒幾眼，突然笑說：「早該起來坐坐了，一直趴著睡可不好，娘是女人，前面肯定壓得難受死了。」

「你這孩子……」雲舒被雲默打趣得紅了臉，佯怒道：「小小年紀亂說話，都哪裡學來的?!」

雲默縮起肩膀，把臉埋到碗裡，瞇著眼睛偷看雲舒。

大公子忍著笑，吹了吹勺子裡的粥，然後餵給她喝。

不知道是雲舒心理作祟，還是事實如此，她總覺得大公子餵她喝粥時，眼神落在她胸前。她原本就瘦，這次受傷包紮時，前面又被捆住了，現在穿上中衣，一眼望去，實在「乏善可陳」……

雲舒愈想愈覺得難堪和羞愧，喝了兩口粥就說沒胃口。「天氣有些燥熱，沒胃口，不想喝了。大公子快去吃飯吧，別管我了。」

大公子勸了兩句，雲舒卻堅持不肯再吃，大公子只好跟雲默坐在一起，用起膳來。

看著這一大一小湊在一起吃飯，雲舒難受的心情稍微緩解了一些，可是她依然雙手交叉在胸前，拉著外套，試圖遮掩什麼……

第一一二章 婉言拒絕

飯後有人來找大公子，他就留下雲默陪雲舒說話，跟傳話之人出去了。

等到夜深了，大公子才回來，送雲默去睡覺後，雲舒問他：「是不是有什麼要緊的事？有雲默和侍女在，您不用管我也行的。」

大公子搖搖頭說：「也沒什麼，李廣將軍喊我過去問些事情，平日倒用不著我。」

雲舒險些忘記自己還在馬邑城中，她養傷這段時間，已經很久沒聽到任何關於戰爭的消息，彷彿在雁門關下那場埋伏只是一場夢。

「最近夜裡沒有聽到城防的鑼鼓急鳴聲，匈奴人都趕走了嗎？」雲舒問道。

大公子倒了杯水，坐到雲舒身邊陪她說話。「匈奴人知道雁門關屯有重兵，不敢輕易進犯。妳受傷那一次，是因軍臣單于的舊部覺得閼氏被奪，十分羞辱，所以才冒死埋伏我們。」

匈奴人的閼氏，等同於漢人的皇后。單于的妻子被搶回娘家去了，匈奴人自然不會善罷甘休。

大公子繼續說：「現在外面的匈奴殘兵只會騷擾雁門關周邊的村鎮，打一些閃擊戰。不過自從墨俠們駐紮進各個村莊後，匈奴人幾次沒討到便宜，加上匈奴王庭出了一些糾紛，就紛紛撤兵回去了。」

雲舒眼神一亮，追問道：「匈奴王庭發生政變了嗎？」

大公子輕輕一笑。「妳倒跟李將軍問我的一樣。」

他頓了一下，繼續說：「談不上政變，只是王庭裡有些人不滿軍臣單于打了大敗仗，而且軍臣單于受了傷，有些人就蠢蠢欲動，控制不住野心了。」

雲舒了然地點點頭，這種情況下，軍臣單于自然速速收兵，先保住自己的王位再說。只是……李廣將軍身在戰爭第一線，還要向大公子詢問這些消息，大公子究竟掌握了多少人脈？

雲舒正在思索這個問題時，大公子愛憐地摸摸她的頭髮，說道：「若不是連累妳受傷，我或許還會留軍臣單于一命，這次，他不想死也不成了……」

雲舒一愣，大公子的本事竟然大到如此地步？

「可是……」雲舒遲疑地說：「若軍臣單于一死，新單于繼位，為了立威和雪恥，必然會對我朝邊境大動干戈，到時只怕大戰一發不可收拾。倒不如扶持另一派與軍臣單于對抗，讓匈奴人內耗而亡。」

大公子邊聽雲舒分析邊點頭，等雲舒說完了，他卻如頑皮而固執的小孩子一樣說：「可是他害得妳受了如此大的苦，非死不能解我心頭之恨。」

雲舒緊張地握住大公子的手。「大公子，怎能因個人的恨惡影響國之大局？若因我而讓邊關將士和百姓苦於戰火，我於心何安？」

見雲舒這般嚴肅心急，大公子知道自己不能再逗她，便拍拍她的手說：「傻姑娘。」

雲舒疑惑地向他看去，不知道自己哪裡說錯了。

大公子解釋道：「軍臣單于若死，新單于想繼位也不是那麼容易的事。軍臣單于有一子，名叫於單，雖不是閼氏所生，但他年少且英勇有謀，很得匈奴各部落首領看重。只是，軍臣單于的弟弟左谷蠡王伊稚斜在軍中威望很高，若他有心爭奪單于之位，也不是沒有可能。只要從中操作一下，於單和伊稚斜便能為單于之位爭執數年，待那時，他們不管誰上位，短期內也威脅不到我們大漢。」

聽大公子這一番解釋，雲舒才悟出其中各種門道，事情並不像她想的那樣簡單。領悟的同時，她也深深感慨，難得大公子能把匈奴內部的事情打聽得如此清楚，還能插手其中，做出有利於大漢的應對。

只是雲舒還擔心一事。「皇上這次一開戰就把南宮公主接回來，激怒了匈奴人，他們上次在雁門關埋伏失敗了，會不會繼續派人刺殺公主？你不在公主身邊保護，萬一公主在回長安的路上出事，皇上會不會怪罪你？」

大公子擰了擰雲舒的鼻子說：「要妳安心休養，妳怎麼盡操這些心？」

雲舒被他這麼一擰，突然覺得有些頹喪。

是呀，她何必操這麼多心？她能想到的，大公子怎會想不到？大公子現在已經不是當初那個稚嫩的少年，而是可以為皇上和朝廷辦大事的重臣了。

她當初可以憑藉自己對歷史的「先知」和多活了二十多年的經驗來指點他，可現在，她卻已反過來需要他照料了。

大公子看雲舒不高興，以為是他不告訴她詳情而失落，趕緊說：「皇上這次派陳大人前來，就是貼身保護公主的，有她在，公主絕不會有事。」

雲舒因為正在思考事情，所以有些心不在焉地說：「嗯，我聽人說過，陳芷珊……陳大人的功夫十分了得。」

大公子笑著說：「她功夫的確很好，不僅如此，胸中還有謀略，心思謹慎細膩，只可惜是個女兒家，不然前途必定不可限量。」

雲舒聽了，感到十分驚訝。

雖然早就知道陳芷珊這個人不簡單，但能得到大公子這麼高的評價，讓雲舒相當震撼，她以前從沒聽大公子這樣誇過一個人。

「雖然是個女子，可她不是當官了嗎？這樣已經很難得了。」雲舒感慨地說著。

可是大公子卻搖頭說：「她的官職並不對外公開，這個『大人』的稱號，是我們私底下對她的尊稱，在人前，只能喊她一聲『陳四小姐』。」

難道當官還有見不得光的？雲舒覺得很是奇怪。

大公子見雲舒疑惑重重，便小聲說：「這個說來話長……自高祖打江山開始，就組建了一支專門打探消息和暗中保護皇上安全的衛隊，這些人從來不在人前露面，只有皇上和部分親信知道他們的存在，稱為『暗羽』。每代暗羽有一位首領，一直都是由陳家人擔任……」

暗羽……雲舒是知道的，當初大公子去婁煩找她，身邊就帶了兩名暗羽。

大公子把話說到這裡，雲舒怎會不明白他話裡的意思？她難以置信地問道：「陳小姐就是這一任暗羽的首領？」

大公子點了點頭。

暗羽，隱秘而重要的存在，他們掌握皇家最重要的情報，也擔負皇家和一些官員安全的重任，這樣一個組織的首領竟然是陳芷珊這個年輕的女子，真是了不得！

透過陳芷珊，雲舒想到了陳家。

她記得李敢跟她說過，陳芷珊是皇后陳嬌的堂妹，也就是說，世代掌控暗衛的陳家，正是皇后一族的外戚。

陳家在秦末只是一個普通家族，至漢朝成立，能夠封侯、娶公主，女兒甚至能當皇后，只怕跟他們掌控暗羽十分有關。更何況，劉徹的皇位還是借助陳家之勢得到的，難怪陳家、館陶長公主和陳嬌敢對劉徹那麼強硬。

「陳大人的身分，即使是陳家人，都不一定知道。她這次出門，對外只說避暑去了，以後若在長安遇見她，妳只當不認識她，切莫提在馬邑見過她的事。」大公子叮囑道。

雲舒連忙點頭，這種需要為皇家保密的事，她當然不會亂說，可馬虎不得。

隨著雲舒傷口癒合，她漸漸能下床走動了，夏天屋子裡悶，有時精神好一些，大公子還會陪她去院子裡走一走。

七月底的夕陽已不像炭火那樣熾熱，等餘熱散去時，大公子就扶起雲舒，走出房門透氣。

馬邑縣令的府邸並不豪華，因是邊疆戰亂之地，園子也修葺得很簡單，一個石頭砌的圓池子，裡面堆著一座假山，池子外面種著幾棵樹，便是全部了。

兩人圍著池子轉圈圈，邊走邊閒聊。

雲舒背上的傷因為正在癒合，癢得厲害，偏偏又不能抓，難受到不行，走起路來也很彆扭。

大公子見雲舒忍不住抬手要抓，立即伸手攔下。「可不能抓，忍忍。」

癢這種事情，還真正不是想忍就能忍的。雲舒像是受了委屈的小孩子，望著大公子求道：「我就揉一揉，不抓，實在癢得厲害，忍不得了……」

大公子無奈地搖搖頭說：「那我來吧，免得妳癢得急了，沒個輕重。」

大公子讓雲舒在池邊的石頭上坐下，扶住她的背，小心翼翼在她傷口附近按了起來。癢的地方只要碰一碰，就會覺得舒服很多。

雲舒口中「上面、下面、左邊、右邊」地指揮著，深深覺得自己得救了。就在她舒坦許多的時候，一陣爭吵聲從院牆外面傳了進來。

一個男人急躁地說：「你別攔著我，我今天一定要見到她，憑什麼不讓我見？我對她有責任！」

另一個男人焦急地說：「你還招惹他們做什麼？你不知道他有多看重雲舒？還想讓他像上回那樣揍你一頓？」

雲舒聽出來了，院牆外說話的兩個人似乎是李敢和韓嫣……

她用眼神偷瞄大公子，見他十分淡定地幫她揉著背，問她：「還有哪裡癢嗎？」

「沒有、沒有。」雲舒趕緊說。

大公子像是沒聽到外面有人說話一樣，對雲舒說：「我們再走兩圈就回房吧，天黑了，小心被石頭絆倒。」

「嗯……」雲舒走了兩步，忍不住問道：「大公子，您揍李敢了？」

「嗯，揍了他兩拳，若不是韓嫣拉著，得多打兩下才解氣。」大公子表情沒絲毫變化，像是在說吃了一塊糕點很美味，應該多吃兩塊才對。

雲舒有些內疚地說：「是我自己笨，沒能躲過箭，您就別怪李敢了，他也不想讓我受傷。」

聽到雲舒為李敢求情，大公子不悅地哼了一聲，說道：「若不是為了挑撥妳我之間的關係，就不會帶妳出關，妳也就不會受傷了，其心可誅。」

雲舒不懂。「李敢帶我出關去迎接大公子，怎麼就成了挑撥我們的關係？大公子別把他想得太壞了，他也就是性子直了一些……」

大公子嘆了口氣，無奈地說：「我會無憑無據指責他嗎？妳昏迷不醒時，他在妳房外自責懺悔，說是為了讓妳看我和陳芷珊同進同出的樣子，好刺激妳，故意帶妳出關的，卻沒想到有埋伏而連累妳受傷。他說是他的壞心害了妳，求老天讓妳活過來，要懲罰就懲罰他。」

雲舒無語了。

李敢這個二愣子，竟然親口說出這些話，大公子聽了，能不揍他嗎？不過……他當時應該是急壞了，才全說出來的吧。

雲舒真是又好氣又好笑，不知道該說什麼。

外面吵鬧的聲音愈來愈大，李敢對韓嫣大吼道：「你還是不是我兄弟？還是你只把桑弘羊一個人當兄弟？幹麼總是聽他的話啊，快放開我！」

看來韓嫣卡在中間，也受了氣……

雲舒聽了便說：「就讓李大人進來吧，我跟他把話說清楚，他就不會鬧了，免得大家都不得安生。」

大公子雖不樂意，但雲舒這樣說，他也不好不讓他們見面。

先把雲舒扶進屋裡坐下，大公子這才出去開了院門。

韓嫣和李敢一起看向大公子來者不善的臉，韓嫣立刻說：「別動怒，我這就把他帶走。」

李敢跳起來指著大公子吼道：「桑弘羊，她還不是你的女人，憑什麼不讓我見她？」

大公子冷著臉走過去說：「雲舒要見你，進去吧。」

李敢立即笑了，頗為得意地說：「我就知道雲舒願意見我。」

大公子懶得跟他計較，只說了句：「她願意見你，改變不了她將成為我的女人這個事實。」

李敢沒好氣地哼了一聲，抬腳快步往裡面走。見大公子和韓嫣都跟了進來，就要趕他們出去。

大公子也不理他，只對雲舒說：「我去看看妳的藥煎好了沒，一會兒過來。」
雲舒恬靜地坐在窗邊，對大公子笑了笑，大公子接著就拉韓嫣出了院子。
路上，韓嫣偷偷打量桑弘羊的表情，見他心情不算太差，便小心問道：「你就放心他們兩人在一塊兒？」
大公子淡淡地說：「我和雲舒之間的情分，並不是李敢能插手的，我擔心什麼？」他頓了一下，又說：「若李敢膽敢對雲舒無禮，自有人教訓他。」
韓嫣聽了，無聲地搖頭笑了笑。他倒忘了，桑弘羊有調派暗羽的權力，現在雲舒身邊自然有人照看著。

雲舒看著站在門口，手足無措的李敢，笑著說：「坐下說話呀，站著幹什麼？」
李敢在雲舒面前全然沒了對待大公子和韓嫣的凶悍，他快速看了雲舒一眼，又轉向其他地方，如同犯錯的小孩子，既心虛又逞強，渾身透著一股彆扭勁兒。
「妳的傷……怎麼樣了？」李敢憋了半天，就說出這麼一句話。
雲舒望著他微笑。「已經沒有大礙了，軍醫昨天還來看過，說傷口癒合得很好，慢慢養著就是了。」
李敢這才鬆了口氣，但回想到雲舒受傷那時的樣子，皺起眉說：「妳當時中了三枝箭，全身都是血，一直發熱不退，好幾天都醒不過來，湯藥也餵不進，我只當妳活不成了。」
說罷，他長嘆一聲，自責道：「我不該帶妳出關的。」

雲舒寬慰道：「大概是我運氣好，三枝箭都沒有射中要害，既沒傷筋，也沒動骨，就是流了一些血。李大人也別太在意了，您看，我現在不是好好的嗎？」

李敢循聲抬頭望去。

雲舒坐在窗臺邊微笑地看著他，傍晚的微光從窗戶投到她臉上，安靜祥和，讓他焦躁的情緒漸漸平復下來。

養了這些天，雲舒之前曬黑的皮膚漸漸白皙回來，卻襯得她失血的臉更加蒼白，李敢看著依然覺得心疼。

「我幫妳弄了一些好藥材，還有補品，一會兒要人送來給妳。我早想來看妳了，但是桑弘羊攔著不讓我來，連東西也不准我給。」李敢總算見到雲舒，急忙忙道：「還有什麼需要的，一併告訴我，我都幫妳送過來。」

雲舒搖頭說：「我現在很好，什麼都不缺，您就放心吧。其實我受傷跟您一點關係也沒有，就算您不帶我出關，我也會想辦法找人帶我去，您千萬別自責。」

話雖如此，李敢帶雲舒出關的目的不純，他總覺得愧對雲舒，哪裡是雲舒這樣說就能釋懷的？

「妳別這麼說，這件事我總歸有責任。妳受傷之後，我想照顧妳也不能，一點忙都幫不上，我找來的這些藥材，妳一定要收下。」李敢堅持道。

雲舒頗覺得無奈，又想到李敢的性格，看來有些話必須直說，不能在細枝末節上暗示他了。

「李大人，我今天見您，主要是有些話要對您說。」雲舒輕聲說道。

李敢一聽，就冷靜了一半。「嗯，妳說。」

雲舒一面回憶一面說：「猶記得當初您將我從惡徒手中救下，您英勇、直爽，性格與我很投契，只是我沒有想到您會喜歡上我，我只是一個極普通的商女而已。」

從雲舒口中聽到「喜歡」二字，李敢覺得有些尷尬，雖然他對雲舒的心意一直很明顯，但是在雲舒面前，他倒沒這麼直接地說過，也不知雲舒是怎麼知道的……

雲舒繼續說：「不知道李大人是否還記得在上林苑時，您跟大公子打賭誰能得到我？你們雖然是背著我打賭，我卻聽到了您跟韓嫣的對話。知道這件事情後，我很生氣，覺得您提出這樣的賭局，一是對我的不尊重，再者，也是把感情當作兒戲。」

李敢連忙解釋道：「不是的，我沒有戲弄妳的意思。」

雲舒笑了笑，繼續說：「那件事情早已過去，我也沒放在心上，我重提此事，主要是想說……不管李大人的心意如何，既然跟大公子打賭輸了，那麼就放手吧，我不想看到你們兄弟間的感情因我而生嫌隙。更何況，我跟大公子兩人情投意合，心中已沒有其他人的位置了……」

李敢一直都知道雲舒的心意，很了解雲舒對他的態度。之前雲舒離開長安時明明答應會去他家作客，卻故意爽約，這些事情他都明白。只是雲舒從未正面拒絕過他，他便選擇性無視，總覺得自己還有機會。

如今，他卻無法再這樣繼續糾纏下去了，雲舒的話如一盆冷水澆到他頭上，讓他必須清醒，必須正視這個現實。

李敢嘴裡很乾，覺得說什麼話都很艱難。他握了握雙拳，好不容易出了聲。「嗯，願賭服輸，我的確不該再糾纏妳。」

雲舒看他臉色不好，很難受的樣子，想勸勸他，說些「天涯何處無芳草」之類的話，可是到了嘴邊，卻覺得這些話說了沒意思，只再添了一句：「對不起，辜負了您的心意。」

李敢聽到「對不起」三個字，如同被電擊一般。他畢竟是個爽朗的漢子，連忙抬頭說：「這種事，妳有什麼錯？我知道妳的意思了。我今天就是來看看妳的傷勢，妳既然沒事，那我就先走了。」

說完，李敢按著腰上的佩劍，大步流星般地離開了。

雲舒透過窗戶看著他的背影，想起歷史上關於他的記載，不由得蹙緊眉頭。

老將軍李廣奮戰一生，至死未能封侯，他最後一戰因在漠北中迷失道路，延誤軍機，憤愧自殺；他的三個兒子中，其中兩個比他先離世，而李敢則是在狩獵時被霍去病射殺致死；而他的孫輩李陵在與匈奴作戰時，戰敗被俘，最終投降匈奴，劉徹聞訊，怒而將其抄家滅族。

自此，李氏名敗。李家滿門將才，最後卻慘澹收場。

李敢雖然莽撞、執拗了一些，然而本性並不壞，若他最後真的落得那般下場，真是可惜了……

雲舒想得入神，沒注意到大公子已經帶人端著飯菜和湯藥走了進來。

大公子看雲舒在窗前發呆，過去扶住她的肩膀，說道：「餓了吧？來吃飯，然後把藥喝了早點歇息。」

雲舒回過神來，站起來跟大公子一起坐到案桌前用晚膳。

大公子跟雲舒商量。「等天氣涼爽一點，我們就啟程回長安吧。我已命人改裝過馬車，路途上應該不會太顛簸。」

大公子有官職在身，只怕早就該回長安了，雲舒不敢耽誤，便說：「最近暑氣已經散了很多，我的傷沒什麼大礙，早點上路也無妨。」

大公子點頭說：「那好，我把這邊一些事情處理完，我們就啟程。妳可有什麼事要辦？」

雲舒想了想，她這次來馬邑，沒有告訴丹秋等人，眾人皆以為他們去河曲做生意了，受傷的事情更沒敢往回遞音訊，他們只怕還盼著她回吳縣呢。

「我寫封信給丹秋和大平，大公子幫我送到吳縣去吧。另外，要走的話，得跟墨大哥說一聲，也不知他的情況怎樣了。」雲舒說道。

大公子頷首。「好，這些我來安排。」

第一一三章　喜逢故人

墨勤接到桑弘羊的訊息後，很快就從邊陲村莊趕了回來。

雲舒一段時間沒看到墨勤，再見到他，覺得他跟在自己身邊時，模樣不太相同。雖然臉上和髮間有塵土，衣服灰灰的不太乾淨，然而他整個人卻散發出自信和活力，就如雄鷹被放飛，重回藍天翱翔一般。

雲舒看到這樣的墨勤，不由得點了點頭。

「墨大哥。」她坐在床邊，笑著喊了一聲。

墨勤大步走來，見雲舒精神還好，便長吁一口氣說：「看來桑公子把妳照顧得很好，他果然沒有騙我。」

雲舒招呼墨勤坐下，關切地問道：「聽說墨大哥帶人去抵抗匈奴人的偷襲了，情況怎樣？沒有受傷吧？」

墨勤揮揮手說：「沒事，我們並不是正面跟匈奴人交鋒，主要是挖一些戰壕溝壑，或佈置一些機關，讓匈奴人沒那麼容易衝進村子裡。他們鬧了十來天就退兵了，我現在主要帶人查看關外地形，想繪製一張地圖出來，方便以後的戰事使用。」

雲舒聽他說這些，眼神驟亮，果然是墨家的人，思想跟別人不一樣。不論機關還是地圖，對戰爭來說都很重要，可這兩樣在漢朝都不發達，若墨勤能弄出一些成果，必然能受到朝廷青睞。

雲舒說起回長安的事，墨勤問道：「打算什麼時候走？直接回長安嗎？」

雲舒說：「準備八月初啟程，我先隨大公子去長安看看情況，若能安定下來，再派人去吳縣接丹秋、雪霏他們回長安。」

「八月初……」墨勤算了算日子，覺得時間很緊迫，想了想，說道：「我這幾天儘快結束手上的事，到時陪妳回去。」

雲舒急忙說：「墨大哥，我找你來，正是要跟你說這件事。你留在這裡全心協助李廣將軍辦事，等手頭上的事做完了，再來長安找我也不遲。」

墨勤詫異地說：「妳不讓我跟妳一起？」

雲舒說：「抗擊匈奴、保護邊關百姓是大事，不光是為了安定民生、保衛邊疆，也是為了你和眾墨家子弟。你有一身本事，在我身邊卻無法發揮，現在邊關需要你，你又怎能因個人恩惠而留在我身邊？」

雲舒心想，墨家講究「兼愛」，把道理提升到大義的高度，墨勤也就沒辦法反駁了。

果然，墨勤想了一會兒，說道：「妳跟著大公子，安全方面我倒不甚擔心，只是長安形勢複雜，桑家的人對妳又並不全是好意，我只擔心大公子一時疏忽，讓妳受了氣。這樣吧，我派兩個人給妳差遣，既可保護妳和雲默，有事也可及時聯繫我。」

雲舒若不接受他的安排，只怕墨勤會不放心，她便點頭應了。

墨勤向四周看了看，問道：「對了，雲默呢？」

雲舒笑著說：「他啊，最近天天跟韓嫣去軍營玩，也不知那裡有什麼好玩的，晚上都恨不得睡在那邊了。」

墨勤點點頭說：「也好，男孩子不能一直關在家裡，養得太嬌慣不好，去軍營長長見識有好處，只是別耽誤軍中正事才好。」

雲舒點頭說：「嗯，我也是這麼跟韓大人說的，他卻一直說沒關係。」

雲舒養傷時，韓嫣經常來探望她。他之前就聽桑弘羊說起雲舒收養了一個兒子，這次見到雲默，竟十分投契，兩人一來二去，熟悉了起來。

大公子一心照顧雲舒，難免忽略了雲默，又見雲默除了自己練功，就是守在雲舒跟前，便要韓嫣帶他出去玩，誰知自此一發不可收拾。

聽說雲默跟著韓嫣，天天在軍營裡騎馬，把玩各種兵器，甚至找士兵試身手。

雲舒起初還擔心雲默跟著韓嫣到處亂跑，會不會不安全，或鬧出什麼事，誰知韓嫣把雲默照顧得很好，對雲默分外疼愛。真不知是韓嫣長大當了爹的緣故，還是因為雲默格外讓他上心。

墨勤見雲舒和雲默都很好，便安心回去繼續做他的事。他回去的第二天就派了兩名墨俠過來讓雲舒差遣，分別叫做子邪和應淳。

子邪看起來很面熟，雲舒想了想，記起這個青年就是之前在雲莊代替墨勤教雲默拳法的那位墨俠。另一名叫做應淳的青年倒像個文弱書生，看起來很靦覥，只是他背上揹著一柄劍，想來武功應該也不錯。

雲默從軍營回來看到他們兩個，十分親切，像師兄弟一般說起話來了。

收拾了幾天東西，八月初，秋風吹起之時，大公子就帶著雲舒、雲默啟程返回長安。寬敞舒適的馬車專為雲舒帶傷趕路而造，車廂裡足夠三個人並排躺下，可雲默總嫌車廂裡悶，要去外面跟子邪和應淳一起騎馬。

「皮猴兒，曬成什麼樣了，還是不得安生。」雲舒見雲默跳出車外，忍不住嘮叨。大公子在一旁卻笑了。「我看他很懂事，知道什麼時候該避開，什麼時候該回來。」他的話裡滿是曖昧，雲舒紅著臉瞪著大公子說：「他還是個孩子，大公子瞎說什麼呢……」

大公子怕雲舒氣惱，笑著不說話，可他還真沒把雲默當孩子。自從他在壽春客棧見到這孩子第一眼，就知道他太過聰明，聰明得跟他年齡一點也不相符，所以不是很擔心他。

雲舒現在大多數時間是側躺著的，既可避免壓到背後的傷口，也不像趴著那麼難受。她本是面對大公子側臥，被大公子開了玩笑後，就背過身子換了一個方向。

大公子見雲舒這般模樣，放下手中的書簡，跑到她背後躺下，很自然地把一隻手搭在雲舒腰上。「生氣啦？」

雲舒閉起眼睛，小聲說：「沒有，只是有些睏了。」

她自養傷以來，最不缺的就是睡覺，怎麼會睏了？大公子一笑，環住雲舒的腰把她納進自己懷裡。「我也睏了，那就陪妳睡一會兒。」

自從大公子親自照料雲舒養傷，總是和衣跟她睡在一起，久了便養成習慣，不管雲舒傷好之後怎麼趕他，他也不願意去隔壁房間睡覺。時日一長，雲舒實在撐不動大公子，見他也未做什麼出格的事，便隨他去了。

雲舒掙扎了兩下，大公子卻抱得更緊了，讓雲舒的背緊貼著他的胸膛。他的臉也貼上雲舒的耳朵，兩人的姿勢十分親暱。

雲舒擔心大公子要對她做什麼，萬一被馬車外的人看到了可不好，正要開口說話，卻聽大公子低聲說：「當初我爹提出兩年之約，我原本想自己忙著籌備戰事，兩年時間一晃而過，我們很快就能在一起了，可沒想到時間這麼難熬。我覺得我們分開了很久，可才剛剛過了一年……」

去年八月，雲舒離開長安南下經商；今年八月，她正走在回長安的路上。僅僅過了一年，卻像經歷了桑海滄田，還差點與大公子陰陽永隔。

大公子不再淡定，說道：「我等不下去了，這一次，不論如何，我都要讓奶奶和爹接受妳，我要娶妳做我的妻。」

暖人心扉的話語溜進雲舒耳中，讓她覺得分外貼心。她握住大公子放在她腰上的手掌，微微使力捏了捏，不必多說，大公子卻能明白她的心意。

回程的路上順順利利，有大公子安排，雲舒什麼心也甭操，連藥都按時喝，從不錯過。

九月，大公子和雲舒抵達洛陽，奔波了近一個月，大公子提議在此休息幾天，恢復恢復精神，再去長安。

雲舒琢磨著，估計是長安有什麼事，現在還不是回去的時候，但又不便追問，於是什麼也沒說，就順了大公子的意思，在洛陽歇下。

桑家的根基在洛陽，雖然桑老爺、老夫人等人此時住在長安，然而大公子也不會貿然帶雲舒回洛陽桑宅住下，而是將她安置在另一處四進的大宅子裡。

雲舒坐著馬車進入內宅，透過窗戶看到沿途屋舍庭院都十分講究，便問道：「大公子，我們這是借住在誰家？」知道主人身分以及大公子跟他們的關係，雲舒才知道待會兒該怎麼說話。

大公子卻神神秘秘地笑著說：「是妳認識的人，等會兒見了妳就知道了。」

她認識的人?!

雲舒以前在洛陽時，一直待在桑家內宅，並不認識什麼人。她好奇地坐直了身子，理了理頭髮，等馬車停在一座庭院前時，她扶著大公子的手走下馬車，再牽上雲默，向前走去。

在院門前迎接他們的是兩個小廝，其中一個是大公子的人，是雲舒再熟悉不過的顧清，另一個老成一些的則不認識。

顧清見他們來了，歡喜地上前說：「大公子、雲姑娘，你們可回來了，表公子都問了好多次了！」

雲舒以前跟顧清一起伺候大公子時，兩人以姓名相稱，現在顧清恭恭敬敬地喊雲舒為「雲姑娘」，倒讓她十分彆扭。不過想到日後她若跟大公子成親，旁人對她的態度，自然不能跟以前一樣，就算她不介意，也得顧及大公子的身分地位及顏面，也就釋懷了。

她對顧清笑著點了點頭，問道：「哪位表公子？莫不是沈大當家？」

顧清笑著應道：「可不是嘛，正是沈公子。」

原來這房子是沈柯的地盤！

雲舒在婁煩跟沈柯共事五年，兩人十分熟悉，而且多虧沈柯照拂，她在婁煩的日子過得並不差。後來她回到長安，沈柯去隴西郡管理玉石場，兩人漸漸沒了聯繫，一晃眼竟然一年半了。

雲舒歡喜地對大公子說：「快，大公子，我們別讓沈大當家久等了！」

說話聲傳到院子裡，沈柯已經從廳堂裡迎了出來。

雲舒迎面看去，沈柯的模樣沒有多大變化，只是留了兩撇鬍子，顯得老成許多。

「沈大當家。」雲舒蹲下向他福了福身。

沈柯連忙隔空虛扶她，笑著說：「我們都是老朋友了，快別這麼多禮，再說妳身上還有傷呢！」

待雲舒站了起來，他便打量著問道：「身上的傷怎麼樣？聽大表弟說傷得可不輕，看看，人都瘦成什麼樣了……」

雲舒不好意思地說：「讓沈大當家擔心了，我已經沒有大礙。」她又拉過雲默，對他說：「快喊沈伯伯。」

雲默一雙烏溜溜的眼睛十分有神地看向沈柯，依雲舒的吩咐喊了一聲。

沈柯立即跳腳問道：「你們什麼時候有了這樣大一個兒子，怎麼沒告訴我？」

雲舒紅著臉說：「不是的……」

大公子便上前在沈柯耳邊小聲說了幾句，沈柯點點頭後，摸了摸雲默的頭，對大公子說：「真是便宜你了，白得了一個這麼好的小子。」說著，又從腰間解下一塊玉珮，當作給孩子的見面禮。

互相問候之後，沈柯領著他們走進廳裡，大公子開口說：「這次要在大表哥的別院借住幾天，多有叨擾，請大表哥擔待些。」

雲舒在一旁微微詫異，這棟大宅子，她還以為是沈柯的家，沒想到只是個別院，看來沈柯這幾年賺了不少，也很受桑老爺器重。

大公子這次有意向長安那邊隱瞞雲舒回來的消息，沈柯說到底是替桑老爺做事的，萬一以後桑老爺知道雲舒在沈柯這裡借住過，但沈柯卻沒告知，肯定會責怪他，所以大公子知道沈柯承擔了一些風險。

沈柯揮揮手說：「哪兒的話，你跟雲舒的事，我自然要幫忙，別說是借住在這裡，就算是把這宅子白送給你們，也絕無二話。」

這當然是玩笑話，大公子和雲舒最不缺的就是錢，怎麼會要沈柯的房子？但這段話裡的情誼，卻讓兩人十分受用。

雲舒問道：「沈大當家是什麼時候回洛陽的？之前不是聽說去了隴西郡？」

沈柯說：「是啊，可惜妳調去長安，沒跟我一塊兒去隴西郡看看，那邊的玉石山真多，礦場裡玉石堆得路邊都是。我去年年前才回洛陽，姨父說我在外面歷練了這麼多年，是時候回來幫忙料理一下洛陽、長安兩地的生意。」

桑家有兩個兒子，大公子一心為朝廷辦事，經常在外奔波，極少打理桑家的生意，二公子桑辰龍還小，桑老爺這些年只得向親戚家多尋些人手幫忙，其中他最器重的就數沈柯。

沈柯說著笑了笑，促狹道：「還有，雲舒啊，妳別再喊我沈大當家了，稱呼早該換了。」

雲舒微愣，在他手下做事時，喊了五年的沈大當家，現在臨時要她換稱呼，還真不習慣。不過現在雲舒畢竟不是他的手下，她只好喊他一聲：「表公子。」

誰料沈柯搖頭說：「錯了錯了，妳也該隨大表弟喊我一聲大表哥才對。」

雲舒的臉倏地發紅，敢情沈柯是在打趣她和大公子？

見雲舒不好意思，大公子便在旁維護道：「大表哥太欺負人了，哪有這麼早改口的？去去，先把你的改口費準備好再說。」

媳婦入門見公婆，敬茶拿了紅包，會改口換稱呼，親戚們之間的稱呼，自然也是成親之後的事。

沈柯很早就覺得桑弘羊跟雲舒有機會，只是沒想到桑弘羊竟執意娶雲舒為正妻，為此事跟家裡鬧得不可開交。

眾人又打趣了幾句，沈柯便要別院管家安排他們住下，待休息過後，晚上用膳時再好好說話。

管家先將雲舒和雲默帶下去歇息，而沈柯有話想跟大公子單獨說，便將他留下。

丫鬟上了茶之後，沈柯端著茶盞沈吟道：「大表弟，你們的事能成嗎？就算姨父同意了，老夫人也絕不會同意的。」

大公子端起茶盞，吹了吹茶，飲了一口，並不回答沈柯的話，反而讚道：「好茶。」

沈柯見大公子不接話，以為他有苦衷不願多說，便一起轉移話題。「這種茶你沒喝過吧？這可是今年出的新品，信陽毛尖，賣到一兩六百錢。別看它貴，一般人有錢都買不到，我託了不少人，才弄回半斤，若不是你來，我還捨不得拿出來喝呢。」

大公子噗哧一笑，搖了搖頭。

沈柯以為他不信，便說：「你最近一年在邊關忙著，不知道關內的新鮮事，我可不唬你，長安能喝上這茶的也沒幾家，因是從南邊傳過來的，諸侯國裡知道這茶的人反而多一些，你問問那邊來的人，就知道我說的是真是假。」

大公子笑著點頭說：「大表哥說的我怎麼會不信？只是大表哥只知道這茶好，卻不知這茶是誰家做的。」

沈柯一愣，大公子這樣話中有話，他自然要仔細想一想。

他之前差人打聽過，外面的人都說不清楚，只說這茶是一位貴族小姐在閨中閒來無事做出來，後來當作禮物送給衡山太子，招待客人時被懂茶之人看中，這才漸漸從衡山國流傳出來。

「總不會是桑家的東西吧？沒聽說啊。」沈柯有些糊塗。

大公子笑著搖頭說：「正主兒剛剛還坐在這裡呢，大表哥以後想喝茶，問她要就是了，何苦託別人去買？」

沈柯恍然大悟，隨即吃驚地說：「是雲舒？哈哈，我得了樣好東西，還想在你們面前顯擺一下，沒想到卻是這樣！」

說完，沈柯又感慨地補充道：「雲舒真是了不得，她這個生意，且再等兩年看看，不可限量啊……」

大公子點頭說：「她這一年來，四處找茶收茶，受了不少苦，現在生意已成規模，待後面運作運作，就能把生意做開。」

「早知道雲舒跟一般女子不同，是真有本事，卻沒想到她能做出這樣的好茶，又能開創出一片天地。不過一個女子東奔西走，總是不好，以後你們在一起，莫要讓她受這些苦了。」沈柯嘆道。

沈柯雖然早就認可雲舒，然而雲舒以往是在桑家做管事，並沒有獨當一面的機會，沈柯也沒料到雲舒離開桑家後，能有這樣的發展，這件事對他的震撼還是不小。

大公子認同道：「我當時讓她一個人南下，也是無奈之舉。當初答應父親的兩年之約，原本只是想拖延一下時間，沒想到雲舒真把約定放在心上。她辛苦了一年，也沒有白費，她製出的雲茶和雲紙，我已要人呈給皇上，朝廷方面過兩個月就會南下採購了。」

關於雲舒和桑老爺的兩年之約，沈柯略有耳聞，現在聽大公子這麼一說，連連點頭。

「既然這樣，那就好了，等雲舒如約成了皇商，那麼姨父就會同意你們的婚事了。」

沒想到大公子卻只是淡淡笑了笑。「父親不過是騙雲舒罷了。」

「啊？」沈柯非常驚訝，忙說：「我從未見過姨父食言啊。」

大公子說：「二夫人曾聽到父親在奶奶跟前說，就算雲舒履行約定，他答應了婚事，但只要奶奶不答應，我和雲舒一樣不能成親，所以奶奶才沒有阻止父親與雲舒結下約定。」

沈柯搖了搖頭，照桑老爺那般說法，他的確沒有違背約定，可是雲舒成了皇商，卻也無濟於事。

感慨的同時，沈柯也有些疑惑。「二夫人怎會對你說這些？她跟你不是不和嗎？」

大公子笑了，似是對自己家中的事嘲諷不已。「我跟她之間的不和，不外乎是個『利』字。從我入仕之後，她便對我客氣了，她現在還求我把二弟教導成人，好繼承桑家的生意。倒是你，父親現在如此器重你，你要當心二夫人對你出手才是。」

沈柯點點頭，他之前去長安見桑老爺，的確感覺二夫人對他不如以前和善了。沈柯繼續問道：「不說這些了，你跟雲舒打算怎麼辦？總不能讓她白忙一場吧？」

大公子十分自信地說：「自然不會，我會讓她風風光光嫁進桑家，縱使奶奶和父親不喜歡，也不能為難她。」

沈柯聽他說得輕鬆，卻知道這有多麼不容易。

雲舒是個沒有娘家的孤女，縱使順利嫁入桑家，光有丈夫疼愛，也是不夠。進了桑家，她上有老夫人、公婆等長輩，下有小叔、小姑等後輩，隨便一個人給她找點麻煩，日子都不會好過。

然而現在大公子卻說下那樣的大話……沈柯很為他們兩人擔憂。

顧清輕手輕腳地走進來，在大公子耳邊說了兩句話。大公子臉上微微有些詫異，但轉瞬就恢復正常，他站起身來，對沈柯說：「大表哥先回家陪嫂嫂吧，我跟人約了時間，還要出去一趟，我和雲舒的事，你就不用多操心了。」

沈柯隨他一起站起來。「我還說要幫你們設宴接風呢，怎麼才到這裡，就要出去？」

大公子拱拱手說：「我們要叨擾大表哥好多天呢，改日再吃吧！」

沈柯聽了，淡淡一笑，點了點頭。

顧清幫大公子換了一身光鮮的乾淨衣服，又伺候著洗漱一番，一主一僕這才騎馬出門。

沈柯問過別院的管家，知道雲舒已經安頓好，又叮囑飲食問題後，這才放心離開別院，回沈家大院去了。

雲舒在房中歇了一會兒，醒來天色已經昏暗，有兩個丫鬟正在屋裡輕手輕腳收拾她的行李，見她醒了，連忙過來服侍。

「姑娘，妳醒了，精神好些了嗎？」丫鬟問道。

雲舒點點頭，看了看四周，問道：「其他人呢？」

一個丫鬟回答道：「我們公子回家去了，要姑娘好生休息，他明天再來為桑公子和姑娘接風洗塵。桑公子一個時辰前出門去了，要姑娘不用等他用膳。小公子則在對面的書房看書，十分用功呢。」

雲舒坐在床邊愣了一會兒，沒想到他們倆都出去了。

她微微頷首，接過丫鬟手中的布擦了擦臉，便穿上鞋往對面的書房走去。

雲默躺在臨窗的藤床上，一手放在腦後，一手拿著一卷書簡，蹺著二郎腿看書。

「這樣躺著看書對眼睛不好，快到桌子邊好好坐著去。」雲舒出聲道。

雲默聽到雲舒的聲音，翻身下床，也不顧雲舒剛剛訓他，笑著說：「娘，您醒啦？我餓了，咱們用膳吧。」

「好。」

因只有他們兩個人吃飯，雲舒要丫鬟準備兩個菜就行了，誰知最後她們還是傳了十幾樣小碟端上桌。

雲舒不太好意思地說菜太多，太鋪張了。

丫鬟卻笑著回話說：「我們公子原本今晚要為姑娘接風，所以備了許多菜，姑娘若不吃，也浪費了。」

雲舒點點頭，跟雲默用起晚飯，心中卻想著，大公子原本沒說他今天有事，看樣子像是臨時出門，連沈柯的接風宴都推掉，也不知是什麼重要的事……

雲默吃完飯，見雲舒還是一副心不在焉的樣子，便仰頭說：「娘，我們用完膳出去散散步吧。」

雲舒訝異地說：「天都黑了，還出去做什麼？」

雲默湊到她跟前，抱住她的胳膊說：「聽說洛陽城晚上很熱鬧，我們就出去看看嘛，有子邪師兄、應淳師兄陪著，也出不了什麼事。再說，娘下午睡了那麼久，晚上還睡得著嗎？」

雲舒想想也是，自她養傷以來，極少運動，身體都懶了，出去走走也好。

喊來子邪和應淳，他們四人就這樣步行上街。

第一一四章　追查身世

剛到掌燈時分，洛陽街上很熱鬧。洛水從城中流過，河的兩岸擺了不少小攤，沿路的一些店鋪也未關門，熙熙攘攘到處都是人。

雲舒開頭覺得很新奇，只是古代物資少，看了幾個攤位，找不出新鮮玩意兒，便一心一意盯著雲默，怕他走丟了。

四人走走停停，吹著河風，很是愜意。

雲默指著不遠處的一座石橋說：「娘，橋邊有個茶攤，我們去喝杯水吧。」

雲舒被雲默拉到攤子上坐下，豈料雲默十分有興致地跟賣茶水的老人談起話，問他一天能賣多少杯，每杯能賺多少錢，賺的錢夠不夠家用等等。

雲舒詫異得不得了，不知雲默今天是怎麼了？

見他們的話一時說不完，又不好硬生生打斷，雲舒就左右張望起來。

石橋兩岸有幾家看起來還不錯的飯館，門口掛著紅燈籠，點亮了昏暗的夜色。偶爾有小船從店前的河上划過，或是停在店前，大聲吆喝著問店小二打一壺酒喝。來回呼應的吆喝聲隔岸傳來，讓雲舒覺得十分有趣。

她正看得出神，就聽見一個店家小二吆喝著：「貴客慢走，下回再來啊！」

在吆喝聲下，一位俊逸公子和一位身形婀娜的小姐並肩走出，那小姐身穿紅底灑金的深衣，在店前的燈影下，顯得格外靚麗。

雖然不算熟悉，但雲舒仔細辨認下，仍能看出這貌美的女子正是陳芷珊。而與她同行的，不是別人，正是下午臨時外出的大公子。

看到他們，雲舒的心跳停了一拍，但轉瞬間又覺得這沒什麼，便轉頭對雲默說：「默默，天色晚了，我們回去吧。」

雲舒話一出口，雲默和賣茶老翁的談話戛然而止。

雲默看看河對岸，又看看雲舒的臉色，突然笑著說：「好啊，我也玩累了，咱們回去吧。」

他們剛走沒兩步，大公子在對岸跟陳芷珊道別後，就有暗羽上前來在他耳邊說話。

大公子聽完後，迅速朝河對岸看去，果然見到雲舒帶著雲默，還有兩個墨俠沿著河道往回走。

他從顧清手中接過馬，翻身上去後，沒幾下就趕到雲舒面前。

雲舒聽到馬蹄聲，轉頭問道：「咦？大公子怎麼也在這兒？」

大公子下馬，跟雲舒並肩往回走。「剛剛在附近見了一個朋友，出來就看到妳了。用過膳了嗎？」

雲舒點頭說：「嗯，用過了，沈家僕人幫我們準備了十幾道菜，吃撐了，便出來走走。大公子吃了嗎？」

「嗯，吃過了。」大公子答道。

兩人都沒提陳芷珊的問題，也許是在等對方提起，也或許是認為根本沒有必要提……

回到別院，雲舒帶雲默回房，拉著他坐下，正色問道：「默默，你怎麼知道大公子在那裡？又為什麼故意帶我過去？」

雲默一臉茫然地說：「沒有啊，我不知道……」

「你還騙我？」雲舒有些生氣了，聲音也嚴厲很多。「你一反常態要求上街玩，又賴在茶攤不走，那麼長的一條街，怎麼就那麼湊巧坐在大公子對岸？而且你後來明明看到他，卻看看我的臉色裝作沒瞧見，你敢說你不是提前知道的？」

雲默低著頭，揪著衣襟說：「桑叔叔下午出門時，我要子邪師兄跟著他了……他跟那個女子在飯館裡待了好些時候不出來，我是替娘擔心……」

雲舒用力拍了一下桌子說：「默默，你這是在做什麼？是在跟蹤監視他嗎？我的事情我自有分寸，我選擇相信他，不管他跟誰在一起多長時間，我都信任他。如果感情需要靠監視來維持，那不如不要。」

雲默低著頭不說話，雲舒生了一會兒氣，卻又覺得氣餒，這孩子怎麼說都是在替她著想，他需要教育，卻也不能一味訓他。

她伸手把雲默拉到自己懷裡，摸了摸他的頭說：「我知道你是為我著想，可是事情不能這麼做。我們以後要跟桑叔叔成為一家人，家人之間怎麼能互相猜忌，更不要說派人監視了。況且桑叔叔是怎樣的人？你派人監視他，他怎麼會不知道？若我不信任他，他也不信任我，只會在彼此心中都埋下一顆不安的種子，反倒壞了彼此的感情。」

雲默點點頭說：「嗯，我開始只是好奇，並不是故意的……從馬邑到洛陽一路上，我聽到桑叔叔好幾次跟人說，要把『那個人』安全秘密地帶到洛陽，我以為他今天下午去見那個人，誰知道不是……」

聽到他這麼說，雲舒也忍不住有些好奇，大公子這是在安排什麼？

正想著，此時卻傳來敲門聲。「雲舒，妳睡了嗎？」

雲舒、雲默齊齊循聲向門口望去，是大公子的聲音。

雲默站起來匆匆說：「娘，我去跟桑叔叔解釋，不是妳在懷疑他，派人監視他，是我胡鬧的。」

雲舒一笑，這個孩子這樣袒護她，讓她覺得很貼心。摸摸他的頭，雲舒起身說：「放心吧，他肯定不是為了追究這件事情來找我的。你先睡吧，我去去就來。」

房門外，大公子身著紫檀色便服，散著半乾的頭髮站在門口。走廊上的米黃色布燈籠隨著秋風微微搖動，光影忽明忽暗。

雲舒打開門，乍見大公子黑髮如瀑，俊逸的臉龐在燈籠的光暈下彷彿會發光一樣，不禁有些晃神。

她略微鎮定一下，暗暗嘲笑自己太沒定力。和大公子認識這麼多年，竟然還是不習慣他的俊美，或是……這幾年，他比少年時更帥氣了？

「大公子，這麼晚了，找我有事？」雲舒問道。

大公子越過雲舒的頭頂向屋內望了一眼，見雲默還沒有睡，就對雲舒說：「我們去外面走走吧。」

雲舒點了點頭，反身關上房門，隨大公子沿著鵝卵石的小徑往園子裡走去。

雲舒步伐沒有大公子那麼大，落後他半步。夜風拂過大公子的頭髮，帶著些許松枝香，吹進雲舒鼻中，伴隨而來的，是大公子低緩的嗓音。

「我已經派人秘密把平棘侯接到洛陽，明天下午會安排你們相見，若你們彼此都沒意見，過幾日我們就回長安，並放出消息，說妳在長安外的虎嘯林中救了狩獵墜馬的平棘侯，他與妳一見如故，又因亡子托夢，於是決定認妳當義女。」

雲舒微微吃驚，仰頭看向大公子的側臉，沒想到他想得這麼周全，不僅讓他們先了解一下，還把認親的緣由都想好了。她原以為不過是去長安見平棘侯一面，各取所需，做一場利益交換。

雲舒動容地說：「大公子安排得很好，就這樣吧。只是……我不大懂宮廷禮節，只怕唐突了平棘侯。」

大公子頷首笑了笑，伸手攬過雲舒的肩膀說：「別擔心，平棘侯是個儒雅的人，也是朝中出了名的老好人，他不會為難妳的。何況他膝下空虛，若有個妳這樣的女兒，只會加倍疼愛。」

他條件這麼好，為什麼會同意收她為義女？

雲舒忍不住把心中長久以來的疑惑問了出來。「大公子許了平棘侯什麼條件？他為什麼同意認我做義女？」

她想知道大公子為了她，付出了多大的代價。

大公子淡淡笑了笑，並沒說話，似是在猶豫要怎麼說。

兩人又走了幾步，大公子才說：「平棘侯頗有才學，可不通庶務，他前幾年賦閒在家時，跟西北的皮草商做生意，虧了不少錢。他本就沒有子嗣，冒險做生意也不過是為了年邁後存些老本，讓日子過得舒坦一些，誰知連本錢都填了進去。我替他解決這個問題，並答應他，他若肯認妳做義女，我便會贍養他至終老。」

果然，能夠用錢解決的問題，都不是問題。

可是堂堂一侯爺，總不至於為了這幾個錢就聽從大公子的意思吧？就算生意再虧，東挪西湊，也該湊得出錢，好歹還有皇家的貼補和封地啊。

「除了這些，還有吧？」雲舒靠在大公子的臂彎裡，眨巴著眼睛問他。

大公子看她心裡如明鏡般通透，便說：「嗯，還有些朝中的利害關係，不過這些……妳就別操心了，我會看著辦的。」

「我原不該擔心，但我就怕大公子精明一世，偏因我做了虧本生意。在皇上跟前當差，戰戰兢兢如履薄冰，大公子若因答應平棘侯一些要求，毀了自己前程，我真的是該死……」雲舒輕聲說道。

大公子手臂一緊，打斷雲舒的話。「什麼死不死的，別亂說話。」

雲舒聲音低了幾分，嘟囔道：「大公子知道我的意思就好……」

大公子點頭說：「放心，我有分寸，不會做糊塗事。在平棘侯這件事上，我們誰也不吃虧，妳明天安心跟他見面，只管順著自己的心意，看看是否願意喊他一聲『義父』。」

話已至此，雲舒只好點頭。

大公子看雲舒點頭時仍皺著眉頭，就伸手揉上她的眉心，低聲說：「妳只管安心，一切有我呢。為了妳，我也會好好的。」

有他這些話，雲舒心中才安穩。

雲舒情不自禁地環住大公子的腰說：「有大公子在真好，什麼都不用想、不用擔心，順著您的安排行事，一切都很好。」

大公子沒料到雲舒會主動抱住他，歡喜極了，連忙回抱住雲舒。「能夠照顧妳，是件幸福的事。」

半圓的月亮從雲層探出頭來，灑下一層銀光。鼻尖猛然有桂花香氣撲來，雲舒訝異地靠在大公子的肩頭說：「咦，桂花都開了。」

時間過得很快，都九月了，雲舒竟似現在才發現一般。

「妳喜歡桂花？」大公子問道。

雲舒笑著說：「有香味的花，我都喜歡。」

大公子牽起雲舒的手往前走。「我記得大表哥的別院裡，有很大一片桂花林，我們看看去。」

兩人循著香味走了一段，到了一扇緊閉的圓拱形朱門前。滿園桂花被關在朱門後面，只有幾枝從約一人高的牆頭探出點點鵝黃的花蕊。

明晃晃的大鎖掛在門上，雲舒有些失望地說：「可惜鎖上了，我們回去吧。」半夜三更，總不好找人來開門，不然不知會被下面的人傳成什麼樣子。

大公子卻在門前徘徊，他左右看了看，拉著雲舒說：「來，跟我走。」

他們走到一個牆根拐角處，大公子伸手抓住牆沿，輕輕一躍，竟然翻上了牆頭。

「來，抓住我的手。」大公子伸手道。

雲舒站在牆下，愣愣地看著牆頭上的大公子，驚訝得說不出話來。想不到大公子在期門軍中鍛鍊了一些時間，功夫練得還不錯。更沒料到一向舉止穩妥的他，竟會半夜翻牆。

「快來，我們進去看看。」大公子在牆頭看著雲舒笑道。

雲舒兩輩子加起來都沒在半夜翻過牆，她有些心虛地左右看看，趕緊向上伸出手。

大公子捉住她的手腕，用力一提，便把雲舒拉到牆頭，緊緊抱在懷裡。

「當心，站穩了。」大公子扶著雲舒站在牆頭，借著桂樹枝，翻到了牆內。

雲舒一顆心怦通亂跳，不知是跳上跳下驚的，還是覺得太刺激而緊張。

大公子頂著月光在桂樹林中穿梭，手中緊緊拉著雲舒。雲舒分不清楚方向，一味跟著他走。也不知鑽了多深，大公子把她帶到一棵極大的桂花樹下。

「果然還在。」大公子望著眼前這棵兩人合抱的桂花樹，高興地說：「我小時候來這裡玩過，有一回在這棵樹上睡著了，讓家人找了好久，最後回去被父親一頓好打呢。」

「大公子小時候做過這種事？」雲舒從他十三歲時就認識他，那時候的大公子已經懂事又穩重了，沒想到他也有調皮的時候。

大公子似是想起兒時的事，笑著說：「來，我們上去看看，很好爬的。」

果然，桂花樹看上去又粗又大，然而枝幹上的樹杈很低，大公子輕輕一托，便把雲舒舉了上去。

三杈枝椏形成一張天然的樹床，睡在低凹進去的地方，從下面的確看不到。

雲舒順著樹杈躺了上去，問道：「大公子以前就是在這裡睡著了嗎？」

「嗯。下午在這裡聞著花香，曬著秋天的太陽，小睡一覺，別提多舒服了。當心，別弄亂頭髮……」大公子幫雲舒整理好頭髮，看她愜意地躺在那裡，嘴角不禁帶笑。

雲舒閉著眼，似是感受著大公子當年的感覺，久久都不動。

大公子關切地推推她說：「夜涼，妳可別在這兒睡著了。」

雲舒睜開眼，笑著說：「沒有睡，就是想像了一下您當年的樣子。」

看著雲舒明媚的笑顏，大公子忽然問了一句：「妳怎麼不問我下午為什麼跟陳芷珊在一起？」

雲舒愣住，笑容還停在臉上。

從樹杈上坐起，雲舒撥弄了一下頭髮，儘量用平淡的語氣說：「您跟她都替皇上辦事，在一起很常見，我為什麼要問？」

大公子揉揉她的鼻子說：「我看妳巴巴地跑去等我，還以為妳會很想知道呢。」

「我……」雲舒瞪了他一眼說：「我才沒有去等您，我是被雲默騙去的。」

大公子摟著她在樹杈上晃了晃，笑著說：「傍晚看到妳在橋頭，我很高興，妳這是在緊張我，對不對？」

「誰緊張您了……」雲舒心口不一地說。

大公子故作詫異狀，問道：「妳對我就這麼放心？陳大人，她……可是頻頻向我示好呢……」

雲舒險些忘了她正坐在樹杈上，下意識就想站起來喝問，幸好被大公子一把拉住。她在大公子懷中掙扎著問道：「她……她對你示好了？」

看雲舒這般緊張的模樣，大公子哪裡還信她前頭說的話？她定是吃醋了！

心頭雖然樂開了花，但大公子臉上依然不動聲色，只是拉著雲舒說：「當心些，別掉下去了。」

雲舒哪裡還顧得著這些，她拉住大公子的袖子就問：「她如何對你示好？都說了些什麼？」

看她急得眼中起了霧氣，大公子這才覺得玩笑似乎開大了，忙把雲舒扶著坐好，說道：「那都是好些年前的事了，四年還是五年前……」

「我那時剛得皇上重用，開始接觸暗羽時認識了她。她從她陳家姑姑那裡接掌暗羽沒多久，性子很傲，因在我這裡吃了兩回癟，就跟我槓上了。有一天，她突然找到我，要我入贅陳家，做她的上門女婿，保我桑家一世榮華……」

「入贅？」雲舒聽得心驚。陳芷珊當年到底傲到什麼程度，竟然對大公子這種人說出

「入贅」兩個字？

大公子看雲舒瞪圓了眼睛，已不像剛才那般生氣，便笑著解釋道：「那時皇上剛登基，陳家勢大，暗羽又全部掌控在她手中，她當初可是意氣風發。我那時只是個小侍中，縱使桑家有錢，在他們有權有勢的人眼中，也算不了什麼。」

雲舒緩過神來。的確，就如大公子所說，在權力方面，那時陳芷珊確實高他很多，要大公子入贅，算不得什麼驚天動地的大事。而且，即使到現在，她也是高高在上。

「然後呢？大公子肯定不願意。」雲舒淺笑道。

大公子笑著說：「當然不同意。她一開始還覺得我不識好歹，後來皇上開始清理朝政，我受皇上重用，接觸的事情愈來愈多，她便漸漸明白我不可能入贅到陳家，只好作罷。」

如陳芷珊這樣的人物，只能嫁一些有才卻無權的人，若與權勢之人聯手，皇上哪裡能安穩睡覺？這就如娶了公主的駙馬一般，只能擔任虛職，無法獲得重用。

大公子深得皇上器重，他日前程不可限量，自然不可能入贅陳家當女婿。這一點，陳芷珊很清楚。

算算時間，那正是雲舒在婁煩當帳房那幾年，她不由得心煩意亂，埋怨道：「原來您背著我還有這麼一段情事啊。」

大公子窘迫地說：「也不是故意瞞著妳，只是覺得這種沒頭沒腦的事情沒必要跟妳說。當時千里鴻書那麼不易，難道還要把筆墨浪費在這點事情上嗎？」

那時他們尚未定情，雲舒也不跟他計較，但眼下的事，縱使她再信任大公子，也得問問了。「那現在呢？她還喜歡您嗎？」

大公子傻笑道：「這就不知了。她對我一直都挺照顧的……」

「大公子故意氣我嗎？」雲舒氣得想走，可是在樹杈上左右看看，哪裡也去不了，只得舉拳輕捶大公子一下。

大公子握住雲舒的粉拳，拉她進懷說：「這才發現妳生氣也挺好看的……」

雲舒真想仰天長嘯。她以前怎麼沒發現大公子還有這樣「無賴」的一面？

大公子知道再逗下去，雲舒真的會跟他鬧，於是馬上恢復一本正經的樣子。「放一百個心吧，我跟她之間清清白白的，她也是個明白人，知道如何取捨。」

能接掌暗羽，自然不是一般人，陳芷珊的心智、智商、情商，應該是信得過的。

雖然明白情況，但被大公子逗了半天，雲舒豈能輕易放過他？「那今天她找您幹什麼？什麼事情非得在飯館裡說那麼久不出來？」

說起這件事，大公子眉頭微皺，伸手摘了一枝桂花聞了聞，並沒急著回答。

雲舒見他不答，鼓著腮幫子說：「看吧，說不出來了吧。」

大公子歪頭看向雲舒，說道：「她今天下午一直在問妳的事情。」

雲舒收起玩鬧的心思，有些愕然地問道：「我？問我什麼？」

大公子思索著說：「問妳是哪裡人、父母是誰、有哪些親人，我們又是如何相識的……」

雲舒想了想，推測道：「莫不是她知道您要娶我，於心不甘，所以想知道得清楚一些？」

大公子搖頭說：「不，她不是這種感情用事的人。而且她下午問得極細，我若有一點想敷衍的意思，她就會追根究柢，態度不像是為自己的私事，倒是像在調查什麼。」

雲舒不解地問道：「我有什麼好調查的？」

大公子笑著說：「我也沒想通呢。她在我這裡也沒問出多少東西，妳究竟是哪裡人、父母何人，我還真答不上來。」

雲舒心中惴惴不安……這個話題對她不利。當初大公子還小，她幾句謊話敷衍過去了，現在再想騙他，可就難了。

「呀，什麼時辰了？我們出來很久了吧？」雲舒故意顧左右而言他。

大公子眼神晶亮地看著雲舒，雖然早就知道她的出身有古怪，但她不願意說，他也就一直沒追問。

可是現在陳芷珊上門追查了，他得多留點心，最好事先有準備，才知如何應對。

「雲舒，有什麼事情不能跟我說嗎？陳芷珊若真是在調查妳，我需要知道是為什麼，才能應對。若妳的出身真有什麼問題，跟妳同鄉的卓成就在長安大牢中，她只需查到卓成，去問一問就知道了。」

雲舒驚疑不定地看著自己腳尖，她從沒正視過「出身」這個問題。

她是穿越者，這件事情只有卓成一個人知道，雖然他啞了、手指斷了，可他畢竟還活著，並不是完全查不出來。再者……她這個身體到底是誰？父母何人？家鄉何方？她一無所知。

這些……她要怎麼跟大公子說？從頭到尾招出來嗎？連穿越也告訴大公子？借屍還魂如此可怕的事情，大公子會相信她說的話嗎？會不會把她當成鬼怪看待？

她不敢賭。

雲舒萬萬沒想到會有人調查她的身世，更沒想到調查之人是無孔不入的暗羽，她心慌了。

只要一想到有朝一日或許會有人捆住她，拿狗血潑她，把她當鬼怪綁到火架之上，她就渾身發冷。

雲舒猛然抬起頭看向大公子，他……在那時還會護她、愛她嗎？

大公子不知雲舒想了些什麼，然而從她微微顫抖的身體上，感覺到她的害怕。而她向他投來的眼神，一瞬間讓他有如置身冰窖——竟如此疏離和陌生！

大公子趕緊一手扣住雲舒的後腦勺，把她按入懷中，連忙說道：「好了好了，妳不願意說，我就不問了，什麼也不問了……」

大公子十分後悔，他在遇到雲舒時，雲舒便是死裡逃生，後來還會作惡夢，不停喊著「不要殺她」。她不願提起身世，就已經說明往事不堪回首，他又為什麼要逼著她去回憶？

雲舒無力地靠在他懷裡，當初從來未擔心過的問題，這一刻竟然如勒住她咽喉的鎖鏈一般，讓她難以呼吸……

第一一五章 同病相憐

雲舒被大公子送回房間時，情緒依然十分低落。

她一言不發地躺上床，閉上眼睛，什麼也沒說。大公子在房中猶豫了很久，終究關上門退了出去。

他前腳剛走，雲舒立刻就從床上坐起，抱著雙膝發起呆。

身上染上的桂花香依然濃郁，這一晚的心情，竟如上山下海般跌宕起伏……

雲默在黑暗中摸索到雲舒床邊，小心翼翼地問道：「娘，您跟桑叔叔吵架了嗎？」

雲舒微微抬起頭，向雲默伸手道：「來，過來給娘抱抱。」

雲默爬上床，坐到雲舒身邊，被她輕輕擁著。「我們沒有吵架，是娘遇到了難題……」

雲默問道：「什麼難題？娘和桑叔叔都不能解決嗎？」

「嗯，都不能解決……」雲舒的話語中充滿了失落，與這個時代格格不入的感覺突然冒了出來，無法抑制地蔓延著。

雲默追問道：「是什麼難題，說給默兒聽一聽吧。」

也許是想找人傾訴，也許覺得雲默還是個孩子，也許是黑暗讓雲舒感到平靜，她慢慢開了口……

「我是個孤兒，不屬於這方天地的一個人。我不知道生身父母是誰，不知道家鄉在哪兒，不知道自己為什麼會出現在這兒，更不知道自己以後將去向何方。可是現在有人在查我的身世，要把我隱藏的東西都翻出來，我不知道該怎麼辦……」

雲默在雲舒懷中沈默了。

一直沈默到雲舒以為雲默睡著了，他卻突然開口說：「不想被人發現，那就藏得更緊一點好了。娘擔心的事很好解決，只要卓成死，就可以了。」

如夜空中一聲驚雷，雲舒猛然抓住雲默的身子，目瞪口呆地問道：「默、默默……你在說什麼？」

雲默轉過身，對雲舒笑道：「娘，我明白您說的話，我跟您，還有卓成，都是一樣的，我跟你們來自同一個地方。」

如同一口氣吞下一整顆雞蛋般，雲舒望著雲默，什麼話也說不出來，四肢甚至有點發麻。

這孩子剛剛在說什麼？什麼叫「來自同一個地方」？

雲默的雙眼在黑夜中顯得異常明亮。他從雲舒懷裡轉過身，看著驚恐不定的雲舒，說道：「娘，我跟你們是一樣的。」

雲舒的腦袋飛快地轉動，回想著關於雲默的一切……

初遇他時，他警惕、防備著周圍的一切，卻在雲舒危急之時果決出手，此等決斷與行為渾然不似一個孩童。再到後來，他聰明懂事，乖巧得讓雲舒十分放心。

她一直以為是雲默幼時受了太多磨難，所以心智成熟得早，現在回想起來，根本不是這樣！

如雲默自己所說，他跟雲舒一樣，都是穿越者，只有這樣，才能解釋他身上的一切。

「默默……你……」雲舒覺得嘴唇發乾，摟著雲默的雙手也漸漸鬆開。「你是怎麼到這裡來的？」

雲默望向雲舒，悄聲說：「娘……我怕嚇到您……」

雲舒按了按胸口說：「你已經嚇到我了，還有什麼更嚇人的嗎？」

雲默低下頭，扳了扳手指說：「這一世，是我存有記憶的第六世了……我是個被詛咒的喪星，是一個不該存在的生命，每個時空都容不下我。伴隨我短暫生命的是無止盡的殺戮，以前是這樣，這一世也是這樣。」

雲默的聲音很平靜，卻透露出無盡涼意。

「我這一世來到這裡時，正好看到生母被生父毒打，我也經常被那個男人揍。那個男人用盡各種噁心的手段欺凌侮辱生母，她因念及我年幼無人照顧，苟且偷生。有一日，她重病在床，發現我自己能爬去灶檯上找吃的，便說我已長大，不用她照顧也能活下去，就舉刀自殺了。後來官差來了，我一口咬定是那個男人把母親殺了，把他送進牢裡，再後來，我終於親手殺了他。

「雖與他們沒有感情，但他們是我這個身體的親生父母，我到底是殺父罪人。那時我就知道，我的詛咒還在繼續。」雲默低聲說道。

「別說了，默默……」雲舒不忍再聽下去。

一次又一次的殺戮煎熬，一世又一世的輾轉飄零，對他來說，是多麼殘酷的事情？孤獨、無望，獨自一個人承受著這個世界的悲涼……

雲舒一把摟住雲默，不管他經歷了多少事情，在她眼中，他就如她的孩子一般，讓她心疼和憐惜。「都忘了吧，忘掉以前那些苦難，你不是什麼喪星，你是我的好默默。」

雲默倒顯得比雲舒輕鬆很多，還能笑著說：「娘別擔心，雖然我的命運是這樣，但我依然很感謝老天，在我受到這麼多苦難後，能讓我遇到您。除了親生母親，您是第一個真心對我好的人，自從遇見您，我有了家、有了師父、有了姊姊，我的生命從此變得不同。所以，我一定會守護您！」

雲舒感動得濕了眼眶，並慶幸雲默並沒有被一世又一世的苦難折磨得失去理智，他還懂得感恩、懂得珍惜。在這種時候，還心心念念想著守護她。

雲默伸手擦去雲舒臉上的淚，說道：「我的來歷，我從來沒有對別人說起過，除了您，我也不會再對別人講起。我們經歷的這種事情，若傳出去，只會被人當作無稽之談，所以誰也不能知道。」

雲舒點點頭，在這一點上，她也是這樣認為，所以她很擔心陳芷珊追查她的身世。

雲默似是狠下了心。「因我而死的人已經很多了，我不在乎多背負一條生命。我們去長安，讓我殺了卓成，這樣就沒有人知道您的秘密了。」

「不可以！」雲舒低喊出來。「你不可以再殺人。」

雲默不解地問道：「為什麼？卓成罪該萬死，不該留他的狗命。」

雲舒按住他說：「他該死，可不該由你來動手。總之，你不可以再殺人。」

「可是……」

雲默還要爭辯，雲舒已喝住他。「你今晚跟我說了這些，是不是就不把我當你母親看待了？不打算再聽我的話了？」

雲默忙說：「不是的，我沒有這麼想，我只是不想看您擔憂和難過。」

雲舒安撫道：「那你就乖乖的，不要讓我擔心。卓成的事情，我會親手了結。」

雲默只好閉上嘴。

雲舒再看向雲默，心境已有了很大的不同。相同的穿越遭遇，讓他們兩人的心貼得更近，彷彿是困境中互相依賴的親人一般，踏實可靠。

「其實我一直不肯對卓成下殺手，是因為心中有個顧慮。」以前她沒人可以商量和傾訴，現在有雲默，而且是穿越了六次的「專家」，也許可以向她提供一點建議。

想到這裡，雲舒便對雲默說：「我當初穿越之時，沒多久就被卓成殺死，然後重生成現在這個樣子，所以我一直在擔心，倘若我殺了他，他會不會也重生？」

雲默一驚，想了想，問道：「您還記得您穿越的日期嗎？」

雲舒點頭說：「記得，是農曆六月十六，因為上一世的我，生日在六月十五，生日第二天跟卓成去電影院出了事，我記得很清楚。」

雲默釋然一笑。「那就對了。我前前後後六世，全部都是在六月十六這一天穿越的，肯定是跟這個日子有關。您被卓成殺死的那一次呢？又是什麼日子？」

雲舒搖頭道：「這個就不知道了，當時我跟他落在沙漠裡，不知年月，只是天氣熱得令人窒息，想來應該也是夏天才對。」

反覆琢磨了幾遍，雲默推測道：「也許是老天開眼，不忍看您被卓成那個壞蛋害死，所以把你們送到漢朝的六月十六日，所以您才能重活過來。只要我們避開那個日子殺掉卓成，他斷然沒有重生的可能。」

雲舒捏了捏拳頭，但願如此！

她活了兩世，並沒有主動害過人，可這並不代表她軟弱可欺。卓成那樣殘害她，連重生後也不放過她，現在，終於到了她報仇的時候。舊恨新仇，一起了結了吧！

雲默看雲舒眼中恢復了清明，似是拿定了主意，便不再多勸。

已經過了四更，兩人低語寬慰了一陣，便各自睡了。只是雲舒一想到雲默也是個穿越者，就激動得難以入睡，時而又想到跟卓成的恩恩怨怨，輾轉反側，很久之後才睡去。

第二天日上三竿時，雲舒被丫鬟叫醒，她坐起來迷迷糊糊看了看天色，忽然低喊道：「呀，晚了！」

今天中午沈柯要為他們接風洗塵，下午她還要隨大公子去會見平棘侯，時間排得滿滿的，沒想到竟然一覺睡到中午。

她手忙腳亂地換衣服，沈家別院的丫鬟在一旁幫忙，並勸慰道：「姑娘不必著急，離開宴的時間還早，慢慢梳妝也來得及。」

雲舒並不停手，俐落地換著丫鬟遞過來的石榴花色裙，配了嫩綠色的上衫，問道：「我看時候也不早了，怎麼還沒有擺宴？」

丫鬟幫雲舒繫著衣帶，答道：「聽桑公子說姑娘昨天在河邊吹了風，有些不舒服，就讓姑娘多休息，午宴擺得晚一些。現在我家公子和桑公子還在後院下棋呢。」

大公子肯定想到雲舒昨晚睡不好，故意延遲開宴時間，真是體貼入微。

也不知他昨晚有沒有睡好……雲舒心裡想著事情，慢慢坐到梳妝鏡前。

她看看鏡中的自己，氣色不算好，眼皮微微有些浮腫。不過好在衣服的顏色夠鮮亮，為她添了幾抹亮色。

看著看著，她才發現自己穿得這麼豔麗，嫩綠的衫、石榴紅的裙，她鮮少穿這些顏色的衣服，剛剛丫鬟拿衣服給她換，她一時心急，也沒注意看。

正猶豫著要不要讓丫鬟從行李裡找一套淺色衣物出來換，卻又想到下午要去見平棘侯，要打扮得隆重些，不可像平日那樣素淨。

丫鬟在旁看雲舒盯著自己的衣服思索，奉承道：「姑娘長得標致，穿這身衣服很好看。」

雲舒一聽，便打消換衣服的念頭，只是在梳頭時，把金玉的頭飾全都排除，只選了幾串細小的白珍珠，編在後腦勺的髮髻裡，鬢邊則插上一朵淡雅的絹花，顯出幾分清貴。

「雲默呢？」雲舒一面畫著眉，一面問道。

丫鬟說：「小少爺上午練了功，正由人服侍著換衣服，馬上就來。」

待雲舒妝扮好，雲默也已換上淺銀灰的乾淨衣裳，精神抖擻地走進來。

雲舒從鏡中對雲默一笑，問道：「默默休息好了嗎？」

雲默坐在雲舒背後看著她戴珍珠耳環，笑著點頭說：「睡好了，早上起來去院子跑了幾圈，精神更好了。這個院子好大啊，我差點跑不回來了。」

雲舒見他語態輕鬆，想必沒受昨晚談話影響，心中顧慮稍稍放下，她笑著站起身，半牽著他往外走。「以後別一個人亂跑，找個人給你帶路。走，我們去看看你兩位叔叔的棋下得怎樣了。」

丫鬟在前面帶路，領著兩人往沈柯和桑弘羊下棋的亭子走去。

雲舒遠遠就看見他們坐在竹林外的石亭裡下棋，於是抖擻了一下精神，掐了掐自己的臉頰，讓自己的氣色顯得好些。

昨晚她跟大公子兩人不歡而散，大公子肯定很擔心，她得主動一些，才好讓昨晚的事情就這樣過去。

第一一六章　認侯為父

腳步聲打斷了大公子的思緒，他抬頭見雲舒來了，穿得很漂亮，氣色也不錯，更讓他寬心的是，她臉上和眼中都帶著笑意。

原本灰暗的心情忽然變得明亮，大公子笑著問道：「雲舒，休息好了嗎？」

雲舒微微紅了臉，看了沈柯一眼，對大公子說：「一覺睡到日上三竿，都讓表公子看笑話了，大公子還問。」

沈柯在旁笑著打趣道：「我可什麼都不知道。你們昨晚什麼時候睡的，我的桂樹為什麼折斷了兩枝樹枝，我全不知。」

雲舒被他打趣到不行，忙說：「你們快下棋呀，這盤還沒完呢。」

大公子卻站起來說：「不下了，這盤我認輸，咱們去用膳吧，妳肯定餓了。」

一旁的沈柯卻大笑。「真不容易，這是破天荒頭一遭，我下棋竟然贏了大表弟，哈哈哈！」

幾人說說笑笑往宴廳走，沈柯在前面問管事接風宴準備得如何，雲舒便放慢腳步，跟大公子走在後面。

大公子怕像昨晚一樣碰觸到雲舒的痛處，絕口不提那些事情，只說些雲淡風輕的家常話。

雲舒想了想，索性開門見山地說：「大公子，我有一事相求。」

桑弘羊微愣，轉瞬卻覺得高興，雲舒有事求他，好過什麼都不跟他說，忙答道：「我們之間還說什麼求不求的，是什麼事？」

雲舒壓低了聲音說：「在我們回長安前，能不能想想辦法，阻止陳芷珊查到卓成的存在？我不想讓她從卓成那裡打聽我的事。」

大公子又驚又喜，雲舒肯敞開心胸跟他談這件事情，真是再好不過。「妳放心，這件事交給我辦。卓成本就是以晉昌的身分被關押在長安，陳芷珊要查到他是妳同鄉，也不是一天兩天的事情。」

聽見大公子這麼說，雲舒就放心了。

卸下心頭的包袱，一行人輕輕鬆鬆吃了頓豐盛的接風宴。

沈柯興致很高，要拉著大公子和雲舒喝酒，但兩人下午有要事，誰也不敢多喝，淺酌了兩杯就不再喝。

到了下午未時，大公子帶著雲舒準備出門，雲默則被沈柯帶去街上玩。自從昨晚知道雲默的來歷，雲舒就不擔心他不聽話或沒人照顧了。

雲舒坐上馬車時，並未覺得緊張，可待要下車時，她卻有些拘束，坐在馬車上沒立即下來。

大公子握住雲舒一隻手問道：「緊張嗎？」

雲舒搖搖頭說：「不緊張，只是……我這身衣服會不會太花稍，顯得不莊重？臉色會不會不好，顯得沒精神？」

這分明就是在緊張！

大公子笑了，用力握了握雲舒的手說：「都沒關係，只要妳去跟他見一面，其他事情有我在呢。」

這種有人依靠和信賴的感覺很好，雲舒深吸了一口氣，走下馬車，跟大公子一同走進一座很古樸的小宅院。

顧清早早便在門口等著，見他們來，就上前引路，並說：「人已經在路上了，馬上就到，請大公子和雲姑娘先在南廳裡稍等一下。」

小宅院打掃得很乾淨，除了顧清在這裡候著，沒有其他人。

雲舒和大公子坐下後，顧清剛將點心跟茶水端上，門口就有人喊門。聽聲音像是旺叔，想必是大公子派身邊可靠之人親自去迎接的。

雲舒隨大公子一同站起，往廳門走去，片刻就看到一位頭髮花白、身穿淡竹青色長袍的六旬老翁走了進來。

他身形中等，不胖不瘦，嘴邊有兩道較深的笑紋，面相顯得和藹，身上散發著一種多年養尊處優累積而成的貴氣和悠然。

怪不得大公子說這位平棘侯是朝中的老好人、和事佬，他一眼看去就是那種沒脾氣、好說話的人。

平棘侯不緊不慢地走到廳前，大公子和雲舒一起向他行禮，迎他進廳裡坐下。

大公子似乎跟他很熟，問他路上是否順利、累不累之後，就引薦雲舒。「這位就是雲舒姑娘。」又對雲舒說：「雲舒，見過平棘侯。」

這是第一次正式拜會，雲舒很鄭重地從席位上站起，走到平棘侯面前，向他行了個全禮。

平棘侯笑著打量雲舒，嘴中說著：「好、好，不用行如此大禮，快起身吧。」

他認真地看著雲舒，雖然被他這樣盯著，但雲舒並未覺得不自在，大概是因為他的眼神祥和，沒有侵略性，有如一個慈祥老人打量孩子的感覺。

這一點，讓雲舒心生好感。

平棘侯對於雲舒和桑弘羊之間的事情，直接或間接聽說過一些。他原以為桑弘羊為了一個年齡偏大、又沒家世的女子跟家人鬧矛盾，這名女子必是美豔不可方物的禍水，才會把桑弘羊迷得暈頭轉向，因而對這個即將認親的義女，並未抱太大希望。

可今日一看，卻見這個姑娘小巧清秀，舉止大方有禮，氣質也不俗，跟他的想像中差很遠。這一次會見，讓他覺得很滿意。

讓雲舒坐回原來的席位，平棘侯半開玩笑說道：「聽桑侍中說雲舒姑娘今年二十一歲，可我看卻如十五、六歲的小姑娘，桑侍中莫不是說錯了？」

桑弘羊在旁邊笑了，雲舒則微紅著臉說：「的確二十一了，大概是因為個頭小，占了些便宜。」

平棘侯又問雲舒平時都做些什麼生意，雲舒一一回答。當平棘侯聽說她做茶葉生意，就來了興趣，跟她談起茶道，原來他是個愛茶之人。

幸而雲舒來之前準備了見面禮，裡面有她的雲茶，便現場取出一些泡給平棘侯品嚐。

平棘侯碰到喜愛的事物時，表情就多了些童真。他端起雲舒為他泡的信陽毛尖茶，仔細觀察，十分認真地說：「怪哉怪哉，不用煮就如此香醇，而且茶葉根根豎立如針，這是怎麼回事？」

雲舒笑著說：「侯爺嚐嚐這茶的味道如何？」

平棘侯舉杯嚐了一口，立即稱讚道：「茶水清香，口感厚實，比以往喝的茶都要可口！」

接著便跟雲舒討論起茶的事情，彷彿忘記他們今日會見的目的是什麼。不過雲舒很高興能有這種氛圍，慢慢接觸加深認識，總比完全不熟悉，就要喊「義父」來得自然，於是樂得跟他聊天。

大公子原以為今日他必須承擔兩人之間溝通的主要橋梁，沒料到他根本就沒有機會說幾句話，只能就著茶的話題，偶爾說上一、兩句。

足足喝了三杯茶，平棘侯才盡興地說：「我已很久沒有這麼暢快地跟晚輩說過話了，雲舒姑娘比尋常女兒家有見識，不錯。」

雲舒自謙道：「我天南地北到處跑，雖道聽塗說了一些東西，長了些見識，但跟閨秀小姐比起來，不過是個粗野丫頭罷了。」

平棘侯擺擺手說：「誰說那樣的女子就好？我看妳很不錯，我喜歡。」

雲舒笑著說：「謝謝侯爺抬愛。」

平棘侯望著她，感慨道：「我這一生處處都算如意，唯獨子嗣方面艱難……我沒有女兒，唯一的兒子也先我而去。今日跟妳一席長談，十分投契，不知這是不是老天看我可憐，在我暮年之際，送來的一份慰藉。」

他又轉向大公子，說道：「老夫先謝過桑侍中，雲舒姑娘十分合我心意，我若能有這樣一個女兒，此生也無憾了。」

大公子的本意是等見過面後，單獨問雙方的意思，沒想到平棘侯當場說出這樣的話，足見他十分滿意，不需多作考慮。

只是不知雲舒的意思如何……

雲舒對這位可親又不失童真的老人很有好感，又聽他這樣抬愛自己，怎好傷他的心，拒絕他的好意？於是她俯身致謝說：「能得侯爺看重，是我的福分。我無根之人何德何能，受到您如此抬愛。」

「好孩子，快別多禮。」平棘侯趕忙說道。

能有這個結果，最高興的人就是大公子。

起初他在物色人選時，就各方考察，包括家世、人品、性格、脾性、愛好、認乾親的可能性等等，最初覺得平棘侯跟雲舒兩人都有好脾氣，理應合得來，可也沒想到只接觸過一次，就這麼順利。

平棘侯已迫不及待跟雲舒說起平棘侯府的情況。

平棘侯有一個正妻，兩個妾，除了正妻生了一個兒子早夭，妾室都沒有孩子，所以在家中的地位不高，又因性格本分，所以跟正妻相處起來頗為融洽。

除了這些人，侯府中還有一個身分比較特殊的人，那就是平棘侯的兒媳，未亡人葉氏。葉氏嫁入侯府兩年，平棘侯世子去世，未能留下任何血脈，葉氏便寡居在家，一心侍候公婆。

「她雖寡言少語，但是心地很好，對我們很是恭敬，多年來伺候我們如親生父母。沁兒還在的時候，他們關係也很融洽，只可惜沁兒去得早，苦了她一個人。她也會對妳好，妳們定能如姊妹般相處。」

從言語中可以聽出平棘侯對這個兒媳十分喜愛憐惜，雲舒也由衷希望能跟這位未來的「寡嫂」處得好。

這次見面十分愉快，三人聊到天色漸黑，不知不覺到了用晚膳的時候。

大公子因顧忌洛陽城中的店面多是桑家眼線，不方便讓桑家人提前知道平棘侯和雲舒會面的事情，就請平棘侯一起回沈家別院用晚膳。

平棘侯跟雲舒有種一見如故的感覺，本覺得去叨擾沈家多有不便，但想到過去那裡可以見到雲舒的養子，就十分心動。

大公子又說：「我的大表哥沈柯與我十分親厚，等以後結了親，就是親戚，侯爺不用覺得不方便。」

來洛陽見面的事都是桑弘羊在籌辦，既然他說沒事，平棘侯便放心地說：「我只是擔心節外生枝，既然桑侍中說沒問題，那就去吧。」

出了小院，平棘侯坐上旺叔駕駛的馬車，雲舒跟大公子坐上來時的馬車，一起回沈家別院。

在馬車中，大公子十分關切地問雲舒：「妳覺得平棘侯此人怎樣？」

雖然雲舒在之前的談話中已經表態，但大公子依然想問問她的真實想法。

雲舒真摯地說：「多謝大公子為我尋得這樣一戶好人家。平棘侯為人親和，對後輩十分關愛，侯府中的人丁也簡單，我若真的能夠成為他的義女，還能有什麼怨言？」

如此，大公子才欣慰地點了點頭，不枉他為此事籌劃了近兩年。

顧清早一步回沈家別院，告訴了沈柯今晚有客人之事。生意人向來喜歡交友，對於大公子的朋友，沈柯自然十分歡迎，只是在見到平棘侯時，沈柯微微有些詫異，他沒想到大公子的朋友是個老者。

帶著狐疑，沈柯熱情地請平棘侯進廳坐下。大公子在介紹時，只稱平棘侯是薛翁，沒有說出他的身分。

沈柯是個懂眼色的人，大公子的事他不問，也不插手，只在一旁作陪，把氣氛營造得十分融洽。

雲舒沒有陪他們進廳說話，而是去後院找到雲默，為雲默換上一身乾淨衣服後，帶他來見平棘侯。

因知道了雲默的穿越者身分，所以雲舒走在路上，低聲把平棘侯的背景，及他們兩人有意認彼此為義父、義女的事情跟雲默說了。

雲默微微有些意外，但隨即笑了。「恭喜娘，以後也有人會像您疼默兒一樣疼您了。」

雲舒也笑著說：「侯爺因為沒有子嗣，所以格外喜歡年輕人和小孩子，他一定會很喜歡你的。」

果不其然，雲舒帶著雲默拜見平棘侯，平棘侯問了兩句，便把雲默喊到跟前，直接把他摟在懷中說話，瞧起來就像爺爺寵溺親孫兒那般。

雲默在平棘侯面前十分會說話，嘴巴比平時甜了許多，哄得平棘侯頻頻大笑。

大公子和雲舒對望一眼，兩人神色都很欣慰。

平棘侯若認了義女，等於直接得了一個乖外孫，對他來說，真是再好不過的事情。又聽雲舒說還有一個養女在吳縣，平棘侯便著急地說：「怎麼能讓一個小孩子離得那麼遠？要早點接回來才是。」

雲舒忙說：「雪霏身邊的人都很穩妥，不用太擔心，而且之前已派人去接，最近就會回來了。」

聽到雲舒的解釋，平棘侯這才點點頭，又叮囑道：「等孩子回來了，跟默兒一起帶來讓我看看。」

雲舒笑著說：「那是自然。」

沈柯在一旁聽著，心中疑團愈來愈大。大公子的朋友為什麼跟雲舒這樣親暱，還一味關心她的養子養女，瞧起來倒像一家人。

有了這種想法，沈柯忍不住多看了「薛翁」幾眼。這個六旬老人舉止頗有貴氣，身上的衣物布料也是一等一的好東西，而且頭上的金冠、腰間的玉帶，並不是一般富貴之人就敢穿戴的。

他眼睛轉了轉，心中有幾分了然，不禁點了點頭。

宴畢，大公子親自送平棘侯回去，雲舒則和沈柯一起在大門外折返。在路上，沈柯就笑著說：「聽這位薛翁說話，似是一位極有學識和見識的人，並不像是大表弟生意上的朋友，應該是他長安官場裡的朋友吧？」

既然沈柯看出來了，雲舒也不否認，點了點頭。

沈柯知道桑弘羊和雲舒都是有心思的人，他們現在不說，只怕是不能說，所以也不多問，只笑著說：「我看他很喜歡妳和默兒，不拘身分，真好。」

大公子送平棘侯回來之後來找雲舒，說了他們的安排。

因見面順利，平棘侯今晚已連夜送信回侯府，要家人開始準備安排接受雲舒這個義女，同時大公子會先一步回長安，而雲舒則跟平棘侯晚幾天再回長安。

這樣做一是錯開大公子和雲舒回長安的時間，二是給大公子散播消息的機會。

雲舒聽了點點頭，有些擔心地說：「大公子明天一早就走嗎？這麼急？」

大公子點頭說：「這件事情早點定下來才好，這樣我們才能早早成親。」

說到成親，雲舒的臉微微紅了紅。

大公子一隻手撫上她的臉說：「妳放心，雖然我這段日子不在妳身邊，但平棘侯身邊有我的人，不會讓妳在侯府裡受委屈的。等妳跟平棘侯正式認親後，我會跟家人再提我們的婚事，到那時，我們就能常常見面了。」

「好。」雲舒點了點頭。

大公子不捨地多看了雲舒幾眼，這才滿心歡喜地走了。

第一一七章　聖旨突降

大公子走後沒有兩天，雲默的生辰到來了。雲舒請了平棘侯和沈柯，一同為雲默過生辰。

她的本意是聚在一起吃個飯，聯絡聯絡感情，沒想到平棘侯大手筆地賞給雲默一件綠孔雀羽毛織成的「孔雀裘」，連看慣了好東西的沈柯也連連咂舌。

雲舒受寵若驚地說：「小孩子怎受得起這樣貴重的禮物？這種好東西給他，只怕穿不了一、兩次就會被他弄壞了。」

平棘侯卻十分堅持。「這是我給孩子的一點小心意。前幾天見了默兒，身上沒帶東西，連見面禮都沒給，這次就當兩次禮物一起給了。」

相較於雲舒，雲默一點兒也不客氣，歡天喜地地收下禮物，還在身上比劃了兩下。

雲舒怕雲默弄壞，替他收起來說：「現在穿還太早了，等過年時再穿吧。」

聽大公子說平棘侯府做生意虧了大錢，而且府中男丁稀少，久不立功，只是借著祖輩的榮勳過日子，裡子想必不如面子富貴。平棘侯能在這時拿出珍貴的孔雀裘，定然是發自內心的喜歡。

為雲默過生辰那天，平棘侯與雲舒約定初十這天一起回長安。收拾了一天行裝，雲舒第二天就辭別了沈柯，跟平棘侯在洛陽城門外會合，一同往長安而去。

不緊不慢走了兩天，平棘侯將跟大公子商議的安排說給雲舒聽：「就說我們是在長安外的虎嘯林相遇的，我遇到猛虎，妳救了我。」

雖然這話之前就聽大公子說過，但此時聽來，雲舒卻多了一點想法。「我從前養過一隻老虎，在雪霏他們離開長安時，因不方便帶到吳縣，又無人照看，所以在城外放歸山林了。我想帶人去虎嘯林看看，說不定真能找回當年那隻老虎。」

平棘侯驚訝地說：「妳當真養過老虎？」

雲舒點頭說：「是，因是從出生時養起的，所以並不傷人，只是不知牠現在如何了。」虎嘯林是最近一年才得的名字，之前只不過是片無名的小樹林，因附近村莊的人近來總是聽到虎嘯，還有人親眼見過老虎，所以得了這個名字。

平棘侯想了想，那出沒在虎嘯林的老虎，說不定真是雲舒以前養的那一隻。

在回長安前，雲舒帶了子邪和應淳去林子裡找小虎，雲默想跟著去，卻被平棘侯留在身邊。平棘侯在官道旁等了半天，果然見到雲舒三人領了一隻老虎回來。

雲舒雖說這隻老虎不吃人，然而平棘侯和隨行之人依然覺得害怕，再說他們要把老虎帶進城，就在村子裡找了鐵匠，打造一個鐵籠，用平板車拉了跟在馬車後面。

待回到長安那一天，平棘侯府的管家大張旗鼓地在長安城門外迎接他們，見了雲舒，便以「恩人」相稱，說是替平棘侯致謝，還向雲舒磕了一個響頭。

平棘侯外出遊玩途中受猛虎驚嚇，被雲舒所救的事情，已經在長安傳開了。長安城門本就是人多的地方，居民見到這麼多人堵住城門，還有老虎被籠子關著，哪有不愛看熱鬧的？

有人問是什麼事，便有熱心的人解答，一時之間，雲舒英勇馴虎、救平棘侯於虎口之下的故事就被傳得多了幾分神奇色彩。

若在以前，大家說說便罷了，沒人會信一個女子能馴虎，可是現在眾人都看到這隻老虎了，便無人懷疑，只是把馴虎過程形容得非常離譜。

子邪愛湊熱鬧，聽了外面的傳聞，回來說給雲舒聽，倒把雲舒說得臉紅。

「傳得太離譜了，什麼老虎雙爪合十，對妳作揖，發誓再不殺生之類的，真是沒法聽了……」子邪表情誇張地說道。

雲默和應淳在一旁聽得都笑了，應淳又說：「不過這隻虎真的很聽雲姑娘的話，我們在林子裡見到牠的時候，牠竟如小貓般嗚咽，在雲舒身邊蹭來蹭去，我之前從未見過這樣的事呢！」

雲舒頗為感慨地說：「小虎是在怪當初不該丟棄牠呢。」說著又想到雲雪霏。「等雪霏回長安看到小虎，肯定很高興！」

一路被圍觀回平棘侯府，侯府裡已準備好了雲舒要住的園子。

子邪和應淳幫忙拿東西過去先歇下，雲舒和雲默則隨平棘侯去見侯府夫人和媳婦葉氏。

平棘侯夫人和媳婦葉氏都是柔弱溫和的女子，因承受喪子喪父之痛，深刻體會著失去親人的苦楚，對孤兒出身的雲舒很是憐惜，三人相處起來十分和睦。

雲舒在侯府的四個丫鬟，紅綃、靈風、天青、綠彤都是大公子親自安排的，就是怕她在侯府被人欺負。

紅綃心思縝密會辦事，天青手巧會梳頭打扮，綠彤做得一手好料理，靈風伶俐跑腿快。看來這四個丫鬟花了大公子很大的心思。

一切安排妥當，接下來的日子很平靜，雲舒熟悉了侯府的生活，每天一早起來就帶著雲默跟葉氏一起去向老夫人請安，然後一同用早膳、說說話，便回來做自己的事。一天三餐都過去吃，偶爾多陪陪老夫人，至於侯府中的家務事，雲舒並不插手，全部由葉氏處理。

平棘侯跟宗祠商量好了，打算二十五日為雲舒行禮，正式改名薛舒，成為平棘侯的義女。

離二十五日沒幾天時間，葉氏忙著為雲舒添製新衣，趙嬤嬤則忙著教導雲舒禮儀，免得到時出了差錯。

「雖然女子不能進祠堂，儀式也在堂外辦，但族裡有身分的人都會參加，小姐要格外慎重，不要讓他們挑出錯處來才行。」趙嬤嬤叮嚀道。

雲舒笑著點頭。她跟平棘侯認親之事是鐵錚錚的事實，平棘侯肯定都疏通好了，怎麼會讓族內長輩挑她的錯？

雖是這麼說，雲舒依然學得很認真，畢竟她可不能丟人。

到了九月二十五日，雲舒好好梳洗了一番，鄭重換上黑紅相間的新衣服，便乘車隨平棘侯往祠堂而去。

祠堂內外都在做準備，三牲、香案都準備好，只等儀式開始。雲舒和平棘侯一同站在祠堂旁一間廳堂等候，族中長輩陸陸續續前來，平棘侯依次為雲舒引薦，雲舒依次行禮。
正在眾人說話之際，侯府一個管家疾步跑來，神色匆忙地湊到平棘侯耳邊說了幾句話。
平棘侯神色一變，對在場的眾人說：「皇上有旨，諸位快隨我出來接旨！」
大家聽了都很詫異，但也不敢耽擱，紛紛向外走去。
祠堂高大的黑色木門洞開，在平棘侯帶領下，族內眾人依次跪了下去，沒多久，就有宦官捧著聖旨走了進來。「雲舒，接旨——」
此言一出，眾人皆驚。
平棘侯和薛家之人都以為這道旨意是給平棘侯的，不料卻是給雲舒的。
雲舒錯愕地抬頭看向手持聖旨的宦官，那位公公挑眉看了看她，雲舒回過神來，趕緊叩首道：「民女在此。」
公公宣讀了旨意，竟然是劉徹召雲舒即刻覲見！雲舒接旨站起身來，左右為難。一邊是皇帝的旨意，另一邊是為她準備的認親儀式吉時就要到了。
平棘侯皺眉想了一想，說道：「妳快進宮去吧，儀式我們另擇吉日再進行。妳且放心去，我隨後就求見皇上。」
雲舒忐忑地隨宮裡的人上車去了。在車上，雲舒難掩不安，猜測劉徹找她所為何事？大公子知道這件事嗎？跟陳芷珊調查她有關嗎？為什麼偏偏挑在認親儀式這一天？
一時之間，太多的疑問擠進雲舒腦子中，讓她額頭上不由得冒出點點冷汗。

入宮的路很順暢，雲舒一路直接被送到劉徹處理政事的宣室殿，公公將她帶入殿中後，就領著其他人全部退了下去，並將殿門關了起來。

雲舒站在有些昏暗的大殿裡，十分緊張，趕緊對前方書案後的身影拜道：「民女雲舒，參見皇上。」

劉徹應了一聲，說道：「妳起來吧，旁邊坐，等朕批完這份奏摺。」

雲舒抬頭望向前方，劉徹頭也沒抬，很認真地在工作。

劉徹要雲舒坐下，但她卻不敢真的坐，小步挪到側邊的席位後，便跪在錦團上等候。此時她的心情稍微安定，劉徹這樣子不像要為難她，況且她最近也沒做過什麼對不起劉徹和朝廷的事，說來馬邑的戰事，還有她的功勞呢……

過了大概一炷香的時間，劉徹放下書簡和毛筆，揉了揉太陽穴，問道：「妳什麼時候回長安的？若不是朕聽說平棘侯要認養女，朕都不知道妳回來了。」

雲舒心想，她回不回長安，跟劉徹一點關係都沒有，他這麼問是為什麼？

只不過心中雖然疑惑，但雲舒仍恭敬回答：「回皇上，初十那天啟程從洛陽回來的，沒想到這件事驚擾到了皇上。」

劉徹笑說：「驚擾倒說不上，只是朕沒想到妳差點變成平棘侯的義女。」

劉徹難道是為了阻止他們認親？為什麼？

雲舒正想著要怎麼解釋，劉徹卻已開始提問：「以前雖知道妳是孤女，卻沒問過妳怎麼會變成孤女。妳的家鄉在哪兒？父母呢？」

雲舒心中警鈴大作，他問的事情跟陳芷珊問的如出一轍。

「民女幼時家鄉遭遇大水，親人不是淹死，就是後來得病死了，只有我一個人從村裡逃了出來。後來在外飄零，被我家大公子所救，從此便跟著他了。」雲舒照之前跟其他人說的內容，又向劉徹重複一遍。

劉徹不置可否，追問道：「妳家鄉在哪兒？」

雲舒含糊地說：「民女也不知道那個地方在哪兒，我們村裡人都管住的地方叫三樹灣，因為村口有三棵蒼天大樹……」

劉徹擰起了眉頭，這是什麼地方？

雲舒暗想：慢慢找吧，村口有三棵樹的村子，多得呢……

劉徹又問：「那妳父母呢？」

雲舒一臉茫然地說：「我不記得我娘了，我只知道村裡人喊我父親雲先生，真名從未聽人說過。」

劉徹眉頭皺得更緊，似是有些不耐煩，也有點不相信，雲舒連忙補充道：「那麼久以前的事，我也記不真切了……」

「罷了，妳過來讓朕看看。」劉徹朝雲舒招了招手。

雲舒抬頭疑惑地看向劉徹。

劉徹招手要她過去，她就朝裡面挪了挪，劉徹又招手，雲舒繼續挪，直到挪到跟劉徹只隔著一個書案。

「過來，低下頭……」劉徹命令道。

「皇上？」雲舒詫異地看向劉徹。

劉徹沒了耐心，突然伸手抓住雲舒的肩膀，將她往案桌上一按，撥開她脖子後面的頭髮，將她的衣領猛然往下一拉。

「皇上！」雲舒驚叫起來，好好的，劉徹怎麼拉起她的衣服了?!

她趴在案桌上掙扎，把書簡都弄散掉了一地，偏偏劉徹不放手，還伸手摸上了她的脖子。

「皇上，放開我，您這是在做什麼……」雲舒大喊道。

劉徹不管雲舒的喊叫，在她的脖子上搓來搓去，搓了半天，只聽見劉徹喃喃地說：

「……不是畫上去的……」

他雙手一鬆，雲舒就連滾帶爬躲到一旁。

就在此時，殿外傳來宦官慌亂的聲音。「大人，您不能進去，皇上說了，未經傳召，誰也不許進去打擾……大人，桑大人——」

——未完，待續，請看文創風143《丫鬟我最大》5（完）

棄婦當嫁　魚音繞樑㊢

全套二冊

慧黠調香師 vs. 偷香貴公子

驕傲的將軍之女淪為下堂婦，未免太窩囊！
既然好運得以重生，她不會再沈溺在小情小愛，棄婦當自強！
她以成為大齊第一調香師為目標，就算是火裡來、水裡去，
這一回她會挺直腰桿，勇敢接受挑戰——

文創風 114 **上**

面對忘恩負義的夫家，
她的不甘與怨懟化作業火，燒盡過去，
而她，在烈焰中浴火重生——

文創風 115 **下**

她不是不識情愁，只是假裝不懂，
直到命懸一線的瞬間看見他逆光的身影，
不安的心終於找到正確答案……

慧心巧思、獨樹一幟／凌嘉

穿越時空／靈魂重生／政商鬥爭／婚姻經營之傑出作品！

丫鬟我最大

全套五冊

知悉歷史，讓她洞燭先機、如魚得水；
運用智慧，計謀信手拈來、無往不利。
是個丫鬟又怎樣？她可不會那麼輕易就低頭認輸！

文創風 139 1

雲舒作夢也想不到，她不過是去相親，卻穿越時空來到漢朝！
原本身旁還有個看似可靠的相親對象陪伴，
結果他竟狠下心殺了她，只為了在沙漠生存下去！
痛苦絕望之中，她覺得自己的意識正一點點抽離肉體……
再次醒來，一雙小小的手與未發育的身材告訴雲舒，
她重生成一個十來歲的小女孩了！

文創風 140 2

收拾完幾個不識相的傢伙，雲舒在桑家的地位已不可同日而語，
然而大公子在仕途上的平步青雲，卻引來各方人士覬覦，
拉攏的人不怕死，説親的人厚臉皮，
就連雲舒本人的詢問度都大增，著實讓她嚇出一身冷汗。
只是幾年過去，兩個人都還抱持單身主義，
一個不嫁、一個不娶，看起來，似乎有點意思……

文創風 141 3

就在雲舒為這段戀情努力打拚的時候，
死亡的陰霾卻如影隨形地籠罩在她身邊……
當初殺害她的仇人，就像打不死的小強，一次次捲土重來，
教人防不勝防，時時刻刻提心弔膽！
老天啊，既然重新賜給她這條生命，還讓她找到真愛，
為什麼就不能善待她一些呢？!

文創風 142 4

眼看大公子無可避免地被捲入其中，
雲舒冒著生命危險趕到戰地，只為見他一面，
卻沒料想到他身邊竟有個才貌兼備的女子……
真是太讓人失望了！不給個合理解釋，她就跟他沒完！
什麼？兩年之約不算數？這玩笑也開得太大了吧？
在雲舒默默接受事實，聽從桑弘羊安排時，宮中傳來消息——
皇上召見她？這到底是怎麼一回事……？

文創風 143 5 完

她重生的這個身體，竟是漢朝皇室流落在外的公主！
雲舒除了震驚，再也找不到別的形容詞。
原來上天還是待她不薄，只是多花了點時間而已！
這下她不但被迎回宮中居住，還能風風光光嫁給桑弘羊，
看到老夫人面如土色，卻不得不恭恭敬敬接受她這個孫媳時，
長久以來的怨氣真是一吐而盡！

匠心獨具、妙筆生花／七星盟主

重生／宅門／言情／婚姻經營之雋永佳作！

庶女出頭天

全套五冊

人善可欺，天真與單純必須留在過去；
重生一回，計謀及陷阱都是為了自保。
這次，她要昂首闊步，走出屬於自己的另一片天！

文創風 109 **1**

若說她司徒錦真有什麼不可饒恕之處，就是身為庶女，
不僅不得父親喜愛，嫡母、姊妹更以欺負她為樂，
最後甚至落得遭砍頭處刑，連母親都因心碎而死在自己身邊！
她含冤受辱，走得不明不白，如何能甘心？!
幸而老天垂憐，給了她一次重生的機會，讓她能再返人間……

文創風 110 **2**

她司徒錦是招誰惹誰，為何重生了一回，命運依舊如此多舛？!
好在她頭腦冷靜、聰慧過人，不但逃出重重陷阱，
更將計就計、反將一軍，不但給足了教訓，
還讓那些惡人一個個啞巴吃黃連，有苦說不出，只能自認倒楣！
只不過，她的十八般武藝，在他面前全成了空氣，
他非但無視她的抗拒跟退縮，甚至得寸進尺，藉機吻了她！

文創風 111 **3**

原以為成親後能稍微喘口氣，享受片刻寧靜，
沒想到這王府裡除了有瞧不起自己的王妃婆婆，
還有備受王爺公公寵愛的勢利眼側妃、專門找碴的小姑跟大伯，
更過分的是，竟然住了個對夫君用情專一的小師妹！
天啊，難道她的考驗現在才正式開始？!

文創風 112 **4**

好不容易處理完這一團爛帳，也坐穩了當家的位置，
皇位爭奪之戰卻一觸即發，不僅王爺失蹤，世子也不知去向。
就在全府上下人心浮動之際，皇后竟下了道懿旨宣她進宮，
太子甚至親自來迎接她——這葫蘆裡賣的是什麼藥，
著實讓人丈二金剛摸不著頭腦……

文創風 113 **5** 完

當司徒錦準備迎接新生命到來時，卻傳來太師爹爹暴斃的消息，
母親也忽然病重，弟弟則是身體有恙。
看樣子，那些幕後黑手還不死心！這群傻瓜怎麼就是不懂，
跟她作對，就是跟她親愛的相公為敵，
膽敢打擾他們幸福過日子，挑戰冷情閻王隱世子的底限，
後果請自行負責！

文創風
142

丫鬟我最大 4

國家圖書館出版品預行編目資料

丫鬟我最大 / 凌嘉著. --
初版. -- 臺北市 : 狗屋, 民102.12
冊 ; 公分. --(文創風)
ISBN 978-986-328-200-6(第4冊:平裝). --

857.7　　102023098

著作者	凌嘉
編輯	連宓均
校對	黃薇霓　周貝桂
發行所	狗屋出版社有限公司
地址	台北市104中山區龍江路71巷15號1樓
電話	02-2776-5889～0
發行字號	局版台業字845號
法律顧問	蕭雄淋律師
總經銷	知遠文化事業有限公司
電話	02-2664-8800
初版	102年12月
國際書碼	ISBN-13　978-986-328-200-6
原著書名	《大丫鬟》，由起点中文网〈www.qdmm.com〉授權出版

定價250元
狗屋劃撥帳號：19001626
網址：love.doghouse.com.tw　E-mail：love@doghouse.com.tw